U0932929

一九五七年夏，被扼杀的长篇小说《金色的运河》埋葬在自家院里的枣树下。几十年后，仍常与老枣树合影。此为一九八六年所摄。

刘绍棠

中国乡土文学作家。一九三六年二月二十九日生于北京通州大运河畔的儒林村。一九四八年参加革命。一九四九年开始发表作品。一九五三年加入中国共产党。一九五四年考入北京大学中文系学习。一九五六年加入中国作家协会，从事专业创作。至一九五七年被划右派时，已出版了《青枝绿叶》《山楂村的歌声》《运河的桨声》《夏天》《中秋节》《瓜棚记》《私访记》等七本书。

一九七九年右派冤案得以改正，重获创作权利。带病顽强拼搏了十八年，为后人留下了五百多万字的乡土作品。即十二部长篇小说：《春草》《狼烟》《地火》《豆棚瓜架雨如丝》《这个年月》《敬柳亭说书》《十步香草》《京门脸子》《野婚》《水边人的哀乐故事》《孤村》《村妇》。二十多部中篇小说：《蒲柳人家》《渔火》《瓜棚柳巷》《花街》《草莽》《荇水荷风》《蒲剑》《鱼菱风景》《小荷才露尖尖角》《绿杨堤》《烟村四五家》《柳伞》《年年柳色》《青藤巷插曲》《黄花闺女池塘》《碧桃》《二度梅》等。两部短篇小说集：《青枝绿叶》《蛾眉》。十一部散文短论集：《乡土与创作》《我与乡土文学》《一个农家子弟的创作道路》《我的创作生涯》《论文讲书》《乡土文学四十年》《蝈笼絮语》《如是我人》《红帽子随笔》《我是刘绍棠》《四类手记》。

《京门脸子》获得北京市优秀长篇小说奖。《敬柳亭说书》获得首届中国大众文学优秀长篇小说奖。《蒲柳人家》获得全国优秀中篇小说奖。《蛾眉》获得全国优秀短篇小说奖。中短篇小说多种被译成英、法、德、俄、日、西班牙、泰国、孟加拉、阿尔巴尼亚等国文字。

上世纪八十年代以来，不遗余力地倡导乡土文学，创作上坚持“中国气派，民族风格，地方特色，乡土题材”。他的全部作品，都是写大运河的乡土乡亲，形成了独具特色的大运河乡土文学体系。

刘绍棠文集

这个年月

刘绍棠／著

北京出版集团公司
北京十月文艺出版社

1

四十七岁的徐芝罘，住在北京城外通惠河南里北楼一门三层九号。这是他几个月前才得到的栖身之所，不过也只占有这个单元的二分之一。

从十七岁进北京念大学算起，在首都生活三十年，才取得一块十九平方米的住处，有了自己的窝儿，就像在大河上打了三十年转的一叶扁舟，泊岸拴桩靠码头。他已经心满意足，别无所求，不存任何非分之想了。

通惠河南里，原是三环路以外的一片菜园，三年前被政府征用，为三四十岁仍然单身的大男大女兴建高楼住宅。徐芝罘四十七岁，孤身一人，可算大男之冠，因而拨给他二分之一单元十九平方米。如果以他那地方志学者的身份要房子，还不知要等到驴年马月，才有一席之地。

然而，他这个老单身汉住进这座旷男怨女的高楼三个月十七天，月下老人便抛下一条肉眼凡胎看不见的红线，给他拴来一个三十七岁的妻子，附带一个十一岁的儿子。

市政府很有远见，通惠河真占地利。

通惠河是北运河的一条大动脉，开凿于元代，历史上曾有千舟万楫进京都的盛况，六百多年来一年年衰老，患下动脉硬化症，眼下只剩一线半死不活的瘦水，从通县北运河口放一只葫芦瓢漂来，也会搁浅在半路。当年通惠河入城的东便门渡口，现在是中外闻名的北京火车站，沿河两岸的农家菜园连连后退，建起一座座工厂和一幢幢楼房。徐芝罘居住的这座楼房又得寸进尺，大跨一步，就像城市进攻乡村的桥头堡，楔入菜园、果园和稻田中间，背靠流水潺潺的通惠河，面向一片碧水荷花鱼塘，城市风光少，田园风味多。

从这里到市中心的天安门广场，要步行一里多田间小路，倒换三回公共汽车和无轨电车，交通很不方便。然而却正合徐芝罘的心意。

他是社会科学联合会的一名专职研究人员，研究的是社会学，兴趣却在地方志上。社会科学联合会简称社科联，是个门可罗雀的清水衙门，人少，钱少，房子更少。市里命令社会科学院拨给他们几间地震棚子，便挂起了招牌，下设十二个学会。三个学会只有一个工作人员，五千元经费，刚够行政开支，很难开展活动。专职研究人员每星期只上一天班，六天蹲在家里进行学术研究，所以这个地处城外偏僻角落的通惠河南里，对于徐芝罘的著书立说大为有利。

徐芝罘已经发表十几篇大块论文，目前正埋头写作一部巨著，早被公认为地方志研究的当代学者。

但是，这个学科是个冷门，研究这门学问的人，虽能成家却难出名。不像那些有一张美人脸子的姑娘，忽然入了哪位导演的眼，拍一部花里胡哨的电影，便被戴上一顶新星的桂冠，四面八方大出风头；搔首弄姿的照片印在挂历上，更是家喻户晓。如果善于自己给自己制造几桩桃色新闻和流言蜚语，扩散到二十九个省市和港、澳、台，并且挑动洋人的猎奇心理，在外国的报屁股上发表几行文字，便自以为或被捧为国际知名人士，要房子唾手可得。也不像嘴里含着麦克风的女歌星，扯着一字长蛇的电线，扭摆腰肢在台上走来走去，眉目传情频送秋波，嗲声嗲气唱几支爱呀、恨呀、泪呀、吻呀、死呀、活呀、梦呀、魂呀、风呀、雪呀、云呀、雨呀……的流行歌曲，便博得满堂喝彩，大红大紫大赚；如果身穿的演出服装薄、透、露、怪，效果更好，知名度更大。写十几篇地方志的论文当然比不了写一篇樱桃桑葚货卖当时的小说。小说能赶行市，时尚之作最有买主，名利双收易如反掌；地方志的学术论文虽然是呕心沥血的产品，但是一张冷脸子，有几个人爱看？所以，他的学问再大，成就再高，也仍然默默无闻；他那部专著没一家出版社肯于接受，怕的是亏了血本，不能以文养文。

他这个人天生走背字儿的命。阳关大道栽跟头，大半辈子过的是独木桥，不但没有挣个一官半职，而且在爱情上也一事无成。曾有几个女人爱过他，他也曾爱过这几个女人，然而每到最后关头，烤熟的鸭子却都一个个地飞了。茕茕孑立，形影相吊，落得四十七岁还是个孤家寡人。

贫农出身，入党很早，一出大学的门就被分配到市委政策研究室，半年后又被挑选给一位书记当秘书。徐芝罘本来应该一帆风顺，前程似锦。怎奈他虽无傲气却有傲骨，二年秘书生涯，把书记的一家老小得罪个遍，就连那个以《红与黑》中玛特儿侯爵小姐自居的书记的女儿，也跟他因爱生仇，最后惹得书记大动肝火，一巴掌把他打到市委副食基地种菜园子。他当了一年园丁，抽调出来到四清工作队，在那个宁左勿右的运动中他偏要宁右勿左，于是丢了党籍降了职。十年动乱，又被赶到农村插队落户，不知脱了几层皮，掉了几斤肉，磨了几层老茧，滚了几身泥巴，却依旧本性难移，虽九死其犹未悔。一九七九年平反，有多少肥缺可以抢到手，他却富贵于我如浮云，自愿钻到清水衙门里坐冷板凳。人各有志，不可强求，难得的是他竟能如此听天由命，自得其乐。

通惠河南里北楼，设计得如果不是独出心裁，便是别有用心。从上到下，每个单元，清一色的都是一门两户。比如徐芝罘的这个三层九号，进门之后，又左右各有一个小单元，都是一间十一平方米的卧室，一间四平方米的厨房，共是十五平方米；两家合用一个四平方米的卫生间，一个四平方米的过厅，各占四平方米。为什么非要合二而一，而不一分为二呢？也许是为了矫枉必须过正吧！好心的当局和莫名其妙的设计师怎么就不想一想，两户一门，每日磕头撞脑，夏天薄衫短裤，难免马勺碰锅沿，牙齿咬舌头，产生矛盾，发生争吵。如果是为了促成大男大女的结合，那也未免失之强加于人，硬性搭配。

不过，徐芝罘却没有想到这么许多，他已经年逾不惑，尝过几颗爱情的苦果，对于谈情说爱虽然没有丧失兴趣，却也没有多大的兴致了。这个十九平方米的窝儿，只是他的卧室书房，不但没有想过要个女人朝夕相伴，而且不愿有个男人闯进来做客。离群索居，闲人免进；一寸光阴一寸金，寸金难买寸光阴。鲁迅先生说过，浪费别人的时间，等于谋财害命。

一张单人床，一张写字台，两把皮面弹簧折叠座椅，是公家借给他的，收折旧费；他的私有财产，只有八百册书，四只书橱，一口箱子。

这些东西，已经把小小的卧室装得满满当当，不多不少够用了。他是个知足常乐的人，后半辈子就在这里安身立命，读书写作了此一生，不觉得委屈。

他每天的时间安排，就像中学生的课程表。早晨五点起床，下楼绕那片碧水荷花鱼塘跑几圈，念一个小时外语，到早点铺吃两个油饼，喝一碗豆浆。上楼写作到中午，午餐是面包、牛奶、方便面、八宝酱菜。睡个小觉，下楼沿通惠河的柳荫小路散一散步，回家便坐下来读书，写札记，记卡片，直到太阳下山。晚饭吃得好一点儿，炒一盘青菜，有几片肉，偶尔喝一盅白酒。晚饭以后，便不下楼，只在卧室里百步走，然后搬过一把座椅，坐在窗前，月影星光中遥望东南天角，那里的天幕下，是大运河边的一个小村，他的生身之地。李白喝醉了酒，上天摘月，下水捞月。徐芝罘看月牙儿多么像一只小船，白茫茫的天河多么像家乡的大运河，闪烁的星子多么像沿河散布的村落；跳出窗口飞上天去，坐在月牙儿上划起双桨，顺流而下便可到达他出生长大的柳湾村外的小龙门渡口。今人不见古人月，古月仍然照今人，徐芝罘的大发奇想，跟李白异曲同工。

这时，徐芝罘的心情是十分寂寞的。

但是，即便他冷清得要死，也不愿他同住一门的那个邻居，晚十二时唱着夜半歌声上楼，哗啦啦打开房门，吵醒他的酣睡。他吃过晚饭，坐在窗前远眺半个小时，便又回到写字台前，抱着词典翻译外文。他并不想当个翻译家，但是自己译出的外文资料就像亲手做出的饭菜，哪怕焦煳夹生，苦涩寡淡，吃着也感到香甜，这是一种自我欣赏的乐趣。十点钟扔下笔，准时上床。君子坦荡荡，小人长戚戚。他只要脑瓜子一挨枕头，就能扯起呼噜噜的鼾声，把七个小时睡到底。所以，他最讨厌别人把他从睡乡中吵醒。

谁想，这个邻居却是个夜猫子，不但吵得他不能睡个整觉，而且扰得他心神不得安定。

这位夜猫子邻居是男是女，徐芝罘没有打过照面，一直是个谜团。她或他白天不见人影儿，屋里听不见响动，半夜回来却是男男女女都有。他们打情骂俏，满嘴脏字儿，喝酒赌博，跳迪斯科舞，听甲壳虫音乐唱片，看走私进口的外国录像……不到半夜三更不散，留下一个或几个人不得而知。有一回下大雨，这一伙男女都没有走。徐芝罘早晨跑步风雨无阻，五点钟起床，开门一看，只见两男一女都半裸着身子，横躺竖卧在过厅里死睡，空气中弥漫着一股令人作呕的恶臭，吓得他赶忙关门，拧上暗锁。饿着肚皮直等到十点，这伙男女才走干净。饿肚子事小，整个上午不能安心写作事大。他十分气恼，非常沮丧，打算搬家。

外地一所大学邀请他出席一个硕士学位论文答辩会，几天后返回北京，一出火车站他就直奔房管局申请换房；然后才硬着头皮，提心吊胆，回到通惠河南里北楼。

还差几步台阶，就到他那一门三层九号门外，刚掏出钥匙，忽听门里刀勺声响，他以为那伙男女又来寻欢作乐，手一哆嗦钥匙落了地。捡起钥匙慌忙下楼，想躲到碧水荷花鱼塘树荫下看书，回避一时，忽然门开了，他扭头一看，却是他二十年不见的刘七七，系着花围裙，手端着簸箕走出来倒垃圾。

往事如昨，朝花夕拾。就是因为这个刘七七，他二十年前丢了党籍降了职，也失去了他那青梅竹马一起长大的未婚妻安柳男。

2

二十年前，徐芝罘从市委副食基地被抽调出来，到北运河边的一个村庄当四清工作队员。刘七七便是这个村庄的一个女学生，当时在县城的一所名牌中学念书。

刘七七的老爹刘双福，是二百八十里北运河上有名的说书艺人，一年四季走村串乡跑码头。徐芝罘自幼在村场、渡口、庙会、集市听他说书，如醉如痴着了迷，刘双福也把这个穿开裆裤的小男孩儿引为一大知己。后来，刘双福加入八路军冀东十四分区文工团当演员，还到徐芝罘那个出生之地的小村当过几个月的土改工作队队长。解放以后，刘双福被分配到县曲艺团当团长。徐芝罘考入县城的名牌中学，常到他家做客。那时的刘七七刚三四岁，徐芝罘哄她玩，带她到城根下捉蛐蛐，亲如大哥哥和小妹妹。徐芝罘念完高中，到北京上大学，离开县城之前，到刘家话别，已经是一年级小学生的刘七七，哭得就像生离死别一般伤心。说书的嘴，唱戏的腿，刘双福是东方朔的脾气，皇上面前也敢信口开河，插科打诨。病从口入，祸从口出，刘双福在一九五七年被划了右。他是桑木扁担宁折不弯，刀搁在脖子上也不低头认罪，而且忍无可忍大闹会场。散了会不等公安局前来拘捕，鞋底抹油溜之大吉，一去便杳如黄鹤，下落不明。

他一走了之，却害苦了妻子儿女。

妻子儿女被遣返原籍，土里刨食。家庭成分虽然是贫农，也由于刘双福被划了右而不能享受贫农待遇，见人矮三分，遇事低一等。不过，乡亲们都知道刘双福是个心直口快的好人，没有谁欺凌这孤儿寡母一家子，刘七七能够考上县城的名牌中学，还多亏大队党支部替她对学校的外调人员说了好话。

徐芝罘自从到北京上大学，刘双福不久又划右出逃，已经跟这一家人有十年不见了。他来到这个村庄的头一天晚上，便找个借口，说是到苦大仇深的人家扎根串连，却三弯四拐溜进了刘家。他明知这叫丧失立场，可是觉得不到刘家走一趟，看望刘大婶一眼，失礼而又亏理，应该冒一回风险才算尽到了心意。四清运动中的这个村庄，令人想起兵荒马乱的年代。刚刚月上柳梢头，家家便早早关门睡觉，看不见一线灯光。为了预防狂犬病，工作队下令把看家狗都打死了，听不见夜晚的犬吠，更显得一片死寂。小小的村庄不过百户人家，一团漆黑中徐芝罘绕来转去，寻找了一个多小时，才在村外河堤下摸到刘家的柴门。

四面篱笆三间房，院中一棵老槐，树影婆娑，半院子斑驳的月光；看不见窗里的一灯如豆，却听得见炕上抽抽泣泣的哭声。

“这里是刘大婶家吗？”徐芝罘站在柴门外问道。

屋里的哭声刹住了，沉默了半晌才有个老妇人反问道：“您找谁呀？”

“我找刘大婶，还有她的女儿七七。”

“您……是谁呀？”

徐芝罘虽然跟刘家一别十年整，言来语去一两句，便听出这是刘大婶的口音。刘大婶是老北京的旗人，一口京片子，一九四二年北京城里吃混合面，才饿得下乡嫁给中年丧妻的说书艺人刘双福当填房，前后生下两男二女。

他自己抬开柴门，几步走到窗根下，低声答道："大婶，是我——芝罘儿。"

"啊……"刘大婶惊喜交加，手忙脚乱，"七七，你大哥哥搭救咱们来了，点灯。"

"没灯油了！"一个姑娘鼻音沉重地嘟哝了一声，刚才啼哭的人就是她。

难道这就是当年笑起来像一串鸽哨儿的小七七吗？他忽然产生一种隔世之感，鼻子一酸，心里发热，眼眶潮湿。

"大婶，我有手电。"徐芝罘的手电光晃了一下窗户，"说话的是七七妹子，还是您的儿媳妇？"

屋里窸窸窣窣穿衣裳，刘大婶一只手掩着大襟，一只手开了房门，徐芝罘连忙从窗根下跨到门口。

手电光下，衰老枯瘦的刘大婶，从深陷的眼窝里瞪大眼睛，看了又看，嘴唇哆嗦起来，忽然一扑身子，趴到徐芝罘的肩头，无声地哭了。徐芝罘感到，一颗一颗的老泪，浸透他的汗衫，热烫烫地淌在他的胸口上，他弯下腰撑住刘大婶，愿意叫她在自己的肩上哭个够。

"妈，快叫芝罘大哥进屋来吧！"从里屋跑出来的正是刘七七，"四清工作队知道了，大家遭殃。"

刘七七已经长成一个细高挑的大姑娘，只是年刚十七，还没有发育成熟，一米六〇以上的个子像一枝水中的绿苇。她梳着两条小辫子，头发蓬乱，脸色黄中惨白，哭红了两只眼睛，身上穿着打补丁的花衬衫和打补丁的灰裤子，已经失去儿时的天真和顽皮了。

进屋，手电筒放在八仙桌上，照见大窟窿小眼睛的顶棚，幽暗中徐芝罘扫了一眼炕上地下：只见炕脚熏得煳黑的旧炕席上，睡着个半大小子，想必是刘七七的小弟弟，徐芝罘上大学的时候，这个孩子还在娘的怀里吃奶；地下只有靠墙的一只墙柜，一条瘸腿长凳，两口破箱子。一看就知道这家人陷入困境，穷得十分寒苦。

徐芝罘坐在炕沿上，强笑了一下，问道："大婶，您的身子骨儿还硬朗吗？"

"受苦的命，一时半会儿还死不了。"刘大婶撩起衣角擦着泪眼，"等七七跟老疙瘩有了着落，我就撒手归西，不想多活一个时辰。"

徐芝罘又问道："七七妹子，十年不见你长高了，身体还好吧？"

"活不到一时半会儿了……"刘七七抱着门框，低着头站在里屋门口，哽咽着说了这一句，便又忍不住淌下两串断线的泪珠儿，连连吸溜鼻子。

徐芝罘很想单刀直入，问个究竟，又怕她有难言之隐，只得将这一家人一个个点名问下去："怎么不见大兄弟？"

刘七七有个哥哥，比徐芝罘小三岁。

刘大婶答道："他十八岁念完铁路学校，分配到东北，一去五六年了。"

"大妹子呢？"

刘七七还有个姐姐，比徐芝罘小六岁。

"嫁给炼钢厂的一个描图员，跟着丈夫调到湖北，在厂子里的幼儿园当阿姨，也走二年多了。"

"老兄弟念几年级？"

“不上学了，给队里放羊挣分。”

全家老小都已问过，只差刘双福一人。徐芝罘深深吸了几口烟，张了几回嘴，才开口问道：“刘大叔……现在哪里？”

“你还惦念那个狠心贼呀！”刘大婶咬牙切齿，却又泪流满面，“听说他出家……在五台山当和尚，我跟七七卖掉了大半个家当，带着老疙瘩前去找他，他……铁石心肠不相见，当家的老和尚也硬说没这个人。我们……水中捞月一场空，日子就更窄巴了。”

徐芝罘不假思索，忙说；“我可以给那边的宗教事务管理处发个外调公函，一定能得个准确的答复。”

刘七七忽然三步两步走到他面前，两眼直勾勾地盯着他问道：“徐大哥，你进门就像查户口的警察，把我家男女老幼盘查个遍，也该我问一问你，你这是从哪儿来，当上个多大的官儿？”

徐芝罘苦笑道：“我只不过是这个村的四清工作队员，分管整理会议记录，起草工作总结；还有写简报，发通知，开介绍信……文房书吏而已。”

“那你手里掌着印把子呀！”刘七七的目光，就像干渴的人忽然看见眼前一片瓜园子，“我求你一件事，你肯帮我的忙吗？”

徐芝罘满口答应，说：“你的事和你家的事，我都理当尽力，一说‘帮忙’二字，那就跟我见外了。”

“我的好大哥！”刘七七又像儿时那个顽皮丫头，搂住徐芝罘的肩膀摇来晃去，“我考大学要通过政审，大队党支部解散了，四清工作队包揽一切，你就给我开个证明，多多美言几句，我才能报名。”

徐芝罘心里一沉，倒吸了一口冷气。

他很知道，大学招生，对于地、富、反、坏、右子女，虽然没有明令不准报名，但是内部却另有文件，要三筛五选严格控制；即便报名投考，也只录取少数人当点缀品，大多数人仍然是竹篮打水一场空。

刘大婶见他面露难色，一边呵斥女儿一边说："大侄子，你千万别犯难，七七不上大学也有碗饭吃，只怪她心比天高，不知好歹，自寻烦恼。"

"我命比纸薄呀！……"刘七七又扑到炕上哭起来。

原来，刘七七在县城的名牌中学，年年考前三名，数学更是名列第一，一心想考上北京大学，念数学系的尖端专业。她的数学老师过去教大学，五七年划了右，摘了帽子下放到京郊的中学教书，这位年过半百的女老师非常偏爱她，正课之外还要给她吃偏饭。谁想，眼看就要考大学，女老师却悄悄劝她死了这颗心，并且要推荐她给一位老民主人士当公务员，可以享受全民所有制的正式工人待遇。这位老民主人士，已经八十多岁，是个一生不嫁的老太太，跟秋瑾和何香凝是一辈人，曾是旧社会的一个女大亨，救过共产党的不少大干部。全国解放以后，被安排在文史馆当馆员，每月拿四百元的生活津贴，被她救过命的共产党大干部们经常看望她。但是，这个老民主人士性情十分古怪，一九五七年以后，她的秘书和公务员都必须自己挑选，谁入了党便立刻被打发走。她目前的女公务员，并没有入党，只是要跟一个在公安局工作的男同志结婚，就必须换人。刘七七的女老师，童年是个孤儿，给老民主人士当过使唤丫头，受到宠爱，如同女儿，供她念完了小学念中学，念完了中学上大学，大学毕业又被送进研究院，几十年来最受老民主人士的信任。所以，换公务员，靠她选择和审定，她便选中了得意门生刘七七。

“七七，在目前情况下，还是接受你的老师的安排吧！”徐芝罘深感内疚，声音低沉，“你一面工作，一面还可以念北京广播电视大学。这个大学的校长吴晗同志，是一位有名的历史学家，又是北京市的副市长。”

刘七七一骨碌从炕上爬起来，哭喊道：“证明，证明！没有你们的证明信也当不上这个公务员。”

徐芝罘没有请示工作队长，就私自给刘七七开了证明信，又送给刘大婶一百块钱，从此便不到刘家去了。

如果徐芝罘就此为止，后期划定成分的时候不再多管闲事，他的丧失立场行为也就不会暴露了。

这个村庄很小，没有一家地主富农，但是村村都要有个对立面，只有从政治上划成分。于是，给大队党支部书记戴上坏分子帽子，又查出他的曾祖父曾有良田百亩，雇工五人，后来几个儿子吃、喝、嫖、赌败了家，便在坏分子之外再加个破落地主。光有一个对立面还不够，必须找个替补的角色，以免后继无人，这就想到了刘家。刘家在土改时划为贫农，但是刘双福以说书为主，便把贫农改为贫民，一字之差却有高低、上下、尊卑、好坏之分。后来又有人更加考究，刘双福走村串乡跑码头，脚丫子野，流动不定，贫民不如改成游民。此人又被划了右，游民之上再加反动二字，才更恰如其分。

徐芝罘怀抱着马恩全集据理力争，工作队长理屈词穷，两人发生口角；分团团长找他谈话，仍然不服，这就是执迷不悟，必须从严处理了。内查外调不费吹灰之力，徐芝罘私开证明信一案便东窗事发，罪加一等不能宽大，开除党籍又降职，仍回市委副食基地种菜园子，等候发配。

他头一回被扔到市委副食基地，未婚妻安柳男已经看出他的前景不妙，早已跟他貌合神离；不思悔改二进宫，连党籍都丢了，这个政治头脑发达的女子，便冷酷无情地跟他一刀两断，一点也不拖泥带水，藕断丝连。

是身上的政治污点害得他无人问津，还是安柳男伤透了他的心，因而四十七岁了还不娶呢？现在，他走下楼梯回头一瞥，看见手端着簸箕走出来倒垃圾的刘七七，这意外的相逢为什么引起他一阵剧烈的心弦震颤？是爱情的萌动，还是触痛了已经结茧多年的伤疤？

命中注定，无巧不成书。

3

刘七七眼里，徐芝罘虽然见老，可仍然是她心目中那个不同凡响的徐芝罘；徐芝罘眼里，刘七七却已经变得似是而非，令人感到满目凄凉了。

徐芝罘到外地出差，又是给大学的硕士学位研究生当陪考官，穿着打扮比平日讲究。他穿一身笔挺的毛涤中山装，上衣解开扣子，露出敞开脖领的浅条儿衬衫，脚下是目前北京有一定身份的中年男子最喜欢穿的布鞋，左胳臂上搭一件淡青杏色的风雨衣，右手拎着一只棕黄色的手提箱；乌黑的背头偶有几茎白发，戴一副四方框的宽边眼镜，更显得深沉大度，学者气质。相比之下，刘七七可就凄凄惨惨戚戚了。她下班回家，脱下上班穿的西装，换上褪色的短袖茧绸汗衫和半旧的裤子，光着脚穿一双拖鞋；炒菜做饭一阵大忙，头发蓬乱，满脸疲倦神色。

“七七……是你？”徐芝罘又转身跑上楼来，“原来……你是我的邻居？”他的眼神交织着惊、奇、喜、疑。

刘七七眼圈一红，咬住嘴唇仰起脸儿，咽下一大口泪水，才抖动着嘴角笑了笑，说：“我跟你那老邻居换房，刚搬来几天。”

“谢天谢地！”徐芝罘长嘘一口气，“你替我把瘟神送走了。”

“快进家休息吧！”刘七七从门口闪开身，“还没有吃饭吧？我给你做。”

徐芝罘走进门去，掏出钥匙打开自己的屋门，脱下上衣、衬衫和皮鞋，摘下眼镜，这时刘七七倒掉垃圾回来，站在过厅里。

“七七，进屋里坐一坐。”徐芝罘坐在床沿上，指了指座椅，“二十年不见，你就像从天而降，令人恍如梦中。”

刘七七的睫毛上挂着泪珠儿，点了一下头，却又回身敲了敲她的屋门，叫道：“薪儿，跟妈妈到徐伯伯屋里玩一会儿。”

门慢慢拉开，走出一个十一二岁的男孩，脸色白中透黄，瘦胳臂细腿，像是刚得过一场大病。

“七七，你都有这么大的孩子啦！”徐芝罘急忙打开手提箱，拿出一塑料兜子的水果，“这是我的一点见面礼，你叫什么名字？”

小男孩怯生生答道：“我叫刘薪。”却并不接那水果兜子，一直走到书橱前面，隔着玻璃瞪大眼睛看。

“七七，你的爱人真有民主作风呀！”徐芝罘拿出刀子，给薪儿削苹果，“生下儿子姓刘，你们这个小家庭要建立一个母系社会。”

刘七七突然脸儿一变，向儿子喝道：“薪儿，回屋去！”

薪儿就像听到口令，转身就走，回到自家屋里关上了门。

徐芝罘脸上困惑，心里不安，问道："七七，我哪一句话出言不慎？不知者不怪罪，请你原谅。"

"芝罘大哥……"刘七七两只胳臂趴在写字台上，埋着脸儿哭道，"我前后有过……两个男人，刚刚……离婚半年。"

徐芝罘大吃一惊，削苹果的刀子当啷落了地，问道："七七，你这二十年，是怎么走过来的？为什么在生活上……连遭不幸？"

二十年的生活经历，一时很难从头到尾说个周全。刘七七到那位老民主人士家里当公务员，不到一年时光，一九六六年六月便天下大乱。她的那位女数学老师，被学生们剃阴阳头，挂牌子游街，活活打死；老民主人士受了惊吓，又悲愤交加，也病瘫床上。刘七七属于文史馆的编制，造反团不顾老民主人士的死活，勒令刘七七回馆，每天给造反团打糨糊，粘贴大字报。几个月后，老民主人士被列为保护对象，刘七七又回到老太太家里，仍然一如既往，服侍老太太的起居饮食，煎汤喂药。但是，在她离开老太太的这几个月里，老太太自己掏钱雇了个青年男子管家，她回来之后，老太太也没有把这个青年男子打发走。这个青年男子家住北京，却在外地念大学，大乱前因病休学已经二年；大乱之后也就一不保皇二不造反，是个冷眼旁观的看客。直到一九六八年，他的身体康复，接到学校通知，可以领取毕业证书，到农场劳动，听候分配，这才离开老太太家。刘七七跟他朝夕相处一年多，不但没有产生任何感情瓜葛，而且并不喜欢他那阴沉的性格，忧郁的面孔，目空一切的眼神，妄自尊大的架子。那时，她已经十八九岁，正是少女思春的年龄，忙乱一天回到自己那间六平方米的小屋，熄灯上床，久久不能入睡，胡思乱想。非常奇怪，她想来想去，徐芝罘的影像便恍惚出现在她的眼前，伴随她进入梦境。不过，她所幻视和梦见的徐芝罘，还是她七岁那年保留下来的印象，一个金榜题名的十七岁的大学生，满脸稚气的大哥哥。她心里想着的是徐芝罘这个意中人，也就没有注意那位阴沉、忧郁、目空一切、妄自尊大的青年男子，常常偷看她，斜视她，眼睛里冒着欲火。此人一走，刘七七便把他忘个一干二净，只记得他姓楚，连他的名字也想不起来了。一年、二年、三年……六年，刘七七陪伴着这位孤傲、怪僻而又喜欢强加于人的老太太，从早到晚，从春到冬，哪里有机会遇见年龄相当、水平相近、志趣相似的男青年？老太太家的来客，六七十岁的多，四五十岁的都少，她怎么能从这些人里选对象？谁想，偏有个比她大二十多岁的铁路工程师，刚刚丧偶，不知怎么迷上了她，今日写情诗，明日填艳词，千方百计带她逛中山公园。他们坐在公共汽车上，那个铁路工程师几次三番想悄悄握住她的手，她又羞又恼，到中山公园门口一下公共汽车，就扔下那个人跑了回来。还有个自称是大学体育教员的中年人，似乎并不向她求爱，却向她大讲游泳课，终于把她带到八一湖，等到她发觉那人在水中动手动脚占她便宜，就跳上岸换上衣裳，慌慌张张逃走。这两回她夜晚都做噩梦，梦见她在城根下捉蛐蛐，突然从草丛中窜出一条毒蛇，缠绕在她身上，勒紧她的胸口，透不过气。这时，一个挥舞着镰刀的少年跑来，割掉蛇头，救了她的命，这个少年正是十七岁的徐芝罘。她热恋着自己心造的幻影，到一九七四年老太太病重，一走六年无消息的楚某人正来北京出差，不速之客登门拜望，玷污了她的身子，徐芝罘的面影便不在她的幻觉和睡梦中出现了。当时，楚某人在外省一个五七干校当政工干部，主管几个老干部的专案，进京外调他们的历史问题；虽然说不上春风得意，却一心想平步青云。老太太见他不忘故人，非常感动，病床上奄奄一息却要扮演月下老人，硬要将刘七七和此人撮合一起，结成终身伴侣。此人满口答应，老太太十分高兴；刘七七只表示考虑考虑，老太太大发脾气，一阵昏厥，经过抢救才苏醒过来。此人便劝刘七七假装同意，哄一哄老太太，以免发生意外，刘七七只得违心地点了头。她哪里想到，就在这天秋风秋雨愁煞人的夜晚，楚某人闯进她那六平方米的小屋。她劳累一天，睡得沉酣，还没有醒过梦来便失了身。她哭了一场，三天水米不进，楚某人百般温存，扔下老太太服侍她。她想告状怕丢脸，身子已经被玷污，只得认命。一个月后，老太太死了，开完追悼会，楚某人也要离开北京，返回他那个五七干校。临行，他亮了底，在外省早已结了婚；那个女人虽然没有文化，却因根正苗红和造反有功而当上县革委会副主任，并且已经跟他生下一儿一女。刘七七气得大叫着问道："那你为什么欺骗老太太，说你是个单身，一直等着我？"楚某人哭丧着脸答道："为了在老太太临死之前，叫她高兴高兴。"刘七七又大喊道："既然你是弄虚作假，为什么糟践我的身子？"楚某人更堂而皇之地答道："那是因为我爱你，丧失了理智，假戏真唱了。"刘七七忍无可忍，抬手打了他个耳光，把他推出门去。楚某人走后第二天，文史馆编译处的一名校对叩门求见。编译处有几支笔杆子，负责记录、整理老文史馆员口述的文史资料，还有两名校对，负责在付印之前校正错别字和标点符号。这位校对姓沈，自称沈字典，志大才疏，好吹牛皮，总认为自己是大材小用，满腹牢骚。他个子矮，但是长得白净，便又自以为是美男子，可惜刚刚二十多岁就秃了顶，稀疏的头发掩盖不了暴露的脑瓜皮。他谈过几回恋爱，都是在万事俱备只欠东风的节骨眼儿上，女方抛弃了他。他进门一见刘七七的面，就开门见山，直言不讳，说是楚某人介绍他跟刘七七交朋友。刘七七气得差一点儿骂出口来，浑身哆嗦成一团。这个厚颜无耻的楚某人，玩弄了她，又把她当处理品削价出卖。她三言两语，回绝了沈字典，沈字典却不死心，老太太一死，住宅充公，她到文史馆上班，又没有宿舍，只得住在办公室里。沈字典便涎着脸儿，追前赶后，纠缠不休，赶也赶不走，躲也躲不开。这时，她发现自己跟楚某人怀了孕，想偷偷打胎，到哪里去开证明？跑跑跳跳，抢干重活儿，都不能流产，迫不得已只得嫁给沈字典。明人不做暗事，她向沈字典公开了自己的隐私；沈字典刚刚失恋，急于结婚，气一气那个抛弃他的女人，也就顾不得求全责备。而且，刘七七那窈窕的高个儿，婀娜的身姿，俏丽的风韵，俊秀的眉眼儿，很像个芭蕾舞演员，比抛弃沈字典的那个人漂亮十倍，更满足了他的虚荣心。结婚以后，沈字典带着刘七七遍访亲友，自夸丢了鱼目，拾到珍珠，得大于失。婚后六个多月，刘七七生下一个男孩，沈字典又自欺欺人，虽然并没有谁对此事进行追究，他却给文史馆革委会交上一份检讨书，检讨自己在热恋中一时走火，才造成刘七七未婚先孕。他还想写一张大字报张贴出去，公之于众，以正视听，被刘七七哭闹着拦住了。刘七七虽然从心里讨嫌这个自作聪明而又见识浅薄的小男子，可是想到正因为他的自欺欺人才给自己遮了羞，又不能不可怜他，感激他。北运河农村婚姻上不如意的妇女，嘴边常挂一句话：“一合眼就是一辈子。”刘七七也想合着眼跟沈字典白头到老。婚后前几年，虽然过得平平淡淡，却也安安静静。两人的工资不高，她很会精打细算；沈字典吃好的，她吃次的，沈字典穿好的，她穿次的，每月还给沈字典的母亲十五块钱。竟能做到收支平衡，没有赤字。他俩的个子高低相等，脚丫子大小相同，衣裳鞋袜可以共同使用。刘七七便一直购买男式服装和鞋袜，沈字典穿得半旧了给她，再买新的给沈字典。所以，沈字典常在人前夸口，刘七七跟他好得穿一条裤子。他们之间发生分歧，是近几年的事。沈字典并无真才实学，笔杆上混不出名利双收，大小想捞个官儿当一当，没有靠山，没有门路，打算出人头地，只有另找捷径。于是，留职停薪，到一个来路不明的皮包公司当副经理。他留起了胡子，穿起紧身衫和牛仔裤。这些东西都是从外国进口的处理品。外国人穿过的剩货，我们却花大量的外汇买进来。这些处理品未经严格消毒，不但传染疾病，而且腐蚀思想。沈字典穿上这一身洋皮，在刘七七面前便表现得得意忘形，说话的口音也模仿港商的腔调，刘七七一见他那副鬼样子就想呕吐。沈字典自从当上这个华而不实的副经理，也不知自己卖多少钱一斤，回到家便吆三喝四，好像他已经是个腰缠万贯的巨商富贾，其实每月不交家里一分钱。刘七七看他不顺眼，免不得讽刺他几句，句句都击中要害。他恼羞成怒，便骂刘七七是柴火妞子，死不开窍，僵化，极左……唇枪舌剑，各不相让，矛盾激化便动了手。他俩的个子虽然一般高矮，男人的力气还是比女人大，刘七七被打得乌眼青，几天上不了班。最叫刘七七不能容忍的，沈字典不但骂她是贱货，而且一口一个管薪儿叫野种，开口骂抬手打，打得薪儿见了他就想钻到床下。刘七七跟他讲理，他便大叫离婚，还说今天跟刘七七领下离婚证，明天就能娶个香港百万富翁的千金小姐。刘七七不甘示弱，更不能忍受他的污辱，就拉他到民政部门办理离婚手续。中国是以离婚率低而又低作为社会文明标志的，民政部门也就不厌其烦，大费嘴舌，花了一年时间做说服工作和使用拖延战术，熬得她不知磨破几层嘴皮和几双鞋底，才割下两张离婚证，每人一份。他俩原来住里外两间，离婚以后便搬个立柜挡住屋内的通门，一分为二成两家，另立户口本。沈字典离婚之前吹得牛皮山响，离婚之后不但没有娶上香港百万富翁的千金小姐，而且连那个皮包公司也瘪下来。他混得一日三餐只好靠各处打秋风，吃得嘴头子油汪汪地回来，却又在刘七七面前摇头晃脑走来荡去，活像《孟子》中那个乞食傲妻的齐人。打肿的脸难充胖子，到过去的酒肉朋友家连吃闭门羹，出不了门的兔子只有吃窝边草了。他扮出一副《豆汁记》里那个薄情郎莫稽的可怜相儿，给过去的妻子打躬作揖，讨一碗茶饭。一而再，再而三，刘七七不给，他动手就抢，或是闯进屋里，当着薪儿的面下跪，哀求复婚。刘七七下班回家插上门闩，挂起门帘，他不得其门而入，却能从挡住里外间的大立柜缝隙，偷看刘七七熄灯洗身子。有一回他喝醉了酒，深更半夜抬立柜，要强行跟刘七七同床共枕，刘七七大声呼救，惊动了四邻，他才没有得逞。刘七七万般无奈，只得贴出换房启事。跟徐芝罘同住一门那个邻居，是个倒卖紧俏商品的摊贩，见刘七七住的是铺面房，就找上门来，愿拿他在通惠河南里北楼一门三层九号的小单元，跟刘七七交换。刘七七急于摆脱沈字典，顾不得路途远近，只怕搭上的邻居不是好人，到房管所了解一下，想不到竟是二十年不见的徐芝罘，真是喜出望外，三天之内就搬了过来。

刘七七将憋闷了多年的满腹辛酸，在徐芝罘面前一吐为快，只是一字不提她孤苦伶仃思念徐芝罘，心里想过多少回，梦里相见多少遍。

“芝罘大哥，大嫂知道你今天回来吗？”刘七七从房管所了解到徐芝罘是一个人过日子，但是房管所不敢断定徐芝罘并没有妻子，所以刘七七旁敲侧击地问道，“是等她回来给你做饭，还是我给你当一回义务炊事员？”

“大嫂？”徐芝罘哈哈大笑起来，“等她赶回来给我做饭，我早饿成一缕青烟，不知魂归何处了。”

“她在外地工作？”

“外地之外。”

“到外国去了？”

“外国之外。”

“那是哪儿？”

“外层空间。”

“太空人？”

“下凡一趟，乘坐宇航飞机要走几万光年。”

刘七七忍不住扑哧一笑，却又鼻子发酸，说：“听我妈说过，为了我和我家，你那没过门的媳妇跟你一刀两断了。”

“没过门怎么算是媳妇？往者已矣，不要旧事重提了。”

“难道再没有人给你介绍对象？”

“科幻小说作家给我介绍了个太空美女呀！”

“别说笑话儿。”

“前些日子，玛特儿侯爵小姐想旧梦重圆，我们见了面。话不投机半句多，不是知音难共鸣，最后她大失所望，败兴而归。”

徐芝罘说着站起身，挽起袖口，亲自下厨了。

4

前文表过，这位玛特儿侯爵小姐，就是徐芝罘二十三年前服侍过的老书记的女儿。

老书记有两儿一女。大儿子跟徐芝罘念同一个大学，徐芝罘还是他的入党介绍人。也许正因为这个缘故，老书记才挑选徐芝罘当秘书。在这位大公子之下，便是玛特儿侯爵小姐，当时正念高中一年级，才十五岁。玛特儿小姐之后，是个小弟弟，才上小学。老书记半生戎马生涯，枪林弹雨中出生入死，也就造成粗犷豪放的性格，大刀阔斧的作风。对待儿子，他像打仗带兵，管教极严。但是，无情未必真豪杰，在女儿身上，他可就柔情似水，一点脾气也没有了。

玛特儿侯爵小姐自幼在慈父的宠爱和娇惯中长大，傲慢而又娇气，一意孤行却又变化无常。上学之前在幼儿园，咬过几个保育员阿姨，关禁闭就大哭大叫砸玻璃。念书以后，不但敢跟老师吵塌天，而且敢跟校长闹陷地。在家里，她上不怕爹娘，比她大十岁的大哥不敢惹她，看小弟弟不顺眼就打屁股。秘书、司机、警卫员、公务员和阿姨，更不在话下。她最喜欢看小说，十三岁那年读过法国十九世纪大作家司汤达的长篇小说《红与黑》，对书中的玛特儿侯爵小姐佩服得五体投地，如醉如痴，从此便以玛特儿侯爵小姐自居，越发为所欲为了。

要想当个真正的玛特儿侯爵小姐，爸爸身边就必须有个跟于连·索黑尔一模一样的秘书。才华横溢，年轻英俊，高傲强狠，也就是已故法国电影皇帝钱拉·菲利普扮演的那个样子，才够味儿。

但是，老书记的秘书像走马灯，几个月换一个，一年换两个，不是唯唯诺诺，低眉顺眼，就是呆头呆脑，满脸麻木。没有个性，没有特色，没有一星半点儿的于连·索黑尔气质，玛特儿侯爵小姐看见他们就肝火上升，大发脾气。

因而，徐芝罘走进她家门口，玛特儿侯爵小姐正出门上学，两人匆匆打了个照面，她忽然感到眼前一亮，心怦怦猛跳。踏破铁鞋无觅处，得来全不费工夫，于连·索黑尔出人意料地上场了。

徐芝罘每天就在老书记家上班，晚上住在内院正房西侧的耳房里。从这一天起，到他被赶到市委副食基地那天止，两年七百三十日，每天都被玛特儿侯爵小姐骚扰得寝食不安。他上天无路，入地无门，只得常常把未婚妻安柳男叫来会面。安柳男是个记者，喜欢结识上层人士，到老书记家出入，正合她的兴趣。不过，她并不是到小耳房里跟徐芝罘谈情说爱，而是坐在老书记的大客厅，跟老书记谈天说地。有时也到老书记的大公子居住的东厢房，她、大公子和徐芝罘本是大学的同窗好友，聊得更是百无禁忌。徐芝罘搬来安柳男这个救兵，对于玛特儿侯爵小姐不但没有起到灭火作用，反倒像火上浇油，更逗起了她那争风抢上的兴致。徐芝罘那“人不可有傲气，但不可无傲骨”的脾气，已经惹得书记夫人大为不满，也叫老书记心中不快。玛特儿侯爵小姐却又在一个大雨滂沱的夜晚，一厢情愿地跑到徐芝罘的耳房幽会，被警卫员的一双夜眼发现，于是徐芝罘遭受放逐的处分。

二十多年过去了，徐芝罘回忆往事，一回也没有想到过玛特儿侯爵小姐。在他眼里，玛特儿侯爵小姐只不过是一个被爹娘宠坏的女孩子，品质并不恶劣，他并不怨恨她。一个人的一生，不知要认识和遇到多少人，对于某个时期的某个人既无热爱也无怨恨，也就不会留下深刻的记忆。

可是，事隔多年，这位玛特儿侯爵小姐好像是个从大西洋底来的人，神秘莫测地突然出现，打发一个油头粉面的时髦青年跑腿儿，给徐芝罘下帖子，邀请他到香格里拉饭店，谈一笔爱情交易。请柬上的文字，就是如此写的，仍然不失玛特儿侯爵小姐那我行我素的风格。但是，徐芝罘四十七岁了。当年二十多岁的时候，尚且不肯陪伴她做爱情游戏，难道年将半百却要演出一场荒唐的闹剧吗？他很客气地退回了玛特儿侯爵小姐的请柬。

玛特儿侯爵小姐不但本性难移，而且变本加厉，不达到目的或全盘输光，是不后退，不罢休的。

那时，徐芝罘还没有得到通惠河南里北楼一门三层九号的二分之一，住在机关办公室里，白天不能看书，更不能写作，便常常带着一只滚动手提包，装满书、纸、笔、暖壶、干粮和其他必需用品，搭乘公共汽车到三环路以外的农村小河旁，把一块塑料布床单铺在柳荫下，撑起一个画家写生的支架，坐累了蹲着，蹲累了跪着，跪累了坐着，在支架上写他的地方志专著。渴了泡一杯茶，饿了啃几口面包，困了四脚拉叉仰在塑料布床单上睡觉。文人应有雅兴，他这个农家子弟出身的文人，只有野趣。

这一天，他一口气写出三千字才休息，心满意足地啃了一个面包，喝一杯浓茶，仰面朝天躺下来，连吸了两支烟还兴奋得不能入睡。却在这时，青纱帐里一阵唰啦啦响，荒郊野外竟然走来一位当代女强人打扮的贵妇。如果不是确有其事，这个令人难以置信的情节，读者完全可以断定必是作者主观随意性的安排。

目前，某些时髦女子模仿的是港澳酒吧女郎、夜总会舞女、影视明星和交际花的穿着打扮，未免眼皮子薄，小家子气，自轻自贱。而这位三十多岁的贵妇人跟她们不是一个档次，她从发型到衣着，从眼神到动作，都模仿的是英国首相撒切尔夫人的派头儿，要不怎能算是当代女强人呢？

“徐芝罘！”这位贵妇人以居高临下的姿态，带有男性音色的女低音，直呼我们这位中年地方志学者的姓名。

我们的中年地方志学者听到这突如其来的一嗓子，感到十分奇怪，支起半个身子，眯眼看去，并没有认出这位贵妇人竟是二十多年前的玛特儿侯爵小姐，只是怀疑她是北京人民艺术剧院公演的外国名剧《贵妇还乡》中扮演女主角的朱琳，穿着戏装遛到郊外呼吸新鲜空气。不过，朱琳已经六十出头，这位贵妇人也就三十多岁，那么可能是B角。

“你是……”徐芝罘紧吸了两口烟，把烟蒂抛到三丈外的草丛中。

“少小离家老大回，乡音无改鬓毛衰；儿童相见不相识，笑问客从何处来？”贵妇人口中吟出唐代诗人贺知章的七言绝句，就像京剧的青衣花衫，上台念四句定场诗，然后道出自己的姓氏芳名。

“嗬，你是玛特儿！”徐芝罘吃了一惊，将她从头上看到脚下。

“白日见鬼了吗？”玛特儿侯爵小姐冷笑一声，一步一步走过来。

“意外相逢，不免惊奇。”

“不是惊喜？”

“奇中有喜。”

“怎么不请我坐下来呀？”

“我怕这块塑料布床单，腌臜了你那贵重的服装。”

“孱头！见着假洋鬼子便如此自甘低下，那么在洋人面前就更要奴颜婢膝了。”

说着，玛特儿侯爵小姐一屁股坐在徐芝罘身边。

她那盛气凌人的傲慢态度，惹火了徐芝罘，反唇相讥道：“那么，以假洋鬼子自居，又是哪一路货色？”

“比孱头高一等！”玛特儿侯爵小姐见有半杯残茶，抓过来咕噜噜喝个精光，“穿过这片青纱帐，渴死我了！你带着可口可乐吗？”

徐芝罘大笑道：“你表演的这个小品，没有一点矫揉造作，不失天然本色。”

“当年我下乡插队，耪荒渴得嗓子眼冒烟，跑到河边撅起屁股趴下身子，就像骒马母牛饮水。”玛特儿侯爵小姐一个翻身，双手撑地，跪下两腿，在徐芝罘面前表演起来。

徐芝罘皱起眉头，说：“不堪入目，收起来吧！”

“我要讲起当年的故事，你还要大叫不堪入耳哩！”玛特儿侯爵小姐只得停止表演，打开暖壶，洗了洗杯子，从手箧里掏出两枚药片，含一口水喝下去。

徐芝罘问道：“你有什么病，吃的是什么药？”

玛特儿侯爵小姐向徐芝罘瞟了个媚眼儿，做了个淫猥的手势，哧哧笑道：“避孕药。”

徐芝罘像被火蝎子蜇了一口，旱地拔葱蹦起来，喊道：“玛特儿，你敢胡闹！”

“看把你吓得魂飞魄散的鬼样子！”玛特儿侯爵小姐咯咯笑成一

串，“以我目前的身份地位，才不会在光天化日之下、桑间陌上跟你野合。”

徐芝罘沉下脸，说：“如果你不肯正经一点儿，那就恕我不能奉陪了。”

“我吃的是镇静药。”玛特儿侯爵小姐黯然神伤地叹了口气，“只要我兴奋过度，就大发歇斯底里。”

“看来，这些年你也很不顺利。”徐芝罘放了心，“能不能简要地谈一谈你这二十年的经历？”

玛特儿侯爵小姐从手箧里掏出英国“三五”牌高级香烟，扔给徐芝罘一支，自己点起一支，深吸了一口，说：“我这二十年，有冤报冤，有仇报仇，吃了不少亏，也占了不少便宜。得失相等，收支平衡，既不懊悔，也不留恋。”

“我从你家出来以后，听说你考上了外语学院。”

“那是老头子的一封八行书，把我保送到这座高等学府，我自己怎么能考得上？”

“后来呢？”

“‘文化大革命’来啦！我如鱼得水，大造老头子的反。”

“他已经是墙倒众人推，你这个亲生女儿又何必落井下石？”

“这叫睚眦必报，谁叫他干涉我跟你的恋爱自由？”

“打倒了他，你也就沦为走资派子女，只不过替别人火中取栗，自己又能讨到什么好处？”

“我被下放到穷山沟的农场里锻炼，过的是变相劳改犯的生活。可是，没有多少日子，我便一鸣惊人，摆脱了困境。”

“你是很会出奇制胜的。”

“我吃不了那泥里滚、草里爬的苦，忽然灵机一动，宣布要跟珍宝岛战役中身负重伤而截肢的特等荣誉军人结婚，于是平地一声雷，一举而成名，跳出穷山沟，住进疗养所。”

“你这个行动，有几分真情？”

“为达目的，不择手段。”

“恕我直言，这叫心术不正。”

“我跟他做了八年的挂名恩爱夫妻，一九七八年他死了，我又恢复了自由，到当地的外贸公司当翻译。”

“这八年你是怎样待他？”

“时好时坏。”

“此话怎讲？”

“他听我的话，我就对他好；他不听我的话，我就对他坏。”

“是东风压倒了西风，还是西风压倒了东风？”

“这个铁汉子被我揉搓得像面团儿，百依百顺。”

“我看他离开了你，也是恢复了自由。”

“否！他临死之前哭得像泪人儿，愿跟我生生世世为夫妻。”

“这真是儿女情长，英雄气短呀！”徐芝罘感到一阵翻胃，心里很不是滋味儿，“你刚才自称是假洋鬼子，又在玩什么把戏？”

玛特儿侯爵小姐嗖的一声掏出一张名片，甩给徐芝罘，吐了一口烟雾，说：“鄙人目前是三国四方合资经营的开发公司总经理。”

徐芝罘看那名片上的头衔，果真不假。这个开发公司的股东，有港商和国内的一家进出口公司，还有日本和美国商人，所以是三国四方。

“你们这个公司，都开发哪些项目？”

“服装业和美容化妆品。”

“这都不是四化急需的东西。”

“美化生活，建设精神文明呀！”

“不要跟我满嘴的冠冕堂皇啦！”徐芝罘忍无可忍地大喊道，“你不过是替外商向国内市场推销他们的滞销货和处理品，对四化建设有害无益。”

玛特儿侯爵小姐吸了吸鼻子，说：“徐芝罘，我从你身上嗅到福尔马林气味儿，你是僵尸还是僵化？”

“你才是个没有灵魂的行尸走肉！”徐芝罘更压不住心头的火气了。

玛特儿侯爵小姐不但没有羞恼，反而莞尔一笑，说：“我是来跟你谈一笔爱情交易，不是来找你吵架的。”

“爱情还有交易？”

“亏你还是个学者！一夫一妻制，就是等价交换原则在婚姻关系上的体现。”

“不管等价不等价，我不想交换。”

“我们这个开发公司，下设一个服装开发中心，一个美容开发中心，最近还要设立一个文明开发中心，重金礼聘你当经理。”

“我不想叫你开发，也不想替你开发。”

“那就把你那巨型学术著作，交给我们文明开发中心出版。”

“你怎么知道我在写一本书？”

“对于你的一动一静，我都了如指掌。”

“我的书有地方出版。”

“撒谎！你这本书是赔钱货，没一家出版社肯要。”

“那么，你们这个唯利是图的开发公司，为什么不怕赔钱呢？”

“爱，是不能忘记的。”

“痴人说梦。”

“当年你有安柳男，我没有把你夺到手；眼下你孤身一人，我抓住了你就不撒手。”

“对不起，我已经有了终身伴侣。”

“那是你的影子，不是女人。”

“我这个身上散发着福尔马林气味的人，做你的丈夫，有损你这位手扒三国、脚站四方的女强人形象。”

“那就跟我同居，做我的情夫。”

“住嘴，无耻！”

“姓徐的，你敢跟我吹胡子瞪眼，吆三喝四！”玛特儿侯爵小姐抓起徐芝罘的暖壶，摔在地上，还不解气，又摔碎一只茶杯。

“玛特儿，你……”徐芝罘扭住发狂的玛特儿侯爵小姐的胳臂，“你是一位老革命家的女儿，不要给你的父亲丢脸。”

“放屁！我没有他这个爸爸。”玛特儿侯爵小姐大叫大跳，“他给我写过十封信，我那个嫂子安柳男找过我二十遍，我就是不想回那个家去。”

“你们应该互相宽恕，恢复父女之情。”

“没有他我也打出了一片天下！不像我那个顺者为孝的哥哥，借老子的光当混世虫。”

玛特儿侯爵小姐声嘶力竭地大喊大叫，显然是歇斯底里大发作了。这时，从青纱帐那边的公路上，跑来一个身穿白大褂、手提红十字药箱的人，把披头散发的玛特儿侯爵小姐架走。此人正是给徐芝罘下帖子的那个油头粉面的时髦青年，他是玛特儿侯爵小姐的保健医生。

玛特儿侯爵小姐给徐芝罘留下的印象，真是白日见鬼。

5

刘七七跟徐芝罘，已经知己知彼。

一个人掌灶，一个人打下手，两人合作炒了几个菜。一直关在自家屋里不声不响的薪儿，啃吃了大半个馒头，早已歪倒在床上睡着。他们便到徐芝罘的屋里，在临窗的写字台上吃午饭。

两人各占一侧，对面而坐，从窗外那片碧水荷花鱼塘上，阵阵凉风吹进来。徐芝罘存有一箱瓶装的青岛崂山啤酒，拿出四瓶，打开封口，给每人满上一杯。

"可惜我还没有买冰箱，温吞吞的啤酒喝起来大减成色。"徐芝罘端起玻璃酒杯，"碰个杯吧！要不要说两句吉利话儿？"

"此地无声胜有声，还是尽在不言中的好。"刘七七低垂着睫毛，轻轻摩挲着酒杯。

他们各自喝了一口酒，吃一箸菜。徐芝罘放下筷子，笑道："七七，我看你最大的变化，是被那位民主人士老太太熏陶多年，又雅得不像村姑出身了。"

"你看到的是假象，没有揭开皮看瓤儿。"刘七七俏皮地一笑，

“你把我惹翻了，吵起来像个村妇。”

“这叫乡土本色不改。”徐芝罘直盯着刘七七的面孔，想从她的面孔上找见村妇的影子。

刘七七三十七岁，正是女人夏秋之交的年龄，却见老得早。她留的是年轻人的披肩长发，刚才炒菜大汗淋漓，拴了一条麻纱手帕，头发枯黄、蓬乱而又湿漉漉的，更显得脸庞憔悴；而憔悴的脸庞上又散落着雀斑，额头生出浅浅的皱纹，脸颊的皮肉也松弛了。上身穿一件无袖的茧绸短衫，两条胳膊瘦长而僵直，短衫掉了一只扣子，看得见瘦骨伶仃的肩胛，下身穿着刚到膝下的半旧黑绸裤子，已经皱皱巴巴。但是，她的眼神、风韵和笑影，仍然有一股残留秀气，说不出的魅力。

“你看我这副村婆子模样儿，可就坏了胃口，还是赶快喝酒吃菜吧！”刘七七掩饰着被徐芝罘看得心慌，给徐芝罘夹一大箸菜，又领先端起酒杯，遮住了脸，“我看你已经完全是学者风度，没有一点土气了。”

“这也是错觉。”徐芝罘收回了目光，摇了摇头，“日久天长，你就会发现，我就像孙悟空变庙，旗杆竖在庙后，藏不住尾巴。”

刘七七喝下一杯啤酒，脸上出现红晕，像村姑搽上胭脂花汁，眼里也泛起水汪汪的春光，咬了咬嘴唇，笑问道：“芝罘大哥，你真的不喜爱那个……玛特儿吗？”

“真的。”

“为什么？”

“她只不过是皮毛模仿司汤达笔下的那位侯爵小姐，凡是模仿都不可爱。”

"那么，你只爱安柳男一个人。"

"我们好过十多年，但是没有爱过一天。"

"我的文化水平低，你的话太奥妙了，听不懂。"

"我是水，她是油，懂了吗？"

"她跟你一刀两断，你一点不难过？"

"肩上卸下了一块磨盘，心里也空落了一阵子。"

"后来她怎么嫁给了那个……玛特儿的哥哥呢？"

"她这个人，必然如此。"

"你们以后……现在……见过面吗？"

"七七，你这是存心要害得我消化不良了。"徐芝罘又斟满一杯，一饮而尽，"七七，咱们签订一个互助合作协定吧！"

刘七七一阵心跳，躲闪着徐芝罘的目光，问道："这是从何说起呀？"

"自本年本月本日起，咱们两户合灶。"徐芝罘拉开写字台的抽屉，找出纸笔，"我每月掏六十块钱，你每月掏四十块钱，作为咱们的共同伙食费；你主管采购和烹饪，我负责刷锅、洗碗、倒垃圾……"

刘七七挂起了脸儿，冷声冷气地说道："我顺手给你做三顿饭是理当的，不想占你那么大的便宜。"

"你把劳务看得一钱不值了。"徐芝罘苦笑道，"因为你是乡亲妹子，我才敢开这个口。"

刘七七见他急得满头挂露水珠子，忍不住扑哧一笑，却又眼里噙满了泪花，点了一下头，便急忙吃饭，一句话不说了。

吃过饭，徐芝罘便要立竿见影，履行协定，抢着刷锅洗碗，刘七七横拦竖挡，叫他休息，答应下不为例。

“那……我出去一趟。”徐芝罘从抽屉里拿出一个存折，匆匆就走。

“你锁上门呀！”刘七七追到门外。

徐芝罘已经跑到楼下，正沿着田间小路，流星赶月，奔向公共汽车站。

刘七七将厨房收拾干净，又给徐芝罘打扫房间。徐芝罘解除了后顾之忧，却累坏了刘七七这个后方留守。

薪儿醒了，下床走到过厅，揉着眼睛问道：“妈，那个人呢？”

“他是你乡亲舅舅，出去了。”刘七七抬起胳膊肘子，擦抹满脸的汗水，“以后他跟咱们娘儿俩在一张桌子上吃饭，你愿意吗？”

薪儿低下头，半晌才仰起脸儿，眼里含着两泡泪水，问道：“您还想吃剩饭，喝菜汤，好吃的都叫他抢到嘴里去？”

刘七七被他逗得心酸一笑，说：“你徐舅舅不是那种财狠食黑的人。”

“那……您想跟他住在一个屋里？”薪儿眨着眼睛问道。

刘七七的脸一下子烧红了，啐道：“你找我撕你的嘴呀！”

薪儿马上便一声不吭，又走到书橱前面，鼻子尖儿顶着玻璃，贪看那一册册薄的、厚的、平装的、精装的、中文的和外文的书。

这个孩子，也许因为刘七七怀孕的时候满肚子苦水，也许因为他出生以后就遭到沈字典的白眼，或者甚至因为刘七七痛恨那个楚某人，而对他缺少母爱；他一年年长大，竟一年比一年呆头呆脑，满脸傻气，不爱说话。但是，他有时脱口而出，却又出人意料。他已经上小学四年级，别的功课常常不及格，算术却经常都能考一百分。

楼梯上，一阵沉重而紊乱的脚步声，刘七七听得出，脚步声中徐芝罘口气柔和地跟一个人说话。她忙迎出门去，只见徐芝罘和一个平板三轮车工人抬一只一百三十五立升的电冰箱，满头大汗走上楼来。

“七七，给这位师傅沏茶，拿烟。”徐芝罘喜眉笑眼，高高兴兴，“我们社科联办了个夜大学，我开了几个讲座，他是我的学生。”

“有事弟子服其劳，我理当给徐老师卖一膀子力气。”大鬓角小胡子的平板三轮车工人，嬉皮笑脸中却又表现出尊师重道，“徐师母，您下楼搬那十四英寸的彩电，免得我多跑一趟腿儿，比抽烟喝茶对我大为有利。”

刘七七搬着彩电上楼，徐芝罘和平板三轮车工人拉拉扯扯下楼。

“你不收我的运费，又不肯吃我的饭，我怎么过意得去？”徐芝罘急赤白脸，扯住他这位夜大学的门生不放手。

他这位流里流气的弟子，挤眉弄眼笑道：“徐老师，哪一天您赏我的脸，我请您跟师母到长城大饭店撮一顿儿，今后我就来而不往非礼也了。”说着，他挣脱了徐芝罘，一步三阶跑下楼去，蹬上平板三轮车，一溜烟逃走。

电冰箱安放在厨房里，彩电安装在过厅上。

“芝罘大哥，你这是……”刘七七紧皱眉头，流露出疑惑的神色。

“我还给你买了一件旗袍，你更要怀疑我是别有用心吧？”徐芝罘被扫了兴，惨然一笑，“咱们在互助合作协定之外，还可以签订一个互不侵犯条约。”

他把一个纸包递给刘七七，进屋关上门，躺在床上看书，不一会儿就睡着了。

刘七七也回到自己屋里，反手掩上房门，打开纸包，展开一看，原来是一件蜡染蓝底白花的旗袍，这是今年最富有乡土特色的时装。穿在高个儿而又身腰苗条的中年妇女身上，不但不显土气，而且占个俏字，别有风韵。刘七七提起旗袍的双肩，贴在自己身上，面对穿衣镜，比一比尺寸，长短肥瘦都正合自己的身量，十分中意，想不到徐芝罘在挑选服装上很有眼力。但是，比来比去，她便发现自己那愁眉锁眼而又暗淡无光的面容，穿上这件旗袍，更显得老相，连忙又包裹起来，放进衣柜里。

徐芝罘被刘七七叫醒，出屋到过厅上吃晚饭。绿豆粳米粥，芝麻酱花卷儿，四碟小菜。刘七七和徐芝罘不冷不热，反倒是薪儿觉得太冷清了，不停箸地给徐芝罘夹菜。

吃过饭，刘七七和薪儿都抢着刷锅刷碗，徐芝罘也就不再争夺，回屋凭窗远眺。

刘七七悄悄走到他的身后。

厨房里，叮叮当当刷锅刷碗的是薪儿。

“你在望乡？”刘七七轻声问徐芝罘道。

“我每天吃过晚饭，都在窗前站一会儿。”徐芝罘没有回过头，仍然眼望窗外，“望见东南天角那一闪一闪的星光，就好像看见我干爹那鸡毛小店窗口的灯火。”

“你还有个干爹？”

“八十多岁了，没儿没女。”

“怎么不进敬老院？”

“老人家偏要在蝈笼镇开个鸡毛小店，挣下万贯家财，给我留下一笔遗产。”

“我妈也是月月给我寄三十块钱。”

“刘大婶的身子骨儿还很硬朗？”

“七十岁的人，养着三百只鸡，一点也不怕劳神费力。”

“刘大叔找到了吗？”

“我哥哥在京广线上当列车长，听说我爸爸在洞庭湖里当‘天吊户’，没有户口，没有地址。在地方小报上登遍寻人启事，不见回音，又请假下湖找他几回，也没有找见。”

“老兄弟也长成膀阔腰圆的大汉子了吧？”

“他给乡镇企业开汽车，娶了个胡搅蛮缠的泼妇，气得我三年没回家了。”

“过些日子我要下乡做社会调查，一定到你家看一看。”

“你常常下乡？”

“每年都要下乡两三个月，今年因为干爹跟我怄气，我还没有下去。”

“你怎么惹恼了老爷子？”

“老人家把话说死了，我不带着个媳妇回去，他这辈子不想见我的面。”

刘七七又从徐芝罘身后悄悄走开了。

这一对旷男怨女，同住一个单元，在一张桌子上吃饭，互利互惠而互不侵犯，各自为政，相安无事。徐芝罘一日三餐饭来张口，节省不少时间，每天能多读两万字，多写一千字。刘七七虽然加重了家务负担，却并不感到劳累，眼见得脸颊丰腴满面春色了。

每年三伏，市委和市政府都要在避暑胜地石骆驼山庄，举办部、局长以上领导干部读书会，一边避暑，一边读书，一举两得。读书会以自学为主，同时开办专题讲座，邀请各方面的专家学者主讲一个专题。徐芝罘研究社会学，致力于地方志，这是门被冷落的学科，几年来当头儿的，无一人过问，想不到今年徐芝罘竟被点名侍讲，正好比吃腻了大鱼大肉，突然对小米面窝头、绿豆水饭和小葱拌豆腐发生兴趣，只不过是换一换口味。一去三天，走得仓促，徐芝罘买了几斤瘦肉和两个西瓜，装进电冰箱，给刘七七留下一张条子，叮嘱她小心门户，天黑不要外出，以免遭遇歹人。这是因为，前一天薪儿已经到百里外的百花山少年儿童夏令营，过一个星期的野外宿营生活，家里连个给刘七七壮胆的人也没有了。

刘七七在工作岗位上忙碌一天，下班倒换三回车，走一里多路，疲惫得气息奄奄。可是，只要回家一进门，看见徐芝罘在临窗的写字台上埋头写作，薪儿在自家屋里的小圆桌上演算习题，全身的疲乏一下子消失了。洗了脸，换衣裳，喘口气，就到厨房做饭炒菜，兴致勃勃。谁想今天下班一进门，两个屋子都空无人影，看完徐芝罘留下的条子，身上就更没有了气力。冰箱里有一个剩馒头和一碗剩粥，还有一碟八宝酱菜，她懒得热一热，便囫囵吃了晚饭。洗了个澡，上床休息，身子像散了架，没有脱下衣裳就睡着了。

半夜，下起大雨，她被雷声惊醒，从床上爬起来，只见窗外的闪电张牙舞爪，风吹雨入打湿了窗沿。她忽然想起徐芝罘那临窗的写字台上，摆放着纸、笔、墨、砚和参考书，不能被雨水打湿，便跑进那间屋里，关窗闭户，拉上窗帘。一阵奔忙，身上出汗，关起窗户的小屋闷热，她便脱下衣裳倒在徐芝罘那单人床的凉席上，喘一喘，静一静。

徐芝罘的枕巾，散发着一股淡淡的汗酸和刺鼻的烟味。然而，刘七七不但没有感到呼吸不畅，反而引起全身一阵亲密的冲动，她的半边脸埋在徐芝罘的枕头上，蒙眬中就像枕着徐芝罘的一条胳臂，在风声雨声的伴奏下倾诉衷肠……

第二天晚上，她仍然睡在徐芝罘的床上，而且这天下班回家后，洗过身子，便换上徐芝罘送给她的蜡染蓝底白花旗袍，在穿衣镜前走来走去。

咔嚓！有人开门。她吓了一跳，侧转身子一看，走进门来的徐芝罘，也好像大吃一惊。

“哎呀，你来得真突然！”刘七七乱了手脚慌了神儿，脸涨得绯红，像一只自投罗网、难以脱身的小鸟。

她刚下班，把上班穿的一套衣裳脱下来，扔在徐芝罘的床上，洗过澡换上旗袍，怎么也没想到徐芝罘提前一个晚上回来。

徐芝罘大步走到刘七七面前，双手握住刘七七那渐渐圆润起来的胳臂，心跳发慌，声音急促，说：“我分三次，讲完这个专题……连最后一顿饭也不想吃，就……急急忙忙赶回来了。我……我有预感，在石骆驼山庄这三天两晚上，我一静下来就想你……”

他的眼睛凝望着刘七七的眼睛，从刘七七那泪水盈眶的眼睛里，看到一个饱尝人间苦辛的女子的惊喜、疑惑、恐惧、茫然……这叫他想起几天前，刘七七收拾自己那间装得满满当当的小屋，把一些坛坛罐罐搬到他那空下来的厨房里，没有来得及规整干净利落，便赶钟点匆匆上班去了。刘七七走后，他给扫尾，在一堆碎纸片里，发现两页没有撕得粉碎的日记。其中，一九八三年十一月二十五日写道：“一个人应该有所追求，才能使生活丰富充实，也才会有前进的动力和克服困难的勇气。否则，必将是空虚、颓废、碌碌无为。至于我过去十几年的生活，可谓暗淡无光，苟且偷生，可惜，可叹！”一九八三年十二月二十七日是一首小诗：“辞去旧岁迎新年，往事件件绕心间，可悲可喜何人晓，只有梦中解烦恼。”刘七七下班回来，他问过这两则日记的更深一层的内容。对于一九八三年十一月二十五日，刘七七答道：“那一天我打定主意，跟沈字典离婚。”对于一九八三年十二月二十七日，答道：“写得明明白白的呀，做个好梦，暂时就不烦恼了。”然而，好梦的情景，梦见的人和事，却含糊其词了。

泪水模糊了刘七七的眼睛，她扑到徐芝罘的怀里，哭道：“芝罘哥，我在梦里给过你多少回呀！”她那苦涩的嘴唇乱吻着徐芝罘，发泄郁积多年的情思。

6

安柳男的一臂之力，将刘七七和徐芝罘的露水姻缘，促成长久夫妻。

徐芝罘和刘七七那天猝然遭遇，当晚他俩就同居了。两个历尽沧桑的中年人，相知多年，早已渴望这一天，迸发的火花点燃了两垛干柴，也就急匆匆了却了这桩夙愿。

一连三天，他们沉浸在悲喜交加的梦境中，回忆往事，倾吐相思，刘七七一夜哭十遍。到第四天晚上，冷静下来的徐芝罘，不能不点醒狂乱状态的刘七七，往矣不可追，还是以前种种譬如昨日死，以后种种譬如今日生，面对现实向前看吧！

他们从床上搬到地下，铺的是塑料地毯和一大张凉席，盖一床红花绿草的毛巾被，颇有日本榻榻米风味。门窗大开，白茫茫的银河挂在天空，穿堂风像从银河淌下的流水，徐芝罘又感到恍如躺在运河岸边的伞柳下，凉席就像柔软清凉的白沙地，毛巾被上的红花绿草散发着故乡花草的芳香，引动他的乡情。

“喂！”徐芝罘轻轻唤醒呢喃梦呓的刘七七，“明天咱俩都从机关开一封证明信，到街道办事处登个记，我带你下乡拜见老公公。”

“你要跟我结婚？”刘七七半睁半闭着眼睛，目光困乏而又厌倦，“我可没想过。”

“咱们已经是夫妻了呀！”徐芝罘笑道，“领取一张结婚证，不过是追认既成事实，名正言顺而已。”

“你想拿一条法绳，把我五花大绑捆起来吗？”刘七七翻了个身，给徐芝罘一个后背，“搬起石头砸自己的脚，你也不要自讨苦吃。”

徐芝罘几乎不相信自己的耳朵，三天来情意绵绵的刘七七，怎么会陡地发生突变，说出如此不合情理的话？

“七七，这种非法同居被人发现，咱俩……脸上都不好看。”徐芝罘扳着刘七七的肩膀，耐心地劝道。

刘七七扭动身子，挣脱徐芝罘的手，哼道：“难道有谁在咱们的床下安放窃听器和录像机？”

徐芝罘起了急，说：“万一你怀了孕，社会影响……”

“请你放心！”刘七七冷笑一声，“我为了不跟沈字典生孩子，早就偷偷做了绝育手术。”

“七七，你究竟为什么不愿意正式结婚？”

“我怕累赘你。”

“是怕我累赘你吧？”

“做你的妻子，我不配。”

“强词夺理！”

“你不要假装糊涂！”刘七七掀开毛巾被坐起来，“我是残花败柳，有损你的名誉；你应该娶个白璧无瑕的处女，做你的贤内助。”

徐芝罘叹了口气，说：“我已经四十七岁，看过多少老夫少妻的悲剧，婚姻上也要实事求是。”

“我不能给你生儿育女，做你的妻子亏理。”

“咱们有个薪儿，正是一对夫妻一个孩。”

“他不是你的骨血。”

“我不是我干爹的亲骨肉，可是老人家疼我胜过亲生儿子。”

“你是个名气一天比一天高的学者，我是个无名之辈、小小的图书管理员，差距太大。”

“我后悔当初没有娶我那干姐姐，她虽是个半文盲，却深明大义。”

满脸雪上加霜的刘七七，听他说出这句话，突然扑哧笑了。

前天晚上，他们同床共枕说闲话，互相谈起刚刚朦朦胧胧懂得一点儿男女私情的时候，头一个心上人是谁？刘七七紧箍着徐芝罘说：“我睁眼闭眼，醒来梦里，想的都是你。你呢？”徐芝罘坦白地答道：“我爱的是比我大几岁的干姐姐。”原来，徐芝罘一岁丧母，吃干娘的奶才活下来。干娘家有个比他大几岁的干姐姐，背着他，抱着他，哄他玩。徐芝罘三岁那年干娘的丈夫死了，干娘带着小儿子改嫁，把干姐姐扔给娘家兄弟。那时，徐芝罘有个亲爹，还有个曾祖母；曾祖母收留了干姐姐，吃住都在徐家。两年之后曾祖母老死，四年之后亲爹惨死，干爹老虎跳把他收养长大，也把干姐姐改做他的童养媳。可是，全国解放以后，他念完小学上中学，念完中学升大学，安柳男都跟他一同步步登高，形影不离。干姐姐不想落个秦香莲的下场，便学那杨香草和刘巧儿，自己找婆家了。干爹老虎跳却硬说她是水性杨花，到她婆家破门问罪，而且三十年不解死扣儿。

“痴心不死，就该旧梦重圆呀！”刘七七的口气，酸溜溜了，“她的男人不是死了吗？你赶快娶这位干姐姐去吧！”

徐芝罘笑了笑，说：“如果没有遇见你，我也许会下决心娶她。”

“为什么有了我你就不要她呢？”刘七七逼问道。

“她已经儿孙满堂，在农村当了奶奶的女人改嫁，要受到各方面的压力，亲友儿女更要百般阻挠。”徐芝罘说出自己的顾虑，并无一句虚假。

“你不过是看我比她年轻，就嫌弃她的衰老！”刘七七口角锋利，冷嘲热讽，“我也快四十岁了，比起那些待字闺中的女才子，也是个半老徐娘。有一天你爱上她们中间的哪一位，也会嫌弃我的满脸锈斑，肌肉松弛，人老珠黄……”

“住嘴！”徐芝罘一声断喝，“你……你喜怒无常，多疑善变，我……我讨厌你。”

说罢，他闭上眼睛，胸中的怒气呼呼作响，像地火在地下运行。

“哟！刚刚同居三天，我就惹得你大动肝火呀？”刘七七紧贴着徐芝罘躺下来，心已软了，嘴还要硬，“可见咱们的爱情只能昙花一现，你还想正式结婚哩！”

“哼！你就是磨破了嘴皮子，今夜晚我也不理睬你。”徐芝罘心中自言自语，“什么同居？野合、搭伙、轧姘头……这是对我的极大污辱。”

刘七七吸溜了几下鼻子，委屈得哭了，说：“都怪我不知自爱自重，一别二十多年，见面才十几天，就把身子给了你。”

“偏离正题，节外生枝！”徐芝罘的话虽没有出口，火气却更大了，“难道我只是发自本能，而不是出于爱情，才跟你……过夫妇生活的吗？”

徐芝罘自幼有个病根，盛怒之下手脚冰凉，暴跳之后气息微弱，睡个大觉才能恢复常态。眼前他虽然只有盛怒，没有暴跳，也已经感到精疲力竭，一切都索然无味，只是瞌睡。

他半睡半醒，扯起了似有若无的鼾声。

外强中干的刘七七受不得这种冷落，半个身子扑到徐芝罘的胸膛上，哭叫道：“芝罘哥，你好狠心呀！”

“我不想跟你打嘴架！”徐芝罘烦躁地长吁短叹，“你不愿跟我结婚，我不能强人所难。但是，这种非法同居，也应该立即结束。”

“我跟不学无术、人格低下的沈字典离婚，嫁给你这个有学问、有名气、有地位、有品德的男人，怎么能不愿意呢？”刘七七伤心地哭泣，“可是，你不左顾右盼，我却要前思后想，万一有一天你发现咱们的结合是一种误会，再想解除这种束缚，不知要花多大的代价呀！”

“你看你，转脸就不认账！”徐芝罘又恼火起来，“刚才是你说我想用一条法绳将你五花大绑，分明是你怕将来对我大失所望，难以摆脱我的纠缠。”

“我那是正话反说。”

“七七，在领取结婚证的同时，我可以给你立下一份文书，保证你享有随时可以和我离婚的充分自由。”

“只要我下定决心跟你结婚，这辈子就不会跟你离婚。”

“不要一时冲动，把话说绝。”

“那么，你是不是留有余地？”

“我有一丝一毫的离婚念头，也就不想跟你结婚了。”

“如果我叫你大失所望呢？”

“那就实行分居，而不离婚，对外要保住两人的面子。”

“你敢！”刘七七跳了起来，手指窗口，“只要我做了你的妻子，发现你对我已经没有感情，我就从你眼前跳下楼摔死。”

婚姻上有过惨痛遭遇的女人，多多少少都有点神经质。徐芝罘真怕刘七七神经质大发作，恍惚之中跳出楼窗，慌忙把她拦腰抱住，按倒在凉席上。

一场口舌之争平息下来，两个人都好像心平气和了。以后的三天，虽然没有前三天的狂热，却更温柔体贴，爱得深沉。

薪儿从夏令营归来前夕，刘七七宣告他们的同居从明天起终止，今后仍如过去，泾渭分明，不可越雷池一步。

“随你的便吧！”徐芝罘冷言冷语，“我早已表明我的态度，除非你自愿同意跟我结婚，我再也不肯接受你的这种施舍了。”

“不成夫妻，也不能结下冤家。”刘七七吞咽着眼泪，“这些日子，我一直留心，给你找个……德、才、貌三全其美的女人……”

“你说这话，马上离开我的身边！”徐芝罘喝道。

徐芝罘的冷声寒气，反倒引起刘七七的如火如荼，她亲吻着徐芝罘，说：“我给你两年时间，你千方百计找个称心如意的妻子。两年之后，你真没有找到，只要招呼我一声，我就跟你登记。”

“为什么要规定两年？”

“过了两年你四十九，我三十九，四十九加三十九是八十八，正像咱们家乡那句儿歌：‘老头老婆儿八十八，寒冬腊月结晚瓜。’”

“毫无道理！我没有游戏情场的时间，更没有狂蜂浪蝶的兴致。”

“你不能一天到晚光扑在看书写作上，像个机器人。”

“我不会一心二用。”

“那么，在我规定的两年里，你不肯有所行动？”

“我只想抢时间写出这部地方志。”

“为什么要用个抢字？”

“因为有人要夺走我的宝贵时光。”

“谁？”

“老书记。”

“他又要调你当秘书？”

“不，担任县委书记。”

“哪个县？”

“从连接天津市和河北省的两个县里划出九乡一镇，建立一个具有特区色彩、推行农村工业化的实验县。”

“祝你官运亨通！”

“你不如给我奏一首哀乐。”

“难道你不想当官儿？”

“我天生不是官材，所以只想埋头书堆，远离官场。”

“那么，这顶乌纱帽怎么扣在了你的头上？”

“都是安柳男从中拨弄，老书记偏听偏信。”

“看来，她对你不忘旧情。”

“你真会给我脸上贴金！她是为了讨好老公公、小姑子和小叔子。”

“你把话说得通俗易懂，别跟我绕弯兜圈子。”

“邀请我到石骆驼山庄讲学，不过是为了把我拘留几天，老书记在安柳男的配合下，赶鸭子上架。”

原来，老书记早有一个不够成熟的建立实验县的方案，只因不久即将退居二线，便迫不及待要马上实现。并且，已经内定他的小儿子当一把手，他从幕后进行全面指导。玛特儿侯爵小姐前几天经过嫂子安柳男的穿针引线，精心安排，也跟老爹和解。她那三国四方联合开发公司，决定在实验县投资。服装中心和美容化妆品中心在实验县开办几家工厂，文明中心在实验县兴办影剧院和游艺馆，丰富老百姓的精神生活，改变农村封建残余的生活方式。安柳男现任农村工作部干部处长，下个月就要出任乡镇企业局副局长，也可以给实验县大开绿灯。不过，虽说是知子莫过父，安柳男却比老公公更了解自己的小叔子。这位衙内，自幼锦衣玉食，娇生惯养，学无专长，出马上阵就挂帅印，刚一登台就唱头牌，是难当重任的。如果初战失利，首场演出砸了锅，那就要严重影响今后的仕途进取。不如找个资格较老而又淡泊功名的当地知名人物牵头，小叔子暂时屈居二位。但是，这位一把手虽然有名无实，却要走在前面蹚地雷，小叔子便可人马保平安。有了功劳，落在小叔子的账上；出了差错，不管是检讨、处分，还是撤职查办，一把手责无旁贷。演习二年，小叔子取得经验，羽毛丰满，就可以请这位一把手让贤了。老公公连连点头称是，小叔子也觉得进退自如，皆大欢喜。父子俩问她谁是最佳人选，安柳男早已胸有成竹，不假思索就说出了徐芝罘这个名字。徐芝罘有三十年党龄，名牌大学毕业的学历，行政十八级不高不低，眼下已被公认是一位学者，在乡亲父老兄弟姐妹们中间极有人缘儿。他不想当官儿，更没有官瘾，请他下台就下台，不怕请神容易送神难。而且，他已经四十七岁，是个当县委书记已经过了景的人，过两年不肯下台也得下台，由不得他赖着不走。不过，最难办的还是请徐芝罘出山。徐芝罘埋头著述，学者十有七八从心眼里讨厌乌纱帽，而徐芝罘又是个死心眼子，劝他当官儿必定大费唇舌。于是，安柳男又劝老公公亲自出面，礼贤下士，晓之以理，动之以情。所以，徐芝罘在石骆驼山庄的三天两夜，除了讲课，便整个儿处于老书记和安柳男的内外夹攻之中。最后，他无可奈何地吐出一句活话儿：只要组织决定，他不愿意也得服从。因为还没有得到安柳男的正式通知，这几天也就瞒着刘七七。

“芝罘哥，这就是你们五十年代人的悲剧！”刘七七怨声恨气，“逆来顺受，没有个性。”

哥哥你走西口呀，
小妹妹实难留；

手拉着呀哥哥的手，

送到那大门口……

幽暗中，刘七七在枕边哼唱这支流传在三边、雁北、口外，也流传在京东的民歌小曲，低柔、悲凉、忧郁。

他们度过一个依依不舍的夜晚。

第二天，刘七七的心上像笼罩着一层浓厚的阴影，一整天眼皮子跳。熬到下了班，顾不得排队买菜，急如星火回家。

回家开门一看，薪儿回来了，徐芝罘的房门紧闭着。她顾不上跟儿子亲热，便心急地问道："薪儿，你徐舅舅呢？"

"一个当官儿的阿姨来接他，他坐着小卧车走了。"薪儿推开徐芝罘的房门，"舅舅给您留下一张条子。"

刘七七冲进屋去，只见临窗的写字台上，绿莹莹的文竹花盆下，压着一页短笺：

萋萋：

安柳男将组织决定正式通知我了。我有个性，但要服从党性，今天我就下乡听取乡亲们的意见，半个月后回来。

之夫

看见萋萋二字，刘七七哭了。今天黎明时分，她和徐芝罘吻别。徐芝罘给她擦泪，笑道："茅盾的茅，是叶圣陶先生改的，含有隐蔽的进攻之意。今后，我要把你的名字写成萋萋，因为你是我的隐藏在心里的妻子；而且，芳草萋萋，象征着你萌发了新的爱情和生命力。”她破涕而笑，想了想，说：“我也把你写成徐之夫，姓徐的丈夫。”他们紧紧地拥抱在一起，直到不得不起床。

言犹在耳，却人去室空，刘七七怎不伤情?

“薪儿，咱们追你舅舅去！”说着，她一阵风跑下楼，打公用电话，向本单位值班人员请两天事假。

7

七亩瓜田就像一口聚宝盆，一棵西瓜秧结出一个大元宝。从一九四九年到一九五四年的五年时光，北运河涝两年旱一年，老虎跳的七亩瓜田却旱涝得收，财神爷年年给他进贡。他这六年的收入，能盖起五间青砖大瓦房，拴一辆铁轴花轱辘车，套一匹四蹄生风的大骡子。比不上过去的土财主，也得算个小肉头户儿。可是，老虎跳仍然住在三间茅檐低小的瓜棚里，只有一头个子比狗大的白鼻子小黑驴，一辆半大小伙子就能拉起来飞跑的排子车。

挣一个花俩，瓜秧刚破土就卖了青苗，收入多开销大，一年一咣当。开支最大的是他娶了个徐娘半老的耍货儿，乡亲们看他的面子，管这个女人叫耍婶。

耍婶儿有两个毛病难改，一个是嘴馋，一个是打扮，更有一个毛病难治，那就是经血不调，坐不了胎。这个不孕之症，日久天长就成了心病，一头钻进牛犄角尖儿，妇道人家的心病最难医。

乡下的馋嘴女人，只不过是买半斤绿豆糕，烙两张白面饼，裹四个荷包蛋，玉米糁儿粥里搅上几撮芝麻盐儿，炒菜熬汤多洒几滴香油，如此而已，花钱不多，吃不穷老虎跳。耍婶子的打扮，也不过是打一瓶梳头油，买两块香胰子，三伏天怕蚊子叮咬，夜晚洗净身子擦花露水，三九天怕皴了脸蛋儿，搽的是雪花膏，平日喜欢穿浅嫩色的衣裳，头上插花戴朵儿，这也花不穷老虎跳。吃进肚里，穿在身上，都不冤枉，只是不该把老虎跳一个汗珠子砸一个坑儿换来的钱财，糟蹋在求神问卜寻偏方上。自从她名正言顺地嫁给了老虎跳，最大的心愿就是给老虎跳生个儿子，死后有人打幡儿摔丧盆子，刨坑下葬有人抓把土，年年清明有人填高坟头，烧香上供。不能叫丈夫绝了后，骂名落在她身上。够不够，四十六，岁月不等人。她一过四十，不管打扮得多么少相，皮嫩瓤糠了。于是，她一年比一年心焦，一年比一年慌神儿，为了求子保胎，她挥金如土，不计成本。这时，京西妙峰山和京东丫髻山的娘娘庙，早已坍塌倒毁，而且政府严禁迷信活动，不许朝顶进香。北运河上的几处寺庙，有的改成学校，有的改为村公所，神鬼都被扫地出门，也无处给送子娘娘行贿，掩耳盗铃拴娃娃。公开的迷信活动虽被禁止，地下的迷信活动却香火旺盛，这个会那个道，耍婶子都拜了门，而且不怕割肉，甘愿把卖西瓜的钱堵水眼。后来，小田先生见她闹得太不像话，就劝老虎跳带她到通州潞河医院的妇科看一看。老虎跳费两缸唾沫，才哄骗得她上了路。谁想，一进医院，只见男男女女都穿白大褂儿，好像大办丧事穿孝袍子，耍婶子便感到大不吉利，心里发冷，肉皮子发紧，头发根儿发奓。这座医院，原是美国教会开办，妇科大夫都是男子，打下手的才是女人。她进入病房，一个戴金丝眼镜，大口罩蒙住半张脸的男大夫，命令她上床褪下裤子，好像还要动手动脚；她恼羞成怒，把那个男大夫骂得狗血喷头，撞开门夺路逃走。从这以后，她就更被会道门迷住心窍，竟然暗中替会道门兜揽生意。

那时，这个小村只有老龙套子一个党员，当村长，主管政务。老龙套子又保举老虎跳当副村长，主管生产。耳聋而又文盲的老龙套子当了几个年头的村长，不但没有误过一桩公事，而且上上下下都很满意，年年都有一张奖状挂在墙上。这是因为他比别的村长多一个秘书，他这个秘书便是孤儿徐芝罘。芝罘儿到一九五〇年已经十二岁，念完了高小，就要升入初中。这个孩子念书绝顶聪明，没有入学就跟小田先生学会了两千多字。老龙套子从上任那天起，每逢开会，不管芝罘儿是不是正在上课，闯进教室，背起芝罘儿就走，小田先生也不阻拦。赶到会场，老龙套子坐在板凳上，芝罘儿躲在他的背后；他直勾勾盯住主席台上的区长，瞪圆了眼珠子睡大觉，自有芝罘儿在背后耳听手记，一句不丢，一字不漏。话说这一年麦收时节的有一天，老龙套子又带着芝罘儿到区上开会，开会的内容是将反动会道门的头子一网打尽，教育上当受骗的道徒会众。老龙套子从区上回来，没进家门，一口气跑到老虎跳的瓜田，赶忙透露这个消息。耍婶子只因求子心切，才被会道门的鬼话迷了魂儿，属于上当受骗，不应逮捕。可是老虎跳恼她像中了魔怔，东跑西颠不沾家，害得自己常常饿肚子。而且，身为副村长，就应该铁面无私，大义灭亲。于是，老虎跳就扮演了黑脸儿包公，说："你报到区上，把这个娘儿们抓进去，蹲几天大牢。"

"嫂子一不是道长，二不是会头……"老龙套子毕竟身为一村之长，多少有点政策观念。

"她拉人下水，是个帮凶！"

“还是我帮你管教管教她。”

“这个娘儿们不撞南墙不回头！”

老龙套子心里琢磨了一下，娘儿们家都是三天不打上房揭瓦，不吃没味儿的不上膘。这个女人嫁给老虎跳，吃的、喝的、穿的、用的比过去强得多，她却不是知足常乐，偏要替反动道门东跑西颠，真是一头好草好料不吃、专啃篱笆栅子的贼驴。以老虎跳的手段，竟然对她无计可施，那么只有官法如炉，给她恶治了。

七品县令只算个芝麻官儿，管辖弹丸之地的村长却不可小看。不但是一级政府的首脑，而且握有一村的立法和司法大权。老龙套子给区里的公安助理员捎了句话，要婶子半夜三更便被抓走了，关押在县公安局的看守所里。一唬二吓三吆喝，要婶子不打自招，虽没有被判处徒刑，却整整拘留了三个月才放出来，回到村里还要被监督劳动三个月。

老虎跳没有想到，老龙套子也没有想到，对于一个误入迷途的女人竟会如此严惩，他们更想不到，这个自动报官的案子，还连累得老虎跳丢了官。

区里一纸公文，把老虎跳的副村长撤了职。老龙套子一方面愤愤不平，一方面也因为徐芝罘到县城里上中学，没有人跟他合演双簧了，也向区里递了辞呈；区里正想新陈代谢，乐得顺水推船，老龙套子也就被免了职。一九五五年合作化，老虎跳带头入社，当上社主任；老龙套子却扮演的是小脚女人角色，受到严重警告处分。一九五七年城里反右，乡下挖社会基础；老虎跳敢说敢道，顶撞上司，没有划右却被撤职罢官。老龙套子为老虎跳鸣冤叫屈，处分上升到留党察看。一九五八年公社化，两个人都夹着尾巴做人，没敢吭声。一九五九年庐山上斗争彭、黄、张、周，乡下也大反右倾。老虎跳和老龙套子都发过牢骚，讲过怪话，被扣上跟彭德怀上下呼应的罪名，一个坐牢三个月，一个被开除出党。吃不饱肚子那三年，乡亲们请他俩出山，老虎跳当大队长，老龙套子给他当副手。全村各家刚吃上几顿饱饭，一九六四年四清工作队进了村，两个人都是被清查对象，七斗八斗，隔离会审。四清运动有个专用名词，隔离审查叫上楼，解除审查叫下楼；他俩正上不上，下不下，卡在半空中，“文化大革命”来了。老虎跳肚子里能撑船，不念旧恶，反倒替过去整过他，眼下遭了殃的干部说公道话，被贴上了保皇牌的标签；老龙套子心胸狭窄，小肚鸡肠，凡是整过他的干部，他都要报一箭之仇，属于造反牌的。不过，两个人都没有加入这个团那个队，自立为王，二虎相争。文斗不过瘾，武斗才出火，两人打了十几场架。老龙套子虽然比老虎跳小十来岁，可是老虎跳自幼学得一身武艺，好比廉颇虽老而能日食斗米，八十黄忠仍能拉断硬弓；每场武斗的结局，都是老龙套子被老虎跳打得鼻青眼肿，几天爬不起炕。难得的是老龙套子宁死不屈，在炕上躺几天，挣扎着能够下地，又找到老虎跳门前骂阵；搅得老虎跳耳根子不得清静，席不安枕，食不甘味，逃进青纱帐的坟圈子里。老哥俩抓破了脸，结下了仇，拴了个死扣子，想不到却不费吹灰之力又解开了。原来，村里几个坏小子见老虎跳的老虎屁股摸不得，便找来了被老虎跳赶走多年、早已改嫁外人的耍婶子，给老虎跳扣屎盆子、下臭雾。老虎跳一辈子是大丈夫气魄，好男不跟女斗，被耍婶子堵着门骂得狗血喷头也不出屋。路不平有人铲，事不平有人管，老龙套子忍无可忍跳出来，把耍婶子打得皮开肉绽，折一条胳膊断一条腿，于是结束了这出闹剧。等到徐芝罘被遣返原籍，老哥俩争抢着保护这个孤儿，不看僧面看佛面，便又和好如初了。

老虎跳是为了徐芝罘才把耍婶子赶走的。耍婶子求子不得，坐牢仨月，老虎跳也不给她好脸色看，便万念俱灰，耍货儿的脾气大发作起来。老虎跳种瓜赚钱，省吃俭用，供给徐芝罘念书；耍婶子气恼怀恨，便偷粮盗米买零嘴吃，东摘西借，串门子赌纸牌。徐芝罘回家看望干爹，她又恶言恶语，指着葫芦骂瓢。老虎跳把她打个贼死，她却是鸭子煮熟了嘴不烂，拳打脚踢不改本色。有一年徐芝罘放寒假，回家过春节，耍婶子装神弄鬼，假装疯疯癫癫，砸锅摔碗，不给徐芝罘做饭。这一年老虎跳钱赚得多，谁想年关三十却被一大群债主子掏了个分文不剩。这些债主子有卖烧饼、油条、羊头肉、牛杂碎、肥卤鸡的小贩，有赌纸牌的赢家，耍婶子欠下他们一大堆债务。徐芝罘饿着肚子，两手空空，含着眼泪回学校了。老虎跳偿还了耍婶子的赊账和赌账，打她懒得抬手，骂她懒得张口，便把她装进一只大麻袋里，半夜三更背到冰冻三尺的大河上，说："臭娘儿们，过河回你的娘家去吧！鸡叫头遍就是正月初一，咱们男婚女嫁各不相干了。"耍婶子还有点恋恋不舍，哭道："一夜夫妻百日恩，我活是你家人，死是你家鬼。"老虎跳从鼻孔里哼了一声，说："那我就成全了你。"说着，两只铁拳捣开了一口潭子井似的冰窟窿，要把耍婶子倒栽葱捅进去，才吓得这个女人哀告免死，抱头鼠窜而去。

到一九七〇年，七十岁的老虎跳眼看坏人当道，好人遭罪，一声令下不准种西瓜，他才心灰意冷，入了五保户。可是，一九八〇年他八十岁了，村里实行分田到户大包干，他却死也不进公社敬老院，在一省（河北省）二市（北京市和天津市）三县（通州县、香河县和武清县）

交界处的老蝈笼镇废墟上，开了个鸡毛小店。两年光景赚下五六千元，一心想攀上万元户；哪一天一口气上不来，撒手归西给干儿子留下一万块钱。

财大有险，树大招风；一省二市三县交界处的村民，看见老虎跳开店发财，一窝蜂拥向老蝈笼镇，光是新开的客栈、货栈和车马大店就有四五家，抢走了老虎跳的生意。一座新兴的小城镇从一省二市三县交界处崛起，老虎跳的鸡毛小店却门前冷落车马稀，这二年的收入只够糊口，万元户可望而不可即了。

徐芝罘从北京来到蝈笼镇，老虎跳正坐在鸡毛小店的豆棚下，满脸阴云，一肚子闷气。鸡毛小店已经一连三日没开张，老虎跳气得想放一把火；徐芝罘此时登门拜见，真是没挑个好日子。

“干爹！”徐芝罘肩背着挎包，挎包里有给老人买的衣裳鞋袜，左手拎着两瓶双沟大曲，右手提着一网兜干鲜果品，笑嘻嘻走进鸡毛小店的柴门。

老虎跳抬起头，翻了徐芝罘一眼，却阴沉着脸一扭脖子，问道：“你是一个人来的，还是两个人来的？”

徐芝罘把所有礼品放在老人面前，堆着笑脸答道：“两年之内，我一定给您带个儿媳妇进门。”

“两年！”老虎跳一挥胳臂，“你……你这个孽障，我不想见你。”

徐芝罘站立不动，嬉笑道：“干爹，我这趟回来，是因公求见，您得公私分明。”

“出去！”老虎跳怒喝一声，一个旱地拔葱跳起来，抓起身边的一根青秫秸棒就打。

徐芝罘只得逃到镇外。

他坐在河边柳下，哭笑不得；太阳正一步步落山，他进退两难，心急如火。就在这时，一辆长途客运汽车从他面前的京津公路上疾驰而过，车窗里刘七七喊道："芝罘大哥！"薪儿也叫了一声："舅舅！"他站起身，长途客运汽车在镇口的车站停住，刘七七和薪儿母子下车，手牵手奔他跑来。

他也跑步迎上前去。

"芝罘大哥，你怎么到家不进门呀？"刘七七问道。

徐芝罘苦笑连声，说："老人家恨我没给他带回个儿媳妇，就像凶神恶煞把我赶出来。"

刘七七的眼珠儿滴溜溜一转，忽然问儿子道："薪儿，咱们跟你舅舅合演一出戏，你愿意吗？"

薪儿满脸稚气，问道："是京剧、评剧、歌剧，还是话剧？"

"就算是话剧吧！"刘七七给儿子说戏，"你舅舅的干爹，只因你舅舅没给他带回个儿媳妇，一怒之下把你舅舅赶出家门；现在，我扮演那个儿媳妇的角色，你扮演舅舅的儿子，可要演得像呀！"

"您也别露了馅儿。"

"好！咱们马上开演。"

娘儿俩直奔鸡毛小店走去。老虎跳赶走了干儿子又心中不忍，正站在柴门外东张西望，寻找徐芝罘的影子。

"您是……我的公爹吧？"刘七七见景生情，笑盈盈快步走到老虎跳面前，"芝罘已经早到了吧？"

"爷爷！"薪儿可算是个童星，跟他的妈妈配合得严丝合缝，不撒汤不漏水。

“你们是……”老虎跳吃了一惊，吓了一跳。

“我跟芝罘刚刚结婚，芝罘带我来给您行礼。他打前站，早到一步。”说着，刘七七转身把薪儿推到老虎跳眼下，“这是我们的儿子，您的孙子。”

老虎跳皱了一下眉头，说：“芝罘说他过二年才结婚，怎么……”

刘七七咯咯笑道：“那是他跟您淘气哩！”

“你们娘儿俩快进家来吧！”老虎跳虽然不喜欢干儿子娶个再婚的女人，可是木已成舟，生米做成熟饭，也不能慢待了儿媳妇，“你叫什么名字，哪个地方的人，做什么工作？”

“我叫刘七七，本县人，原来在文史馆，现在调到科技图书馆，当管理员。”刘七七礼貌周全，伸出一手搀扶老虎跳，走进柴门，“我的父亲叫刘双福，您也许认得。”

“你是双福兄弟的女儿呀！”老虎跳的脸色和口气，都变得惊喜和亲热了，“他还活在人世吗？”

刘七七答道：“听说他在洞庭湖，隐姓埋名当天吊户。给他落实了政策，他也不愿抛头面，官复原职。”

“这是跟谁赌气呀？”老虎跳摇着头，不以为然。

刘七七坐在老虎跳搬来的蒲团上，故意问道：“公爹，怎么不见芝罘？是不是他召开群众座谈会去了？”

“座谈会？”老虎跳眨着眼睛，莫名其妙。

“咱们这一方要建立一个实验县，上级委任芝罘当县委书记。”刘七七一边说着一边察言观色，“芝罘要听一听乡亲父老们的意见，才敢决定是不是接受这个任务。”

“过得好好的，犯什么官瘾！”老虎跳又火了，“人人都会唱：‘三十撒欢儿，四十当官儿，五十打蔫儿，六十靠边儿，七十冒烟儿。’芝罘四十七了，当官儿晚了三春，还不如写他的书，多少有点用处。”

“公爹，您老人家跟我想到一处啦！”刘七七高兴得拍着巴掌，“这个官儿，原本想叫老书记的小儿子来当；后来有个女军师给老书记出主意，不如叫芝罘蹚地雷，打头阵，老书记的小儿子暂时当个二把手。芝罘打开了局面，给人家锦上添花；亮不开场子，芝罘闹个大窝脖儿，人家一身干净。仨多俩少，吃奶的孩子都能算过这笔账，您得劝芝罘别上这个当。”

“这个老书记的小少爷，今年几岁，有多少文韬武略？”老虎跳问刘七七道。

“他今年三十岁整，目前是旅游公司摄影部主任。”徐芝罘躲在院外的篱笆根下，刘七七已给他铺平道路，他便大摇大摆走进来，“过去在报社当过摄影记者，前年一份挂历上的电影明星照片，都是他的作品。”

“给大美人儿照相，公子哥儿！”老虎跳大叫起来，“一个县交到他手里，这不是儿戏吗？芝罘，不蒸馒头争口气，这个苦差事你揽下吧！”

“公爹，您老人家怎么又变了卦？”刘七七哭声泪调地喊道。

老虎跳一声长叹，说：“建立实验县是一桩大喜事，我只怕给这位小少爷闹得娶媳妇改出殡。自古寒门出将相，还是我的干儿子当县委书记，老百姓放心。”

徐芝罘听干爹说出这几句话，心里一紧，好像愚公移山的担子压在了他的肩上。

8

小田先生早已不小，今年七十二岁了。

他的老爹也是一辈子教书，乡亲们尊称老田先生，所以他才被一直冠以小字。不过，眼下已经七十二岁的小田先生，受到比他老爹当年更大得多的尊敬，老少乡亲们前二十年就改了口，称呼他田老或田老先生了。

徐芝罘背后称他田老师，当面只叫老师不冠姓，恭敬而又亲切。

田老师从十八岁起教小学，北运河沿岸方圆几十里，十七岁以上到六十五岁以下识几个字的人，都是他的学生。孔子弟子三千，田老师四五十年教过的学生至少六千人，徐芝罘是他最喜爱的得意门徒。十年前田老师退休，不久田师母病故。老两口没有儿女，田老师每月拿七八十元退休金，独自一人住在村外的一座小院里。但是，老人并不冷清寂寞；每天都有看望他的人，最老的和最小的学生都挂念他。老学生里有离休干部、退休工人、年过花甲的农民，还有儿孙满堂的小脚老太太。他十八岁那年，念完县立师范速成班，初出茅庐就敢招收女生，不怕闲言碎语，不怕砸破饭碗。女生大多数裹脚，有的听他劝告放了足，大脚走出巴掌大的运河滩，登州过府，见过山外青山天外天；有的胆小不敢破除陋习，一辈子饱尝三寸金莲之苦，围着炕台、灶台、碾台转，画地为牢，跨不出弹丸之地。这些学生前来看望他，他不许带任何礼品；有谁在他房前屋后栽棵树，他是眉开眼笑的。退休十年，小院花树葱茏，绿荫如伞。

徐芝罘每年看望田老师一回，也不敢送礼。不过，田老师却跟他要这一年发表的论文，那是收作业。

他离开蝈笼镇，不走大路，带领刘七七和薪儿，沿着蒲苇丛生的河边，钻柳棵子地走羊肠小道，从柳湾村外擦身而过，横穿小龙门渡口，说笑着走向田老师居住的鸡笼店。

“爸爸，您怎么绕远不抄近呀？”薪儿在城市里长大，走惯了平整光滑的大马路，又穿着刚上脚的新鞋，很不愿走这曲里拐弯的白沙蓬蒿小路。

“爸爸当年念初小，这条小路整整走了四年。”徐芝罘停住脚，向四下张望，“七岁那年我在一棵小树上刻下名字，风霜雨雪四十年，小树长大成材，认不出是哪一棵了。”

“薪儿，咱们寻找你爸爸的童年古迹呀！”刘七七袅袅娜娜跑到一棵老态龙钟的河柳下。

北运河沿岸那绵延百里、高耸入云的大树，这些年被明砍暗偷，虽没有一干二净，也已经寥寥无几。小龙门渡口的老树多亏老虎跳一夫当关，无人敢动一条枝杈和一片叶子，才能硕果仅存。

刘七七和薪儿找来找去，杨、柳、桑、榆、枣，一棵棵老树都不见痕迹；娘儿俩累得通身大汗，晕头转向。

“我想起来啦！”站在河边蒲苇浓荫下观望的徐芝罘，陡地回忆起儿时往事，伸臂一指远处那棵像头顶一片绿云的杜梨树，“你们看一看，那棵树上有没有……”

娘儿俩手牵手跑过去，两张嘴一同喊道：“找见了！”

他们看见，徐芝罘的名字已经深入纹理，只能依稀辨认一个放大的徐字。

走出柳棵子地，也就离开了河边，望见了鸡笼店村口绿树浓荫中的一座农家小院；门前桃李，鲜艳夺目，层层绿叶里挂满白霜红嘴儿的蜜桃和青肚紫背儿的李子。

“芝罘，看！”刘七七遥指小院的门前风景，“真是一幅田园水彩画。”

“那便是田老师的家。”徐芝罘满脸激动神色，眼里放光，“我那四十年前的母校早已搬进村里去了，田老师在学校旧址上要了一块地皮，盖起这座小小的宅院，作为自己的归宿。”

刘七七忽然紧赶两步，抓住徐芝罘的胳臂并肩而行，心慌意乱地说：“芝罘，我怎么心情紧张，两腿发软，就像丑媳妇怕见公婆？”

“您中暑了吧？”薪儿知冷知热地问道。

“也许是你爸爸那几天给我讲说他童年的故事，造成了我的恐惧心理。”刘七七怯笑着瞟了徐芝罘一眼，“一想起田老师把你按在板凳上打屁股，真叫人魂飞魄散。”

“哎呀，田老师一定是个心毒手狠的老头子！”薪儿也吓得变了脸色。

徐芝罘摇头笑道：“他是个高尚、善良、温和的人。”

“那为什么打您？”

“旧社会的小学教育实行体罚，他打我是恨铁不成钢。”

“您认为打人是应该的吗？”

“不应该。我永远不会打你。”

“您不记仇吗？”

“我一辈子都感激他老人家，教我认识第一个字，教我做一个学好的人。”

刘七七咯咯一笑，说：“玉不琢，不成器，田老师不打你，这蝈笼子河滩上就没人敢种瓜了。”

薪儿瞪圆乌溜溜的眼睛。望着爸爸问道：“是吗？”

“是的。”徐芝罘羞愧地笑了笑，“我偷人家的瓜，还咬了看瓜人的手背一口。”

“该打！”

“爸爸小时候喜欢骂人，满嘴脏话。”

“也该打。”

“我卖弄小聪明，考试抢交头卷。田老师劝我检查一遍，我扔下试卷就跑了，结果连错三道题。”

“抢交头卷也要挨打呀！”

“打掉了自以为是，打掉了粗心大意；两两相较，值得。”

“您这些老辈子的人真奇怪，挨老师的打，过几十年还千恩万谢。”薪儿耸了耸小鼻子，撇了撇嘴儿，“听说前些年的造反学生打老师，也是怪事。”

薪儿一九七一年出生，一九七八年上学，没有经过那十年动乱的风雨，没有见过那史无前例的场面。

“打老师的学生，是忘恩负义的人！”徐芝罘气哼哼地大步朝前走去。

田老师的小院街门大开，满院花荫树影。徐芝罘整理一下衣裳，走在前面，刘七七和薪儿随后，跨进门口。忽然，从倒挂着爬山虎藤萝的正房东屋里，传出一阵呜呜咽咽的哭声，他们赶忙收住脚步。

“老师，我……对不起您，向您……请罪。”是一个女子哭得悲悲切切，“从今以后，我要服侍您老人家，孝敬您老人家。”

“不怪你，不怪你。”一位声音柔和的老人，呵呵笑道，“解放前我常打学生，解放后我就改了，学生们都不念旧恶。”

“老师！”徐芝罘满怀深情地喊了一声。

虽然是四十年前的学生，这几年也只是每年见一面，田老师却一听就听出了徐芝罘的声音。他又笑呵呵地对那个哭得悲悲切切的女子说：“当年一个常挨我打的学生来了，你要听一听他的指教。”

老人走出来，搀扶他的是一位泪流满面的女大学生。

年逾古稀的田老师，瘦骨嶙峋却很硬朗，只是大半生在昏暗的豆油灯下批改学生作业，晚年眼神差了，行动要拄手杖。他剃光头，上唇留着花白胡子，穿一件对襟的夏布褂子和一条肥裆的黑绸裤子；淳朴而又古板，完全像个田夫野老。

“老师！”徐芝罘深深鞠了一躬，“我带着爱人和儿子，拜望您老人家来了。”

刘七七也笑吟吟地行了礼，说：“田老师，您老人家好，我叫刘七七。”

“是‘晴川历历汉阳树，芳草萋萋鹦鹉洲’的萋萋两字吗？”田老师吟着唐诗问道。

刘七七抿着嘴唇一笑，点了点头，又牵着薪儿的手走到田老师面前，说："这是我和芝罘的儿子叫薪儿，卧薪尝胆的薪。"

"我管您老人家叫什么呢？"薪儿仰着脸，问田老师道，"也叫您老师，那不是跟我爸爸平辈了吗？"

徐芝罘忙说："你叫太老师。"

"太老师怎么讲呀？"薪儿迷惑不解地问妈妈。

刘七七笑道："你就叫爷爷吧！"

"爷爷！"薪儿鞠了个大躬，"谢谢您老人家，给我打出一个好爸爸。"

田老师放声大笑，笑出了两行喜泪。

那个泪流满面的女大学生，掏出手帕擦了擦眼睛，走上前来，给徐芝罘鞠躬，跟刘七七握手，叫："徐老师，徐师母。"

"你是……"徐芝罘想不起自己在何时何地认识这个女大学生。

女大学生自我介绍，说："我是教育学院史地系的学生，您给我们做过专题报告。"

"她在一九六五年念小学一年级，是我教过的最后一班学生。"田老师无限感慨，"夫天地者，万物之逆旅；光阴者，百代之过客。当年的小学一年级学生，已经大学毕业，为人师表了。"

"我打过田老师一巴掌，啐过两口唾沫……"女大学生又哭起来，"我申请分配到家乡的中学教书，住在老师家里，早晚侍奉老人家。"

"你真坏！"薪儿咬牙切齿地瞪她。

"薪儿，不许胡说！"刘七七喝道，"你爸爸回到家乡工作，咱们也跟他下乡来；你将来上中学，这位大姐姐可能就是你的老师。"

“打过老师的人，怎么能当老师？”薪儿仍然不肯息怒。

“她当时年幼无知，现在又知过必改，当你的老师完全够格。”徐芝罘扮出一张哭丧脸儿，“爸爸小时候骂人，偷瓜，要小聪明，已经改过自新了，难道还不配当你的爸爸？”

薪儿被问得张口结舌，不好意思地笑了。

田老师共有三间正房，左右两间耳房。正房东屋是他的卧室，堂屋是会客室，西屋是藏书室，东耳房是堆房，西耳房是厨房。正房和耳房都有小门相通，风、雨、雪天不能出门，室内也是一片小天地，可以走动。

徐芝罘和刘七七在会客室陪田老师说话，薪儿跑到藏书室看书，女大学生到厨房预备客饭。

“老师，我看您的身体很好，最近在读什么书？”徐芝罘侧身而坐，敬田老师一支烟。

“我在读历史学家邓广铭先生的《王安石》。”田老师微然一笑，“昨夜晚你干爹等你们睡着了，黑灯瞎火跑到我这里来，直到鸡叫三遍才走，所以你一进门，我就知道你的来意了。”

徐芝罘低下头，说：“干爹为我操碎了心。”

“他对你，真是俯首甘为孺子牛了。”田老师悠悠然地吸了一口烟，嘲谑地瞟了徐芝罘一眼，“那么，你就不要想假我之手，扫他的兴。”

“老师，您……”徐芝罘碰到田老师那深邃明智的目光，尴尬地笑了，“您真料事如神。”

“你干爹从反对你出任县委书记，一变而为逼你担当重任，你心慌意乱了。”田老师的目光不露痕迹地投到刘七七身上，“这时，有人给你泼冷水，劝你找我当传声筒，替你劝说你干爹变过来再变过去，是不是？”

刘七七羞红了脸儿，说：“我是看前途不妙，担心芝罘遭到暗算，才吹这股枕边风。”

“我也是忧心忡忡呀！”田老师沉吟了片刻，“但是，事已至此，难以挽回，只有知其不可为而为之了。”

徐芝罘心中燥热，汗流浃背，问道：“老师，您的意思……也认为我应该挑起这副担子？”

“为了服务桑梓，造福乡里，你就委屈自己吧！”田老师违心地婉言相劝，“在你任职期间，一定要以身作则，苦口婆心，把老书记的小公子调理成才，走正路；因为，今后你还要回到学术研究上去，他却要一生从政，坐根不正便要后患无穷啊。”

“老师，您想得比我长远！”徐芝罘热泪盈眶，“请您多多指教学生。”

“我坐井观天，都是一孔之见。”田老师从书案上拿出一把折扇，递到徐芝罘手里，“发展乡镇企业是为了实现农村工业化，而不要死盯在钱上；制作鸦片烟最能赚钱，难道我们也因利忘义地去做这个生意吗？”

徐芝罘忙掏出圆珠笔和记事本，说：“老师，请您说得具体一点儿。”

田老师眯起眼睛想了想，说：“比如，公社有个厂子，接受香港商人投资，专门制造赌博用具，赚取不义之财，迟早是要因小失大的。”

徐芝罘手不停挥地记录，头上冒汗，连连说："老师深谋远虑。"

刘七七悄悄从他面前拿过扇子，站在他的背后，给他扇凉。

"但是，就是这个制造赌博用具的厂子，却被评为先进生产单位！"一辈子温文尔雅的田老师，竟然怒气冲冲起来，"还有一家跟港商合资经营的春宫画印刷厂，流毒更深，贻害更大，我多次向乡、县反映，要求勒令停产，只因为这个厂子赚钱多，后台硬，反而变本加厉了。"

"我上任之后，立即研究解决这两个厂子的问题。"徐芝罘激动得执笔的手哆嗦不止，难以书写，"老师，请您讲下去。"

"芝罘，咱们人穷志不能短呀！"田老师长长地嘘了一口气，平静一下心情，拿起那本《王安石》，"这本书想必你一定看过吧？"

徐芝罘放下圆珠笔，掏出手帕擦汗，说："看过一遍。"

"王安石变法，为什么失败？"田老师考问自己的得意门生，"我指的是主观原因。"

这是徐芝罘吃在肚子里的学问，应声答道："王荆公急于求成，因而操之过急；又刚愎自用，不能容人，使自己陷于孤立，于是导致悲剧的结局。"

"他还有一大致命伤，你想一想。"田老师脸色严肃，目光冷峻。

徐芝罘仓促中回答不出，满脸愧色地说："我要再读两遍。"

"操之过急而又刚愎自用，气量狭窄便远贤近佞，重用了蔡京、章惇、吕惠中等小人！"田老师拍案而起，竟为古人淌下了老泪，"变法毁于宵小，失败而留恶名，令人痛心。"

刘七七见田老师过于动情，忙岔开话题，故作娇嗔地插嘴道：

“田老师只跟自己的学生话说天下大势，把我冷落一旁，未免重男轻女吧？”

田老师连忙道歉，话说天下大势换成了且说家长里短。

吃过一顿欢欢乐乐的家常便饭，徐芝罘和刘七七告辞了田老师，带着薪儿离开鸡笼店，半里之外便是徐芝罘的生身之地柳湾村。

“咱们回村吧！”徐芝罘拉着刘七七的胳臂，要上通向柳湾村的翠堤。

刘七七却连连倒退，说：“我名不正，言不顺，无颜见乡亲父老。”

“你已经是我的妻子。”

“那是演戏。”

“弄假成真了。”

“仍然真中有假。”刘七七含泪微笑，“我回城里马上开证明信，等你满载而归。办理结婚登记。县委书记跟一个女人非法同居的隐私泄露出去，那可就舆论哗然了。”

徐芝罘送他们到京津公路的长途汽车站。走过小龙门渡口的大桥，忽然站住脚，俯身问薪儿道：“我跟你妈妈结婚以后，你仍然叫我舅舅，也不要改名换姓，好不好？”

“我已经管您叫惯了爸爸，不想改口了。”薪儿咬着嘴唇，思考了一会儿，“我愿意改姓徐，可是不想换名字。妈妈生下我来，摘出卧薪尝胆中的一个字给我起名，是有纪念意义的。”

“好孩子，好孩子！”徐芝罘感动得语无伦次，蹲下来要把薪儿背在身上。

“我自己有两条腿，要跑在你们前面！”徐薪在北运河的乡土上飞奔起来。

9

沿方圆十五里的蝈笼子河滩转一个圈儿，走不出十步徐芝罘便遇见一张熟脸儿，如果遇见一张熟脸儿就收住脚，站在翠堤上，蹲在瓜园里，或是坐在柳荫下，家长里短聊一会儿，方圆十五里得走一个月。

这正是一年中热得令人难以忍受的中伏时节，徐芝罘睡在家乡农舍的土炕上，雪白的新席烫得就像通了电的电褥子，一整夜泡在汗水洼子里。好不容易熬到天麻麻亮，他一骨碌从炕上爬起来，匆匆刷牙洗脸，心里有火不想吃饭，抱着一条塑料床单和一张凉席，到村外找个河风树影中的背静角落，睡懒觉。

他一出村口，就钻进柳巷子。

柳巷子像一条悬崖峭壁下的小河，头上一线青天二指宽，脚下白沙似雪，又像铺上三寸厚的柳絮。徐芝罘这个人，一辈子改不了泥人土性，回到家乡就更原形毕露，柳巷子寂静无声，前后不见行人，他便肆无忌惮地返老还童起来。脱下汗衫和长裤，扒下凉鞋和丝袜，光着膀子赤着脚，走在白沙小路上，一股凉气从脚跟直冲头顶，他欢叫一声，四脚拉叉趴下来，鲤鱼翻筲打了个滚儿。

“呔！”突然，柳巷外的瓜园里，有人一声断喝，“偷瓜的，你躲不开我的千里眼，逃不过我的顺风耳。”

这突如其来的一嗓子，惊吓得徐芝罘一个鲤鱼打挺跳起来。他愣怔了一会儿，感到这个大喝一声十分耳熟，却又一时想不起此人是谁，脑瓜子里闪过几个人影，都觉得似是而非。

一阵簌簌草叶响，一阵哈哈大笑声，一个气喘吁吁的老头子，怀抱一个斗大的西瓜，脖子上挂着一副望远镜，从柳巷一侧，像扒开个篱笆窟窿钻进来。

近在咫尺，打个照面，徐芝罘一眼便认出这是童年时代救过他的命，才没有被大水卷走，葬身鱼腹，却又是他这趟回村最想见面而又感到头疼的老龙套子。

回忆大水围村那一天，仍然恍如昨日，闭上眼睛更历历在目。那一天连下七天瓢泼大雨之后，忽然云开日出，碧空一片响晴，挂着几缕白云，阳光又亮又毒，没有一丝风。中午歇晌，他溜出家门，跑出村东口，到村外大道边的草丛里捉绿蚂蚱。他这个生身之地的柳湾村，是全县的制高点，全县平均海拔十二米，柳湾村坐落在翠柳白沙高岗上，海拔在二十四米以上，一出村口就像跳坑，那条大车道原是旧河床。芝罘儿追赶一只红翅绿纱的大蚂蚱，忽听青纱帐里响起哗啦啦的风声，大车道上也尘烟漫起，红翅绿纱的大蚂蚱飞进高粱地，他追进地头，双手合拢，全身一扑，把大蚂蚱扣在手中。却在这时，有人拎起他的双腿，把他头朝下，脚朝上，飞跑进村。到手的蚂蚱飞了，自己又像被黄鼠狼叼走的小鸡子，便大哭起来，大哭中又夹杂着叫骂。徐芝罘是个土生野长的农村孩子，耳食之学，骂人是一门主课，小时候骂起人来就像顺口溜，只是后来上了学，知书也就达理，嘴上不带脏字儿了。那个拎着芝罘儿的双腿跑进村口的人，便是当年只有三十岁的老龙套子。他虽然聋得耳边放一挂爆竹也不眨眼，骂人的话却能听得一字不漏，这叫贼风耳。进村之后他把芝罘儿放下来，擦着满脑门的汗珠子，气哼哼地嘟哝道："狗咬吕洞宾，不识好人心！真该叫水鬼拉走你当替身儿。"芝罘儿抹了一把泪水，睁眼看去，只见白茫茫的大水从青纱帐里漫溢开来，大车道又成了一条大河，烟尘四起像弥漫着一层浓雾。芝罘儿刚才听到青纱帐里的风声原来是水声，水头卷起大车道上的尘烟。芝罘儿逃了个死，吓得他目瞪口呆。

老龙套子是徐芝罘的救命恩人，十年动乱中他被遣返原籍那最恐怖的几个月，老龙套子又是他的保护神。徐芝罘虽然匿居荒屋寒舍，但是荒屋寒舍孤悬村外，单身一人很不安全，老龙套子每天晚上都来串门，不到下半夜不走。后来徐芝罘才知道，如果城里的造反小将下乡绑架他，老龙套子将挺身而出，以他那红而又纯的贫农身份和两膀子的千斤膂力，保他死里逃生，平安脱险；有如赵子龙将刘阿斗揣在怀里，杀败八十三万曹兵，突出重围。当时徐芝罘能报答他的，只不过是叶子烟管他抽个够，临走还给他抓一大把；有时炒一盘鸡蛋，拌一盆黄瓜，喝一壶八分钱一两的白薯干酒。

他儿女众多，老伴又不心疼他，全家老少五杆烟袋，每年打下的烟叶不够抽两三个月。没有钱买烟，更没有钱打酒，一年到头吃喝犯愁，日子十分熬苦。

老龙套子一念之差，婚姻上铸成大错；皆因他目光短浅，只顾眼前，不知虑后。

一九四八年蝈笼子河滩上的村庄土改，老龙套子分到两间房三亩地，当时他才三十几岁。只要他不想娶"沉鱼落雁之容，闭月羞花之貌"的大美人，降格而求之，还能娶一个五大三粗的黄花闺女，跟他做个结发夫妻。但是，当时姑娘出嫁，土地留在娘家；他娶个姑娘，三亩地两张嘴，个人平均占有土地就减少了一半，很不合算。恰巧，有个四十岁的寡妇，已经生过四个孩子，愿意跟他合灶。这母子五人，随身能带三间房子和十五亩地。他只会加减，不会乘除，扳着指头算了算，这个寡妇一进门，他就是个五间房子和十八亩地的肉头户了。够不够四十六，这个寡妇还有六年的生育，六年至少得给他生下一对亲生儿女。这真是财神奶奶下界，福从天降，他便择其有利者而娶之了。

然而，他打错了如意算盘，聪明反被聪明误，贪便宜却被便宜咬了手。

从一九四八年到一九六八年，老龙套子等于是给这母子五人扛了二十年的长工，把寡妇的四个孩子一个个拉扯大，男婚女嫁各立门户，他吃苦受累也老掉牙了。那位寡妇生育过多过密，本已未老先衰，更因三心二意，嫁过来千方百计不坐胎，老龙套子到老也还是孤家寡人。没有爱情的婚姻，女人一过更年期，便视丈夫为厌物。那位寡妇的一颗心掰四瓣儿，平均给她的四个儿女，就是没有老龙套子的份儿。四个儿女中有个俊闺女，鸡窝里出凤凰，曾被选拔到中央五七艺术大学深造，毕了业当演员，更把自己加工得像个美人蕉（娇）。虽然唱歌没有嗓子，跳舞腰腿僵硬，演话剧拍电影满脸没戏，却嫁了个不大不小中不溜丢儿的干部，也算够得上是个官太太了。这位官太太一封“调令”，把她老娘调进京去，给她看孩子。那老婆子进京住高楼，也就乐不思蜀，好像压根儿不曾跟老龙套子有过瓜葛。留在乡下的三个儿子，早已各自娶妻生子，都是一间屋子半铺炕，大口小口几张嘴，各有各的难处，谁也不想报答老龙套子的养育之恩。老龙套子落了个大庙不收，小庙不留，一直在大队部当饲养员，名副其实住了整整十年牛棚。

一九七九年，土地承包，大队的骡、马、驴、牛分散到各户，老龙套子失业了。牛去棚空，扒了牛棚当柴烧，老龙套子连个遮风避雨的栖身之所也没有了。六十多岁，形单影只，老龙套子赤手攥空拳，却又不愿寄人篱下，摧眉折腰。他承包了一片河滩，搭起窝棚种西瓜。这片河滩本是种一葫芦收一瓢的荒地，大队干部就像把嫁不出去的女儿推出门，跟他订下十年优惠合同，差不多等于免费赠送。他平整了土地，划分两块，一块早瓜，一块晚瓜，两头卖大价钱，头一年就收入三千多，扣除生产成本、全年消费和再生产投资，净剩一千五百元，都存入银行。前两年并没有引人注意，第三年存款达到五千元，三个儿子像猫儿闻见了荤腥，一个个跑到窝棚认父。老龙套子早已识破人情薄如纸，你们想认我，我还不想认你们哩！咆哮如雷一阵臭骂，把这三个儿子骂得狗血喷头，悻悻而去。又过了两年，听说银行存款已经过万，竟然惊动了当官太太的女儿和乐不思蜀的老伴，手提着什锦糕点茅台酒，母女双双把家还。这真是穷在身边无人问，富在深山有远亲。老伴和女儿驾到，那三个儿子也不甘落后，前后脚赶到河滩瓜田，也都各有奉献。儿女们热辣辣地叫爹，老伴甜腻腻地卖俏，老龙套子一下子变成了老爷子。可是，撕破温情脉脉的面纱，老龙套子的眼睛入木三分，看出他们分明是在他活着的时候就瓜分遗产。城里的女儿想买彩电，乡下的儿子打算盖房，老婆子要吃人参、鹿茸、花粉健美酥，这简直是要把他五马分尸。老龙套子吃下秤砣铁了心，以不变应万变，双眼紧闭，捂住耳朵，窝棚里挺尸，死气不吭。老婆子和众儿女口干舌焦，挖不出一分钱，便又翻脸成仇，一个个啐的啐，咒的咒，乘兴而来，败兴而归。

老龙套子的钱越多，人越小气，他不到本乡信贷社存钱，却跑到城里的银行开户，怕的是被熟人摸底。他腰揣万元存折，却仍旧住在爬出爬进的窝棚里，而且逢人便哭穷，不等你开口借钱就封住你的嘴。直到把乡亲们当贼防，公开宣布他的瓜田重地，闲人免进，买一副望远镜挂在胸脯子上，严防有人偷瓜。

他有了钱，却丢了人缘儿。

昨天傍晚徐芝罘回到村里，本想到瓜田去看一看他，却被大家拦住。他们说此人已经财迷心窍，不通情理，不讲交情，徐芝罘到瓜田去，会被他怀疑是想白吃他的瓜，看他的脸子屁股。

谁想，徐芝罘今天起个大早，出门就碰见这个已经变成瓷公鸡、铁仙鹤、一毛不拔的吝啬鬼。

“您鸡猫子喊叫什么呀？”老龙套子是徐芝罘的乡亲大舅，徐芝罘抹掉了这个尊称，可见多么反感，“把我当成偷瓜的人，这是污辱我的人格。”

“外甥，那是稳兵之计。”老龙套子把斗大的西瓜顶在头上，“你看，我是来给你进贡的。”

“昨天晚上我热得心里开锅，您怎么不给我送去？”徐芝罘仍然怒气冲冲，“雨后送伞，我不领情。”

“这是大舅偏疼你呀！”老龙套子嬉皮笑脸，“昨晚上有多少人陪你说话，一个西瓜你吃不到一瓣儿。”

“那您就多送几个呀！”

“嘻！你倒大方，不割你的肉你不喊疼。”

“黄土埋到嗓子眼儿了，别这么贪财吧！”

“一文钱难倒英雄好汉，我穷破胆了。”

“肉烂在锅里，您也得让儿女们尝一点甜头，换回他们的孝敬。”

“我有亲生儿子，不指望那几个白眼儿狼。”

“睁着眼睛说梦话。”

“我的亲生儿子大学毕业，在县城的银行工作。”

“您疯了吧？”徐芝罘断定他得了癔症，“您离群索居，满脑瓜子想钱，难免产生幻觉；还是不要画地为牢，开阔心胸，病就好了。”

“芝罘儿，疯字儿休出口，听大舅把话说从头。”老龙套子唱唱咧咧，扬扬得意，“我在县城的银行里有一万元存款，每个月拿五六十块钱利息，正跟大学毕业生的工资一般多少。这个儿子一文不花，全孝敬老爹，天下打着灯笼难找的孝子。”

徐芝罘被他逗得大笑，笑出了眼泪，说：“大舅，您可真有个贼心眼子！”

“等着瞧吧！我那二儿子，更是一棵摇钱树。”

“请问二公子哪一行发财？”

“今年我卖瓜的钱，不存银行，到民办工厂入股，一年的红利，比银行的利息给得多，这是我的二儿子。”

“大舅，您算计到家了！”徐芝罘啧啧赞叹，“那就把一万块钱都提出来，投到民办工厂。”

“不行！我得脚踩两只船。”老龙套子摇头不止，“民办工厂是泥饭碗子，国家银行是铁杆庄稼，我还是背靠着这棵大树，心里踏实。”

徐芝罘很想摸一摸这个万元户的心理状态，便在柳巷子的白沙地上坐下来，嘻嘻笑道：“大舅，您也坐下，咱们爷儿俩多说几句体己话。”

“我得脸朝瓜园，你跟我的后脑勺子说话吧！”老龙套子又架起胸前的望远镜，眼睛扫瞄瓜园的角角落落，嘴里唠唠叨叨，“我这个万元户，一不是偷来的，二不是抢来的，三不是剥削来的，更没有把谁家的孩子扔到井里，可一个个都看着我红了眼，恨不得把我扒皮、吃肉、啃骨头，人人都变得脏心烂肺了。”

“您不是也变得铁石心肠了吗？”徐芝罘故意逗他起火，“还有那么多乡亲的日子过得很窄，您却假装看不见，不肯搭一把手，我看您再攒一万块，就要变成当代的杨朱了。”

“芝罘儿，你骂我是洋猪！”老龙套子果然恼火起来，弯腰抱起已经撂到地上的大西瓜，“我这个大西瓜能卖两块多，不想填进狗肚子里。”

“大舅，您误会了！”徐芝罘又哈哈笑道，“杨朱是个古人，比孔子年轻，比孟子年长，主张‘为我’，拔一毛而利天下，都舍不得。”

“芝罘儿，你将古比今，指桑骂槐，葫芦里卖的什么药？”老龙套子心情紧张，脸色刷白，耳朵尖子烧红，“是不是想替你干爹跟我借钱？”

徐芝罘一见老龙套子这副守财奴的神态，心中气恼，冷笑道：“我干爹冻死迎风站，饿死不弯腰，他怎么能向您手背朝下？”

“那个老家伙，死盯着我这几个血汗钱，眼睛红得像灯笼！”老龙套子大叫大嚷，满嘴飞唾沫星子，“他逼迫我帮他把鸡毛小店改成楼房客栈，我不见兔子不撒鹰，不想跟他手拉手跳火坑。”

“原来如此。”徐芝罘恍然大悟，干爹扩大生意，是为了多给他积攒几个钱财，才跟老龙套子蛮不讲理，不禁一阵心酸，“大舅，我干爹那个鸡毛小店，三五天就关门，不会打扰您了。”

老龙套子一块石头落了地，忙问道：“你把他带到北京去？”

徐芝罘沉吟片刻，说：“我回蝈笼镇来。”

“你怎么又犯了王法？”老龙套子大惊失色，瞪大眼睛张大了嘴，“是下放，还是遣返？”

徐芝罘笑了笑，说：“差不多。”

“地、富、反、坏、右，你戴的是哪顶帽子？”

“七品芝麻官儿，紧箍咒的乌纱帽。”

“芝罘儿，你要当县长啦？”

“县委书记。”

“那比县长还高一头哩！”

“党政分工，不分上下。”

“你干爹那座鸡毛小店，不能关门呀！”老龙套子急赤白脸，“有你批个条子，银行敞开门贷款，楼房客栈一口气就吹起来了。”

徐芝罘勃然变色，拉长了脸，说：“大舅，您这是叫我当赃官。”

“孩儿呀，你想当青天大老爷？我戴的是木头眼镜，看不透你！”老龙套子满脸轻蔑神色，“从你走马上任那一天算起，你办下一个不正之风的案子，我就发给你一千块钱的清官奖。”

“我不眼馋您的奖金。”

“看，又想溜肩膀了。”

“当清官是本分，拿您的奖金就跳进染缸扯不出白布了。”

“这个年月，不拿奖金谁卖力气？猫儿不喂个半饱，也不逮耗子。”

“大舅，您也不必激将了。”徐芝罘苦笑道，“我本来很不情愿当这个县委书记，可是听您一席话，我倒想做个过河卒子了。”

“过了河的卒子可就没有了后路，这个年月你得多长几个心眼儿。”老龙套子的目光，含有三分狡诈，七分忧虑，“炒豆儿大家吃，炸了锅算你一个人的，你千万别当这个傻小子。”

“大舅，您这是给我吃泻药。”徐芝罘心烦意乱，“我干爹和我老师，都给我撑腰壮胆，不像您七盘八绕花花肠子。”

“天下人谁的话都能听，就是别听他俩的。”老龙套子阴沉着脸，“你那干爹，光知道横冲直撞；你那老师，只会翻隔年的皇历。”

“那么，依您的高见呢？”

“你不愿当赃官，又当不了清官，那就别当官儿。”

“我偏不听您这些鬼话！”徐芝罘那满肚子的郁闷，像一只液化石油气罐，被老龙套子点燃迸发起来，“哪怕是以卵击石，哪怕是灯蛾扑火，我也要当这一任。”

他不愿再跟老龙套子多费口舌，气哼哼拂袖而去。

“中计了，中计了！”老龙套子指点着徐芝罘那走向柳巷子深处的后影，拍掌呵呵憨笑。

10

金凤蝶从小就有一个金嗓子。

她娘唐大姐儿，十年连生八个儿女，她是头大的。唐大姐儿生下最后一胎，瘫痪了半边身子，几个月下不了炕。那时候，徐芝罘虽然被发配到市委副食基地种菜园，每月还照常拿到几十元的工资，便买了十斤鸡蛋，五斤红糖，两袋子米面，一串猪蹄，工休四天回村看望这位干姐姐。唐大姐儿大小便都在炕上，屋里弥漫着令人作呕的臊臭气味。她睡在炕头，身下铺一层热沙子，光着下半身，一床满是尿渍的破烂棉被掩到胸口，头枕着炕沿。头发里长满虱子，她的丈夫给她剃了光头，缠裹着一块旧包袱皮子，瘦成窄条子的脸儿惨白挂灰，两只塌坑的眼窝子像两个黑窟窿，削薄的嘴唇包不住牙齿，紧一口慢一口捯气儿，整个是一具活尸。

“芝罘儿，不……不……不许你进屋！”唐大姐儿有气无力却扯着脖子喊叫，“我……我就是变猪……变狗，也不能……不能落到你眼里。”

唐大姐儿是徐芝罘的干姐姐，可也曾是他没有圆房的妻子。当年，徐芝罘五岁，唐大姐儿十一岁，就一条炕上睡觉，一口锅里吃饭。十八岁的徐芝罘考上大学，原想等念完五年大学就跟唐大姐儿结婚，唐大姐儿却怕自己落个秦香莲的下场，悄悄找了个小伙子叫金大缸，不跟徐芝罘打个招呼就成了亲。徐芝罘知书明理，也不怪罪她，放暑假回家，买了几样礼品登门道喜，却被她推推搡搡赶出门外，插上门闩顶住门杠，铁嘴钢牙不跟徐芝罘见面。

一晃十年过去，自己落得如此光景，唐大姐儿感到没脸见人。

可是，她只能动口，不能动手，挡不住徐芝罘破门而入，走进她这间脏得像猪圈的产房。恶浊的空气令人难以呼吸，徐芝罘捏着鼻子，跳上炕去，打开了窗户。窗外，一大棵花红树，南风吹进一阵花香。花香带进来明亮的阳光。

“关门闭户像一座黑牢，你眼看就要沤烂了！”

“风吹进……骨头缝子里，我……活不过三天两日了。”

“都怪你生孩子太多，一个个敲骨吸髓，才落得这个样子。”

唐大姐儿哭了，说：“人家是生孩子，我是下狗呀！”

她每回坐月子，都因家里人口多，吃不到补养身子的食品，有几个鸡蛋，也给眼巴巴吐口水的小儿子们吃了。生一个孩子大伤一回元气，她刚三十四岁，脸上就爬满了皱纹，身上骨瘦如柴一层皮，还没有徐娘半老，却早已风韵无存。

徐芝罘打扫着屋子，说：“我这四天休假，都服侍你这个下狗的月子人。”

说着，又到院里抱柴，点火烧水，又刷净一只大瓦盆子，端到炕上。

“你……你这是……”

“给你洗洗身子。”

“我的身子……你不能看……”

“从五岁到十八岁，我看过多少遍？眼前这泥裹着皮，皮包着骨，我更没邪念。”

穷门小户缺吃少穿，他俩从小就睡一条被子，光溜溜的两个身子搂得死紧，一夜还被冻醒两三回。到河滩打青柴和剜猪菜，热出满身的痱子，下河浮水，更是脱得上下不挂一条布丝。徐芝罘最难忘的是七岁那年，火烧火烤的大热天，徐芝罘下水玩得痛快，唐大姐儿满头淌着蚕豆大的汗珠子却躲开了河边。突然，她的肚子疼起来，在柳荫下打滚儿，喊叫徐芝罘上岸，捧来烫手的沙土，堆在她的肚子上。她的腰间拴一根麻绳，挂着一只鞋底子，骑在两腿之间，浸透了脏血，吓得徐芝罘大哭起来。徐芝罘直到上中学以后，懂得一点生理卫生，才知道唐大姐儿这是月信和痛经。

他们没有成夫妻，也不是真正的姐弟，超脱伦理之外。

徐芝罘掀开唐大姐儿身上的被子，惊吓得目瞪口呆：唐大姐儿又是骑着一只浸透脏血的鞋底子，没有垫一层草纸，两腿生满脓包。

“罪孽呀！”徐芝罘的心上像被剜了一刀，眼泪哗哗淌下来。

他强忍住恶心，从唐大姐儿身上洗下一大盆泥汤，又跑到供销社，买了一书包的卫生用品，还买了一身衣裳和一块花头巾，把唐大姐儿装扮起来。

唐大姐儿的丈夫金大缸，是个泥捏的汉子土性子的人，他觉得自己从徐芝罘的名下偷走了唐大姐儿，在徐芝罘面前亏理。徐芝罘找上门来，他只有低头认罪，俯首帖耳。但是，徐芝罘叫他给唐大姐儿洗身子，他却是一颗古董脑壳，怕女人的晦气冲散他的财运，徐芝罘跟他大发脾气，他躲到大队的场房里不照面了。

八个儿女，只有头大的金凤蝶是个女儿，徐芝罘叫她学会给母亲洗下身，九岁的孩子害怕得捂住眼睛。

“这是在你娘身上学手艺哩！”徐芝罘循循善诱，“你长大了到医院当护士，还要给男病人端屎接尿，一不害羞，二不嫌脏，三又手脚勤快，能上光荣榜。”

小姑娘点了头，接了徐芝罘的班，四天之后徐芝罘返回副食基地，身上花得分文不剩，一百多里只得走回去。

金凤蝶从四五岁就给爹娘当助手，没念几天书。爹娘到队里挣工分，她留守家门，不但要哄弟弟们玩，而且要看管鸡、鸭、猪、羊。老母鸡带着一窝小鸡雏儿，从秫秸篱笆的窟窿里钻出去，到柳棵子地里找虫子吃，一去不回头；她就爬到院里的桃树上，四下叫着："咕，咕咕，咕咕咕！"老母鸡和小鸡雏儿便应声而回。老母猪带领一窝猪崽儿，撞开猪圈门子逃出去，到青纱帐里偷吃毛豆，被看青的瞧见，吃一棵豆秧要罚一百分。她扒上墙头，转圈呼唤："呃儿嘞呵嘞！"老母猪和猪崽儿便像听到命令，一列纵队跑回来。喊猪叫鸡单调而又刺耳，她却喊叫得悦耳动听。又过两年，弟弟们长大了一点儿，不能拦腰拴在窗棂上，也不能扣在大筐下玩过家家。一道柴门关不住，两只眼睛难以照顾全面，一不留神便都四散溜走。二小儿跑到村外荷花塘里捞蛤蟆骨朵儿，三小儿钻到谁家的菜园子偷吃黄瓜，四小儿虽然刚刚蹒跚学步，却更是个贼胆子，骑一条大黄狗追一只老花猫。她爬上房脊，东西南北喊叫连声："二小儿，回家来吧！三小儿，你死在哪儿啦？四小儿，姐姐抓了个麻雀给你烧着吃。"她喊一声，百家都听得见。

音乐学院的大学生每天练声，戏曲学校的学员每天遛嗓子，金凤蝶一年四季从早喊到晚，可不是为了吃开口饭。芭蕾舞演员每天练腿，体操运动员每天翻筋斗，金凤蝶一年四季从早到晚爬树上房，也不是为了舞台上出风头，运动会上夺名次。可是，有心栽花花不开，无心插柳柳成行；她喊了一年又一年，喊出了一个又高又亮、又脆又甜的嗓筒儿，练出了一副一跃而上和飘然而下的好身手。唐大姐儿嫌她跳跳蹦蹦的猴气，叫叫嚷嚷地没有一点女孩子的本色，恨不能穿针引线缝上她的嘴，扯两丈白布条子裹上她的脚；怎奈自己瘫在炕上，有心无力，只得眼看着女儿疯生藤蔓，野长秧子。

谁能想到，唐大姐儿扎针吃偏方，竟然瘫而复活，她手拄着打狗棒能下炕行走，正要严加管教女儿，女儿却一鸣惊人，喊来了伯乐。

这个伯乐，是个女人，艺名小杨翠喜，县评剧团挂头牌。

小杨翠喜也是本地人，解放以前在乡下跑野台子，唐大姐儿和徐芝罘这一辈人，小时候都听过她的戏。全国解放以后，她进京搭班，唱新戏走了红运，到不少首长家唱过堂会，更是一登龙门而身价百倍。坤伶女角难得红一辈子，人老珠黄便要落价，小杨翠喜年过四十走下坡路，又不知好歹，嫁了个摘帽儿老右，于是从市里的评剧院下放到县里的评剧团。不过，工资并没有减少，每月比县长还挣得多。

县评剧团下乡巡回演出，戏台搭在村外的河堤上。唐大姐儿和金大缸，牵着二小儿和三小儿，背着四小儿和五小儿，抱着六小儿和七小儿，到野台子下听戏，把八小儿留给金凤蝶。金凤蝶看门守户。

正是八月十五中秋夜，旷野上洒遍银白的月光，紧锣密鼓声中的大口落子，京东韵味，动人心弦。金凤蝶哄睡了八小儿，戏瘾难熬，爬到房上，站立屋脊，面向戏台。虽然看不见粉白黛绿剧中人，不能大饱眼福，但是听一听小杨翠喜那声情并茂的唱段，也算耳福不浅。想当年，小杨翠喜铁嗓钢喉，甩个高腔能响入青云，北京中山公园音乐堂四千座位，灌满了每个听众的耳朵。只因出名之后烟酒过量，这两年嗓子塌中了。唱起来虽然仍旧颇有韵味，但是大段的唱腔便底气不足。而且，身体发胖，跑起圆场气喘吁吁，不能不偷工减料。一百四五十斤的体重扮演十六岁的红娘，红娘的身腰好像已经怀胎十月，眼看就要临盆分娩，舞台形象令人目不忍睹。但是，瘦死的骆驼比马大，凤凰落地也比柴鸡高一等，在这个县评剧团里，唱、念、做、打还真没有人比得了她，所以她在台上台下还摆出一副名角架子。本来是野台子戏班出身，成了名便架子大，下乡演出却不心甘情愿，松松垮垮不卖力气，唱了大半场还没有人给她叫好。

她唱的是《花为媒》。

《花为媒》和《杨三姐告状》，是评剧创始人成兆才的两大杰作，真正的京东土特产，大口落子的看家戏。也正是小杨翠喜的本工，最能叫座。五十年代，几位戏曲作家将成兆才的传本删改润色，新凤霞主演，创出不少新腔，风靡一时。小杨翠喜大吃戏醋，搬出老腔老调，不离成兆才的板眼尺寸，却不受欢迎，没有新凤霞叫座。她一怒之下，跑到杨三姐家拜庙门。那时候杨三姐还活着，已经是个六十多岁的老寡妇，她就认杨三姐当干娘，娘儿俩合影留念。小杨翠喜把这张合影照片放大一尺二寸，挂在戏院门口，标榜义女尽孝，表演干娘故事，果然引人猎奇，连满三十场。后来，有人发现杨三姐晚年曾改嫁给一个地主，清白的贫农女儿一下子变成了肮脏的地主婆儿，小杨翠喜认地主婆儿当干娘是严重丧失立场，这出戏讴歌地主婆儿也就是一棵大毒草，一九五七年小杨翠喜差一点儿被划右，新凤霞也不能演这出戏了。从此，小杨翠喜夹着尾巴演戏，踩着别人的脚印走，而且跟新凤霞同命相怜，顾不得争个高低上下了。

她今晚演出的《花为媒》，是新凤霞的丈夫吴祖光的改编本，文学性强，拍过电影，可是大口落子唱起来，好像硬舌根子说绕口令，很不顺嘴，不卖力气的小杨翠喜偏又唱的是拗口的词儿，就更难讨彩了。

戏已演到《坐楼花园》这一场，这一场是整出戏的戏核儿，听众再不拍几下巴掌，今晚上小杨翠喜就算砸牌子了。

小杨翠喜扮演的是张五可，正面对着菱花镜顾影自怜，自夸美貌：

慢闪秋波仔细观瞧，
见自己生来的俊好似鲜花一样娇。
头上的青丝发黑如墨染，
梳的是时兴的凤翅相招。
鬓边戴珍珠穿成一对双八宝，
插一朵红玫瑰紧压鬓梢……

这几句她唱得字是字，味是味儿，台下鸦雀无声。河堤上唱戏，大河、田野、树林都有回声，好像自己跟自己唱对台；她一边啼啭歌喉，一边侧耳偷听，自我欣赏，暗暗得意。

面似芙蓉眉如新月耳如元宝，
鼻如悬胆齿如编贝口似樱桃。
水灵灵一双杏眼似笑非笑，
戴一对玉耳环临风摆摇……

忽然，台下响起开了锅似的掌声，她十分惊奇，又感到迷惑。仔细听来，远处的回声是个娇嫩的童音却优美动人，原来另外有人模仿她；她唱一句，那个人也唱一句，听众不是赏她的脸，而是给那个人拍巴掌。

她十分恼怒，却又不能不跟那个人争强斗胜，后半场便越唱越精彩了。

上身穿苏州绣紧身小袄，
紧裹着这一掐杨柳细腰。
八幅裙腰间系金铃围绕，
走一步当啷啷响铃儿铃声儿高……

这几句，一句一个好，把远处那喧宾夺主的回声压倒了。

散了戏，小杨翠喜一边卸装，一边打发人寻找那个跟她唱对台的人。她那跟包的找来了金凤蝶，小杨翠喜一见之下打了个愣怔，这个小丫头片子活脱儿是自己童年的影子。也是天生的缘分儿，她一眼就看中了这个小丫头片子，产生了怜爱之心。她一辈子没有生儿育女，旦角一过四十，好日子就算到头了；自己这一身玩意儿不能失传，身边也得有个贴近的人服侍自己。白玉霜十几岁就抱养了小白玉霜，又是徒弟又当女儿。于是，她也要开门收徒，金凤蝶正是天赐的入室弟子。

她有此心，便又打发跟包的找唐大姐儿和金大缸商量，这两口子都拿不定主意，金凤蝶却哭闹着想学戏。徐芝罘知多见广，唐大姐儿步行一百多里到市委副食基地，听徐芝罘的高见。

徐芝罘最主张地尽其利，物尽其用，人尽其才，认为金凤蝶向小杨翠喜学艺，良机不可错过。唐大姐儿高高兴兴领回圣旨，金凤蝶欢欢喜喜跟小杨翠喜走了。

过去，三年学徒，八年坐科，县评剧团可没有这么多讲究。金凤蝶到县评剧团一个月，就上台跑龙套，一年时光，便给小杨翠喜配个宫女、丫鬟。小杨翠喜很喜欢她，疼爱她，可就是不让她在台上唱几句，怕的是金凤蝶一张嘴，抢走了她的主顾。直到十年动乱，剧团解散，金凤蝶只演过三回《秦香莲》里的春妹子，两场《李三娘》里的咬脐郎，还是反串娃娃生。她扮演的最露脸的角色，是《白蛇传》里《断桥》一折的小青。海报上没有她的名字，观众没有留下她的印象。小杨翠喜惨遭造反团的百般凌辱，跳楼自杀。她算了算，只落个满身的零杂儿，没学会一本整出的戏，够不上半瓶醋。

剧团解散了，金凤蝶回了家，戏班子里混了几年，柴火妞子变成了娇小姐，却又是小姐的身子丫鬟的命。怕十指尖尖的兰花手磨得粗糙，三伏天拿镰刀都要戴白手套；又怕阳光晒黑了脸，下地蒙一块面纱，草帽也比别人大几号，蹲下来拔苗薅草，大草帽的阴影像半天起了乌云。她度日如年，戏瘾又时常发作，有点疯疯癫癫，村里不少人指着她的背影摇头叹息。家里人口多，弟弟们都还弱小，几张嘴吃闲饭，她挣不了多少工分，分值又很低，不够买自己口粮，还得吃爹嚼娘，爹娘都不给她好脸子看。

11

这时的徐芝罘，也被开除党籍和公职，从市委副食基地遣返回村。百无一用是书生，他念过大学，满肚子墨汁，却换不来糊口的吃喝。倒是在副食基地种了几年菜园子，精通了园艺学，大队请他到园田当把式，能挣高工分。他是本村子弟，自幼就有人缘儿，虽然落得孤雁一只，全村老少可都待他亲如家人。城里的造反团和支农的军宣队，想瓦解这个抱成一团的小村，把徐芝罘揪出来，全都枉费心机。唐大姐儿侠肝义胆，金大缸言听计从，她家更成了徐芝罘的堡垒户。唐大姐儿是世代贫农出身，六亲九族和所有社会关系全是贫农，连一个下中农都没有，可算根红、苗红、枝红、叶红，红透底了。造反团和军宣队都不敢碰一碰她家，金光闪闪的语录写得明白，谁反对贫农谁就是反革命嘛！唐大姐儿从小头上长角，身上长刺，经历人世沧桑，更磨炼出敢怒、敢说、敢骂、敢打的性格。全副武装的军宣队知难而退，更不用说那些狗仗人势的造反团。唐大姐儿是母夜叉孙二娘、母大虫顾大嫂和一丈青扈三娘的三合一，徐芝罘有她保镖，就像躲进了人身安全保险公司。

一家十口，吃不上穿不上，徐芝罘跟他们搭伙，饭锅里才多了一把米。难得吃一顿顺口的饭食，全家都请徐芝罘坐首位，吃头份儿，连八小儿也不争嘴。三九天下大雪，黑夜荒村犬吠，唐大姐儿等孩子们睡着了，拌一盆子腌白菜心，炒一盘子鸡蛋，热炕头上放一只小桌，徐芝罘和金大缸一主一从喝酒。金大缸的筷子不碰菜盘，喝几口酒便回大队的场房。自从生下八小儿，两口子都怕再多一个小孽障讨吃要穿，几年不同床共枕了。金大缸一直给大队看场，连大年三十也不在家里睡觉。金大缸走后，徐芝罘一个人自斟自饮，唐大姐儿怕他酒入愁肠，便一边倚靠着窗台做针线活儿，一边跟徐芝罘闲聊家长里短。唐大姐儿虽是个文盲，却喜欢听徐芝罘这个有学问的人大谈东西南北和古今中外；徐芝罘虽是个有学问的人，却最爱听唐大姐儿这个文盲东拉西扯那些粗野的村话。唐大姐儿说得生动，徐芝罘听得高兴，酒就喝多了。乘着酒兴，徐芝罘掐住唐大姐儿的后脖颈子，灌下一盅酒，说是给她润一润嗓子，就像旧舞台上给名角饮场。一盅酒入肚，唐大姐儿五脏六腑燥热，红晕罩住了脸，眼神也水汪汪地闪光。徐芝罘喝得头脑发昏，眼皮沉重，东摇西晃打盹儿；唐大姐儿悄悄撤下桌子，一口气吹熄了灯。徐芝罘一惊，吓掉了两三分酒意，可仍然有七八分迷糊。昏暗中，他恍惚感觉，唐大姐儿在洗头、洗脸、洗脚、擦身子，还刷起牙来。徐芝罘记得，他上中学以后，懂得了每天刷牙，也给唐大姐儿买过牙刷和牙粉。可是，唐大姐儿自从嫁给金大缸以后，早已经丢掉这个卫生习惯。虽然牙齿雪白，那是因为长年累月吃的是粗粮素菜，没有被荤腥五味污染，不是刷出来的。三更半夜，忽然讲起卫生，是何道理?

等到唐大姐儿那干干净净的身子上了炕，动手给他宽衣解带，徐芝罘吓出一身透汗，才恍然大悟。

“你……你喝醉了吧？”徐芝罘一骨碌从热炕头子上爬起来。

“我……我想……”冷风寒气中唐大姐儿牙齿磕得咯咯响，“给你……生个儿子……”

“疯话！”

“我对不起你……”

“你不守妇道，更对不起大缸哥。”

“我给他下过八个崽儿了。”

“早就该做绝育手术！”

“你三十大几，孤身一人，没儿没女，到老谁来挂念你？”

“一人一口活着逍遥快活，死了无后顾之忧。”

“徐家不能到你这一辈绝了户。”

"天下有多少家姓徐的？一门绝户也不能从《百家姓》上抠下徐字。"

"不给你家留下一条根，我对不起咱爹和……老奶奶。"

是的，唐大姐儿爹死娘嫁人，是徐芝罘的老奶奶收留了她，徐芝罘的爹也待她如亲生女儿。她离开徐芝罘，嫁给金大缸，想起这两位老人便自认有罪，天上打雷就好像这两位老人发怒，跪在地上哀告，怕殛死她。

"姐姐，别再胡思乱想，胡说八道了。"

"芝罘，你嫌我老，嫌我丑，嫌我脏……"

"我喊大缸哥，捶死你！"

"他也愿意……"

徐芝罘大叫一声，光着脚跳下炕，撞出了门，扑进大风雪中，逃回自己那荒屋寒舍。

他得了重感冒，发烧说胡话，嘴唇上起火疱，金大缸又把他从冷屋子背回去。热炕子上闷汗，打针吃药退了烧，醒来睁眼一看，唐大姐儿和金大缸坐在炕沿上，一边一个守在他的枕旁。

"芝罘儿，你脏心烂肺，把我当成了浪母狗……"唐大姐儿哭得满脸鼻涕眼泪，"我给你生个一儿半女，十有八九要掉下水房子，命就丢了。"

京东北运河农村妇女，管子宫叫水房子，生育过多，就有子宫脱落的危险，性命难保。

"大缸哥呀大缸哥，你枉为男子汉！"徐芝罘气得哆哆嗦嗦伸出一只胳臂，拳头敲着金大缸的脊梁骨，"娘儿们想偷人养汉，你就听而不闻，视而不见吗？"

“怎么算是偷人养汉呢？”笑呵呵的金大缸不急不恼，“她本来就是你的。”

跟这两个直心眼子的人，难讲世俗的礼规。

闹过这一场风波，平静下来便相安无事。金大缸越发觉得徐芝罘是个信得过的好兄弟，更敬如上宾；唐大姐儿脸皮起茧子，嘴上更百无禁忌。

“我前思后想整整一个月，才有那一天晚上……”唐大姐儿在灯下给徐芝罘补袜子，咯咯笑道，“我不是害臊，是怕死。孩子落地我就断气，撇下你们一大一小，到黄泉里也放心不下。”

“你还是结扎输卵管去吧！”徐芝罘借一片灯光看书，婉言相劝，“多儿多女多冤家，这个罪你难道还没受够吗？”

“我才不把自个儿劁了哩！”唐大姐儿吐舌咂嘴儿，“劁完了长出满脸胡子，我怎么出门见人呀？”

“绝育，不是劁猪。”

“那是阉驴。”

“做过手术以后，男女不改本性，只是不能生育了。”

“你别蒙我这个井底的蛤蟆、高粱秆子里的虫儿啦！”唐大姐儿一副内行神色，“老年间皇上家的老太监，七岁净身，八岁进宫，长大了光溜溜一张老公嘴，半男不女。”

“不要自以为是，不懂装懂。”

“我连生八个孩子，娘儿们身上的学问比你大得多，你别在圣人门前卖《百家姓》。”

“对牛弹琴！我不跟你磨牙了。”

“你才是牛哩！”

“多谢夸奖！我俯首甘为孺子牛。”

“你是一头犍子！”

犍子是阉过的公牛，打这个比喻挖苦男人，只有村妇说得出口。

“你说话加点小心！”徐芝罘看了一眼躺满一炕的八个儿女，“孩子们大了，做长辈的一言一行要不离尺寸。”

入冬并炕省柴火，八个儿女和唐大姐儿住一屋。七个儿子扒得赤条条一丝不挂；金凤蝶也只不过是钻进被筒里脱衣裳，在徐芝罘面前并不感到害羞，徐芝罘跟唐大姐儿聊天，她常在枕上插话。

唐大姐儿忽然停住针线，打了个寒噤，面如死灰，说：“芝罘儿，我这几天连夜梦见老奶奶，老奶奶骂我忘恩负义，断了咱家的香火。”

“你又想惹恼我吗？”徐芝罘板起了脸。

唐大姐儿那直勾勾的两只眼睛，滴下大颗大颗的泪珠子，说：“吃不饱穿不暖，我的身上早熬干了血脉，不能给你效力了。”

“那就别再多管闲事。”

“老奶奶伸出两只手，要扒开我的胸窝子，掏出我的心喂狗。”

“那是迷信思想，害得你神魂颠倒。”

“父债……子偿……母债……女偿……”

被子单薄，炕面也不烫身子，睡梦中的金凤蝶却好像热得难耐，踢开了被子。

“浑蛋娘儿们！”徐芝罘一把揪住唐大姐儿的头发，“你……装神弄鬼，原来是想……叫我乱伦。”

邻村鸡笼店，有个老地主婆子，儿子三十大几娶不上媳妇，想拿女儿跟外姓的地主家换婚，村革委会不许地主传留后代，禁止这两家地主做亲。于是，这个地主婆子用酒灌醉了儿子，手拿着菜刀逼迫女儿跟亲哥哥交配。女儿怀了孕，生下一个耳聋、眼瞎、口哑的傻孩子，儿子羞恨交加，砍死了老娘，又把傻孩子掐死。公安局抓走了这个杀人犯，判处死刑，押回鸡笼店枪毙。老地主婆子的女儿，杀人犯的妹子，也跳了井。

“我姓金，不是您的骨血！”金凤蝶猛地从炕上坐起来，“我娘也没有把菜刀搁在我的脖子上，是我自觉自愿的。”

徐芝罘胸膛里一阵翻胃，哇的一声呕吐起来，撞开窗户跳出去。

唐大姐儿大病了一场，金凤蝶大哭了三天。金大缸想来想去，女大不可留，只有自作主张，打发女儿嫁人，才是正理。而且，自从徐芝罘跟他家散了伙，锅里少了把米，个子一天比一天高的儿女们饭量一天比一天大，金凤蝶嫁人能收一笔彩礼，换回几石粮食，吃几顿饱饭。金凤蝶也觉得不能再累赘爹娘，嫁出去反倒是尽了孝。

金凤蝶标出身价，她的体重一百零一斤，每斤十块钱，扣除一斤的食水，整收一千元。她娘喂她两年奶，一天一块钱，身价之外再交奶水钱七百三十元。她爹没有功劳有苦劳，收一百元孝心钱不算多。七个弟弟是一奶同胞，每人给十元喜钱理所应当。一下子拿不出两千元这个大数目，可以分期付款，零存整娶，交够了两千块钱就过门。

那个年头儿，财神爷早被砸烂狗头，谁家能有几个闲钱？金凤蝶的身价令人闻之咂舌。人嘴是电台，眨眼传百里，金凤蝶自己堵住了出嫁的路。

偏有个名叫马窝脖儿的小子，敢揭金凤蝶的皇榜。

12

这个小村，家家户户，不是血亲，就是干亲，圈套圈像一张网。一个人有个干爹，还有个干娘，干爹和干娘并不一定是两口子；有几个干哥哥、干弟弟，还有几个干姐姐、干妹妹，这些个兄弟姐妹更不一定是同姓、同父、同母。徐芝罘的亲爹死后，一手把徐芝罘拉扯大的老虎跳，是徐芝罘的干爹，也是马窝脖儿的干爹，但是马窝脖儿比徐芝罘小十来岁。马窝脖儿的亲娘，没跟他的亲爹成亲之前，就跟老虎跳相好；被迫跟他的亲爹成亲之后，仍旧跟老虎跳相好。然而，徐芝罘并不管马窝脖儿的亲娘叫干娘，却叫香翠大姑。

马窝脖儿不大不小，二十有五。男子三十而立，他早在二十岁以前，已经是河西到河东，村村留骂名，上游到下游，顺风十里臭。逼亲娘改嫁，造干爹的反，他干出这两桩骇人听闻的丑事，虽然都功亏一篑，却也一举成名。

他十二岁死了爹，香翠大姑本想改嫁老虎跳。这个坏小子儿却怕老虎跳入主他家，他就丧失了一家之主的地位，不能关上门当小皇上。于是，他一会儿说要喝敌敌畏，七窍出血毒死自个儿，一会儿说要头朝下钻井筒子淹死自个儿，一会儿又在歪脖树上搭一根绳子，说要上吊，搅得老虎跳和香翠大姑都败了兴，也就不想做个名正言顺的夫妻。马窝脖儿虽然不许他娘改嫁，他却从十三岁就做梦娶媳妇，到十六岁更急得像热锅里的蚂蚁。有个串村收购猫皮、狗皮、羊皮、猪毛的小贩，兼做说媒拉纤的骗钱生意，一见马窝脖儿刚刚十六岁就色迷心窍，正是送到嘴边的一块肉，便花言巧语，答应给他找个比《花为媒》里的张五可还俊俏的姑娘，不过头一回见面礼至少五十块。于是，马窝脖儿从家里偷粮盗米，卖了钱全装进了皮毛贩子的腰包。五十块钱凑够了，皮毛贩子把他带到河边，对岸柳荫下有一只小船，小船上坐着个光着膀子只穿一条花兜肚的姑娘，搔首弄姿向河这边飞眼儿。马窝脖儿抓耳挠腮，想过河跟那个姑娘肩并肩，手拉手，说几句贴心的话。皮毛贩子却说不花更多的钱便搭不起桥，只能隔河相望，不能鹊桥相会。可是，马窝脖儿到哪里去找修桥铺路的一笔钱？这时皮毛贩子又给他想出一条卖娘换妇之计。香翠大姑年过四十，却仍然面嫩，腰腿和胸脯子都像三十岁挂零的女人，皮毛贩子早已垂涎三尺。京西门头沟的煤窑，有不少三十大几或四十老几的矿工，当了半辈子煤黑子，银行有存款，腰里有现钱，却讨不到老婆打光棍儿。“挖煤整三年，见着母猪赛貂蝉”，香翠大姑只要换上一身新衣裳，头上脚下打扮一下，到煤窑能卖个黄花闺女的行市，换个二八佳人还能剩点余钱，买一头猪羔子。马窝脖儿乐得一蹦三尺高，皮毛贩子又教给他一个诓母上路的点子：只说皮毛贩子给他找了个对象，家住京西门头沟，女方家长要跟男方家长面商儿女的终身大事。香翠大姑也想过一过目，亲自相看儿媳妇的相貌人品，免得隔山买牛，受骗上当。这一天起个大早，香翠大姑在马窝脖儿和皮毛贩子左搀右扶下动身，本村的乡亲妯娌姐妹堵住门给她道喜。就在这时，一辆吉普车飞驰而来，在她家门前紧急刹车，从车上跳下两名警察。一名警察掏出手枪，一名警察把一副锃亮的手铐戴在皮毛贩子的手腕上。原来，皮毛贩子是个坑、蒙、拐、骗、偷，五毒俱全，无恶不作的流窜犯。公安局逮捕了皮毛贩子，马窝脖儿也因串通流窜犯卖娘而被拘留半个月。从拘留所放出来，回家又饱尝老虎跳一顿老拳，马窝脖儿趴在炕上几个月不敢出门，怕的是乡亲们一人啐他一口唾沫，淹死他这个无耻的逆子。

马窝脖儿躲在家里，并没有闭门思过，却算得上是卧薪尝胆。白天吃饱了装死，黑夜睡醒了磨牙，一定要把他娘跟老虎跳拆散，还得叫老虎跳欠一拳还十脚。

也该马窝脖儿走几天红运，孵窝半年整，打翻身仗的日子到来了。城里的造反小将下乡大串连，他头一个跳出来，讨一副红臂箍戴在胳臂上。造反小将的红臂箍分三六九等：高干子女戴红呢子的，一尺二寸长；中干子女戴红绸子的，八寸长；一般红五类子女戴红布的，四寸长。马窝脖儿虽然只戴个四寸长的红布臂箍，在全村已经足够高人一等，打、砸、抢、抄，奉旨横行霸道。他带领城里的造反小将抄老虎跳的家，砸得连一只吃饭的碗也不剩，还把老虎跳吊到树上毒打，打折了几条桑木扁担。多亏老虎跳有一身武功，六十多岁才没被打死。造反小将得胜回朝，马窝脖儿拉拢了一伙子虾兵蟹将，勒令解散大队党支部、管委会、贫协、妇联和团支部，自立为王，头一道紧急通令就是把老虎跳发配到水利工地，数九寒冬抡大镐，凿冰下水挖淤泥。谁想，他的官运只不过是新盖的茅房三天香，等到成立革委会，连个滥竽充数的委员也没当上。

马窝脖儿放不下官架子，不肯泥里滚草里爬到队上挣工分，便三天一张小字报，五天一张大字报，揭革委会的隐私，一个个点名抓脸，打不着鱼也搅浑了水。虽然是老鸹落在猪身上，可是光脚的不怕穿鞋的，台下气粗，台上心虚，革委会腻歪透了他这个嘎杂子，就把一个招兵名额给了他，送走了瘟神，眼不见心净。他到部队上没有几天，就被首长选拔到军宣队支左。这倒不是由于他在政治上多么过得硬，而是因为他会说一口北京话，念起语录比那些侉子兵字正腔圆，谁都听得懂。当了三年兵，别人学会了开汽车，或是学会了车工、锻工、铣工、刨工、电工，他却只是跟着支左的军宣队跑码头见世面，练出了一副嘴尖舌巧的口才。复员回来，革委会见他唇枪舌剑，比三年前更难缠而又难惹，便把他送到公社当社调工，夜晚给供销社看仓库。

他穿一身摘掉领章帽徽的军装，牵一条从公安局刑警队淘汰下来的军犬，背一支双筒猎枪，神气十足，招摇过市，十分引人注目。牛皮吹得山响，蒙骗不识内情的人，自称当过八三四一部队的仪仗兵，见过七七四十九个外国元首，跟尼克松和基辛格都握过手。不过，常常言多语失，吹炸了牛皮，当众出丑。比如，他说尼克松最爱吃中国饭菜，亲眼看见尼克松连吃两只北京烤鸭，又吃下一盘子天津狗不理包子和一大碗陕西羊肉泡馍，还点名要吃通州小楼烧鲇鱼和大顺斋糖火烧。别人不大相信，问道："尼克松头一趟到中国来，怎么会知道咱们通州出产烧鲇鱼和糖火烧呢？"他眼也不眨，答道："有一回我在国宾馆的餐厅站岗，尼克松问我是哪个地方的人，那个地方有什么好吃的，我就告诉他家住北京以东四十里的通州，通州出产的烧鲇鱼和糖火烧，西太后最爱吃，尼克松就记住了。""美国总统会说中国话？""基辛格给他翻译的。""基辛格从哪儿学的中国话呢？""他在咱们通州的潞河中学念过书，学得满嘴京片子。"马窝脖儿吹得自己也晕头转向，就忘了本村的徐芝罘是潞河中学毕业生。那人找到徐芝罘对证，徐芝罘哭笑不得，说："你们别听他的胡说八道。"撕破了这张牛皮，马窝脖儿又吹另一张。他说尼克松的洋服里暗穿一身尼龙避弹衣，不但刀枪不入，苏联的喀秋莎大炮打在身上，也留不下一个白点。有一天，尼克松叫他拿自动步枪，打一梭子看看，他怕把尼克松打得满身筛子眼儿，不敢扣动扳机，基辛格把他的自动步枪抢过去，嗒嗒嗒嗒……二十五发子弹都打在尼克松的胸口上，尼克松的身上迸溅火星子，子弹纷纷落地。听客又不相信，问道："尼克松的尼龙避弹衣是什么材料制作的？"马窝脖儿答曰："十吨黄金提炼出来的，穿在身上又轻又薄又软，就像咱们中国的绸缎。"听客又找徐芝罘问个究竟，徐芝罘只说了四个字："无稽之谈。"

牛皮吹得天花乱坠，也混不上个媳妇。一是马窝脖儿名声太臭，二是他的腰囊羞涩，多么缺心少肺的轻薄女子，也不想跟着他分担骂名而又饿肚子。

但是，这一个多月，马窝脖儿的腰里一天天见肥，才敢开口购买高价姑娘金凤蝶。

那是一天夜晚，他打发那只军犬围绕仓库转来转去，自己却躲在更房里蒙头大睡。早晨醒来，只见军犬蹲在仓库门口，连连打着哈欠；他掏出钥匙开锁，走进仓库点验，却发现丢失了几种市面上难得买到的存货，吓得他出过一身冷汗又起一层鸡皮疙瘩。他怕丢了这个肥差，不敢声张，整夜寸步不离仓库，直到有人接班才回更房睡觉，却又发现枕头下压着二百块钱，又惊又喜又怕，还是装进了兜里。中午回家吃饭，遇见了一别九年的那个皮毛贩子。此人坐牢九年刚放出来，在劳改农场得一个判处无期徒刑的老贼的真传，眼下就靠这份手艺吃饭。皮毛贩子配制了麻醉药，麻醉了军犬，又用自配的万能钥匙，打开仓库，如入无人之地，挑挑拣拣，偷走几种，一倒手就卖了出去。乘肥马，衣轻裘，与朋友共，皮毛贩子神不知鬼不觉给马窝脖儿送来二百元。

一个家贼，一个外鬼，合伙偷盗，马窝脖儿已经分得赃款千元以上。

眼看金凤蝶到了手，金凤蝶却被一阵风吹跑了。

县里奉命排演样板戏，赶忙成立文艺宣传队，有人想起了金凤蝶，十万火急把她找了回去。当时，评剧已经被判处死刑，宣传队送她到五七艺校学了三个月的京剧，专演李铁梅，一专而不多能。而且，李铁梅没有结婚，是个圣女，扮演李铁梅的女演员也得守身如玉。一九七九年县文艺宣传队解散，二十五岁的金凤蝶还是形单影只。不过，她已经端上铁饭碗，没有被打发回家，高升一步被调到市文工团。

市文工团不演京剧，也不演评剧，她又改行唱梆子。半路出家，不能成佛坐祖，她唱着唱着常常串味儿。她扮演古装戏里的千金小姐，抬手投足却完全是李铁梅的翻版，惹得观众哄堂大笑。梆子的词儿，京剧的腔儿，评剧的调儿，行家捂耳朵，观众皱眉头。积重难返，本性难移，三合一的嗓子不可救药，她也就被打入冷宫了。

年将三十，估量自己没多大出息，就想找个称心如意的丈夫，了此一生。见过几个年龄不相上下的男人，不是人家看不上她，就是她看不上人家。于是，一回又一回充当第三者角色，学会了抽烟和喝酒。那些男人有的不过是情场做戏，捡她的便宜，有的顶不住社会压力，都先后跟她散伙。她陷入个人的苦恼中不能自拔，烟抽得更凶，酒喝得更多，脾气也古怪起来。文工团实行承包，哪个演出队都不要她，她每月拿百分之七十的工资，蹲在家里睡大觉，日上三竿才起床，醉生梦死过日子。

她住在一座大杂院的背阴角落小棚子里，白天不拉开电灯都伸手不见五指。这一天，已经是上午十点，她仍然蒙蒙眬眬，似醒似睡，忽听砰砰一阵敲门声。她正梦见跟一个前几天才一刀两断的男人破镜重圆，不能不咬牙端一端架子，便把被筒紧紧裹住身子蒙上头。敲门声中有个人嬉皮笑脸叫道："小凤子，该吃晌午饭了，怎么还在床上挺尸呀？"这人喊叫她的声音，呼唤她的口气，都不像那个跟她一刀两断而她仍然藕断丝连的男人。那个人叫她的名字，都是轻声柔语："凤儿，凤儿！"很像话剧《雷雨》中的大少爷周萍。她在柔情低唤中产生幻觉，自己也好像变成了四凤。但是，这油腔滑调的声音，一点也没有周萍的温文尔雅。哐啷一声，有人破门而入，她才真正惊醒了。

金凤蝶从被筒里探出头，只见闯进来的是一个身穿半旧外国茄克衫和牛仔裤的男子：花卷头小胡子，斜眉吊眼虾米腰，手提一只出国外贸人员的公文包，奇形怪状而又流里流气，装模作样而又鬼鬼祟祟。

"你是谁？"金凤蝶滴溜着眼珠儿问道。

"请看名片！"此人从屁股兜里，把一张印着相片的香味名片摸出来，吹一口气落在金凤蝶的枕边。

"马窝脖儿！"金凤蝶捏起名片看了看，名片正面上印着姓名、头衔和住址，背面印着英、日两种文字，"怎么，你当上了时装贸易公司经理？"

"只要你替我说句话，眨眼之间我就当上总经理。"马窝脖儿打开公文包，掏出一份申请书，"我想在蝈笼子镇办个分公司，走你的后门，讨个批件。"

“我哪有这么神通广大呀？”金凤蝶咯咯一笑，却是一副哭相儿，“你这个出洋相的土包子，难道把我当成梅、程、荀、尚四大名旦，能跟金口玉言的大官儿攀交情吗？”

“小凤子，你的行市眼看就上涨了。”

“昨天我们的人事科长刚找我谈过话，劝我转业改行，推车沿街卖冰棍儿。”

“那是他狗眼看人低。”

“我又从何高起呢？”

“太阳从谁家的门口都要过一过，你快时来运转了。”说着，马窝脖儿轻模贱样地向金凤蝶的床头蹭过来。

“站在门口！”金凤蝶挂下了脸，“你敢在我的屋里乱说乱动，我喊警察把你抓起来，眼下正三打流氓犯罪分子。”

“小凤子，你多心了。”马窝脖儿吓得连连倒退，“难道你也是‘闭关锁国’，两耳不闻天下事？竟然不知道徐芝罘要当咱们那一块的县委书记了。”

“那个书呆子当上了县太爷？”金凤蝶从床上爬起来，慌忙又倒下去，她的身上薄、透、露。

“咱们那一块，九乡一镇划为实验县。”马窝脖儿抬起眼睛不偷看，一本正经，“年龄是个宝，学历不可少，机会正赶巧，徐芝罘占全了这三项，官儿就当上了。”

金凤蝶忽然黯然神伤，说：“你发财他当官儿，只有我没混出个人样儿。”

这时，院外有一辆汽车嘀嘀响了几声。

“小凤子，起驾吧！”马窝脖儿急如星火，“我的司机等得不耐烦了。”

“你还有司机？”

“买了一辆客货两用的丰田车，雇个复员兵当车把式。”

“你找我到底想干什么？”

“响鼓还用重槌吗？求你替我在徐芝罘面前美言几句，他大笔一挥，我在蝈笼子镇营业执照就拿下来了。”

“你动一动嘴儿，我就给你跑断腿呀！”

“有钱能使鬼推磨，我也不能不给你烧香。”

“多少张‘大团结’？”

“一百八十九张。”

“给！”金凤蝶从被筒里伸出雪白的胳膊，张开纤纤玉手。

“早给过啦！”马窝脖儿狡诈地一笑，“你忘了十一年我那零存整娶。我可是一笔笔都记在账上。”

“滚出去！”金凤蝶柳眉倒竖，“你敢提那一千八百九十块钱，我告你买卖人口。”

“小凤子，息怒。”马窝脖儿打躬作揖，“我早有了妻室儿女，不想算旧账了。”

“谁嫁给你这个人模狗样儿的家伙！”

“一个芳龄二十三的时装模特儿，我比她大十五。”

“真是个眼皮子薄的丫头。”

“萝卜青菜，各有所爱；一切向钱看，赖汉子娶花枝儿。”

“谁家的闺女？”

“皮毛贩子的大女儿。”

“他想卖你娘，你却把她的女儿买到手，真是教会徒弟，饿死师父呀！”

“我没有把他逼上死路，是他老鼠舔猫鼻梁子，自己找死。”

“他死了？”

“闹地震那年，房倒屋塌人心大乱，他到死尸堆里掏腰包，捋手表，当场被抓住，就地正法了。”

多亏皮毛贩子匆匆而死，马窝脖儿跟他合伙偷盗供销社的案子，才没有东窗事发，而且，那座仓库在地震中化成一座废墟，也就更无从查证了。

院外的汽车又叫唤起来。

“阴天打孩子，闲着也是闲着，我正想出去走走，散散心火。”金凤蝶朝屋门外努了努嘴儿，“你到门外恭候，我要换一换衣裳。”

马窝脖儿走出门去，肩膀子倚住门框，说：“小凤子，你给我讨下批件，我还要聘请你给我的分公司当推销员。”

“没这个本事。”

“每逢大集，你在我的分公司门口唱戏，替我招揽顾客。”

“清唱？”

“彩唱。”

“你还找了谁？”

“有你一个人就够了。”

“没有底包，光杆牡丹怎么唱呀？”

“我给你雇几个打下手的。”

“那也不够一台。”

"不演整出，只唱折子戏。"

"嘻！你还真懂行。"

"咱俩得订个合同。"

"说官话吧！"

"你每唱一场，我给你三十块钱，先试用一个季度。"

"哎哟！我的工资每月五十三元，打七折实发三十七元一角，你够大方。"

"你不能光唱评戏，还得唱京剧和梆子，粉条子炖肉好吃，老吃就腻味了。"

"头一场开市大吉，我自作主张。"

"哪一出？"

"《凤还巢》。"

"《凤还巢》就是小凤子回乡呀！"

"正是要取这个吉利。"

"哪一折？"

"《洞房》。"

金凤蝶要身穿凤冠霞帔大红袄，出现在蝈笼子镇的集市上。

13

徐芝罘串百家门，却还没有打定主意，哪一天到唐大姐儿家去。

村里有祖上留给他的三间泥坯房，一座小小院落，仍是他回乡居住的老窝儿，连接土地的根穴，退守田园的归宿。他这个历尽坎坷而土性不改的农家子弟，年将知命，名利上就更淡泊如水了。掐指一算，再过十二三年就要退休，虽然他在地方志的学术研究上颇有成就，但是以官本位计算待遇，他目前的级别和职位，退休之后不但不能享有任何优待，而且每月工资还要打个折扣。回乡安度晚年，要比困守城内节省费用和多活几岁，更有利于学术研究。所以，他每年春夏之交，都花一点钱，修一修这祖传的老屋旧院，以免坍塌倒坏，无枝可依。眼下，村里一座座青砖红瓦的新房平地而起，层出不穷，相形之下他这三间老屋狭窄低矮得就像蜂房鸡窝。然而，院里那棵二百年的古槐，却有那些新兴富户所比不了的古色古香和田家风水。

他串百家门又吃百家饭，半夜三更才回家。耳听为虚，眼见为实，走马看花浮光掠影，下马看花才见真情实况。这几年，小村已经家家温饱，衣、食、住、行都得到或多或少的改善；但是，又出现了言过其实和弄虚作假，万元户的水分很大。人人都想一镐刨出一座金窖，只想千里之行赚大钱，忘了土里刨食在足下。强壮劳力出外跑买卖的越来越多，留下老人妇女在家里种地，麦收减了产，秋收也不乐观。做生意的本钱是从国家银行借的，全村八十三户，三百四十五口人，共欠国家贷款五十四万三千元；赔了的还不上，赚了的也不想还。优惠贷款只收三厘六的利息，每年也应交利息两三万元，银行却连三分之一的利息也收不回来。如此下去，便要走向反面，造成恶果。

已经凌晨一点，他才拖着一条疲惫的身子，心上像压住一块磨扇，推开自家的柴门。却想不到从老槐树的斑驳阴影中，冷不防站起一个人，吓了他一大跳。

“谁？”

“刚当上大官儿，眼睛就跑到脑瓜顶上了。”

“姐姐！”

“可不敢当，折我的寿哩！”

徐芝罘抢上几步，走到老槐树下，在唐大姐儿面前站住。

五十三岁的唐大姐儿，这几年吃上饱饭，饭菜里油水也多，脸上比过去白净，衣裳也不见一块补丁，月色朦胧中反倒显得老来俏了。

徐芝罘满脸赔笑，说：“我正打算明天去看望你，没想到你屈尊赏光看我来了。”

“甭跟我甜嘴蜜舌儿，虚情假意。”唐大姐儿板着脸子哼道，“我是夜猫子进宅！”

“财神奶奶，消一消气吧！”徐芝罘自知亏情失礼，只能连连道歉，“听说你家成了万元户，连盖了四座宅院，二小儿、三小儿、四小儿、五小儿都娶上了媳妇，比我自己发了大财都高兴。”

“谁是万元户？我是万元债户！”

“都说越富越哭穷，果然不假。”

“人心隔肚皮，我可没有瞒过你，几十年跟你说过哪一句假话？”

“放心吧！我的工资不多，可是足够吃喝，不会向你手背朝下。”

“你别关上门打叫花子，拿穷人取乐儿啦！”唐大姐儿尖叫起来，“我不急得火上房，才不愿死皮赖脸，找你这位朱买臣大官人。”

徐芝罘摇头苦笑，说：“我怎么算是朱买臣，谁封我是大官人？”

“你不是当上县委书记了吗？”

“上边有这个意思，我还没有接印。”

“到嘴的肥肉，你可别不吃。”

“我不是当官的材料儿，这几天搞了点调查研究，更觉得担不起这个重担。”

“你不当我不答应！”

“想当官儿的、会当官儿的有的是，何必把我这只旱鸭子赶下水呢？”

“好兄弟，为了我跟……孩子们，你就当个三天两早晨吧！”唐大姐突然扑通跪倒，抱住徐芝罘双腿。

徐芝罘一惊一吓，毛骨悚然，喊道：“你……你疯啦！”说着，慌忙拦腰把唐大姐儿抱起来。

“我给债主子逼得……想投河跳井……抹脖子上吊……”唐大姐儿打着千斤坠儿，呜呜哭道，“你不能……见死不救……”

“这是从何说起呢？”徐芝罘怕她又哭又闹，惊动左邻右舍，便把她抱进屋去。

就是在这间小屋小炕上，他们曾做过十二年的挂名夫妻，吃糠咽菜，苦中有甜，风霜雨雪，寒中有暖。徐芝罘触景生情，往事历历在目，忘不了一锅菜粥，他吃稠的，唐大姐儿喝稀的，一床破被，他裹一大半，唐大姐儿却得舍出半边身子挨冻。这么多年，他每趟回村，只要一进家门，刹那间便一阵恍惚，好像有个农村少女跑出来笑脸相迎；躺在炕上，一闭上眼睛，便好像呼吸到唐大姐儿身上那野花青草的气息。昨天夜晚，他还做了个梦，梦见六岁那年的一段往事：五月里的一个晌午，他到邻家的菜园子里偷桃吃，被邻家的老头子抓住，老头子倒栽葱拎起他的双腿，吓唬要把他扔进土井子里。这时，就像一阵旋风吹倒菜园的篱笆，唐大姐儿像从云层里跌下的一只青燕子，冲上来扑过去，抓破老头子的一张脸，咬伤老头子的两只手，把他抢救回家。一进家，唐大姐儿就插上门闩，撕他的嘴，拧他的腿，疼得他连连告饶："姐姐，我不敢啦！"唐大姐儿饶了他，却又头撞炕沿大哭："爹呀，老奶奶呀！芝罘儿变成了贼骨头，我对不起您们二位老人家……"他双膝下跪，哭叫道："姐姐，姐姐！从今以后，我一定学好。"……

现在，四十一年后的唐大姐儿，坐在炕沿上，一把鼻涕一把眼泪，哭着说："兄弟，我欠下国家银行一万一千块钱，还欠下老街旧邻三千多，公私两面都向我讨债，左右夹攻，我没有活路了。"

一九七九年实行承包，唐大姐儿和金大缸带着七个儿子，承包九十亩地。两年时光，挣出两座宅院，娶来两房儿媳妇，方圆左右几十里出了名。当时的公社，正想树立几个样板，向上请功，就借给他们五千块钱存进银行，一九八一年把他们制造成万元户。两房儿媳妇过门就闹分家，自立门户却不分担一丝一毫的债务。老两口子率领四小儿、五小儿、六小儿、七小儿和八小儿，又甩开膀子大干二年。四小儿和五小儿住上新房，带着新媳妇分家另过，二年的收入又花个精光。一九八四年金大缸劳累而死，唐大姐儿也精疲力竭累成了病秧子。六小儿发财心切，从银行贷款六千元，买了一台挂斗的手扶拖拉机，跑长途运输。七小儿更是见钱眼红，跟乡亲们借三千元做本钱，买一辆加重自行车，贱买贵卖当二道贩子。土命人实心眼儿，这两个小伙子耕田种地是门里出身的好手，闯江湖跑码头可就占不了便宜。一家私人木器行雇下六小儿，从山里往山外偷运木料，连打三天夜班，最后一车刚起动，六小儿手扶车把打了个盹儿，连人带车滚下山坡。手扶拖拉机摔成一堆废铁，死里逃生的六小儿也腿折胳膊断，住院费双方各摊一半，几个月的进项等于买了药吃。当二道贩子要贼心眼子多，六小儿是个死心窟窿又钻牛犄角尖，几档子买卖就赔了个一干二净，好比把人民币扔进黑咕隆咚的深井里，连个响儿也没听见。八小儿是个老生子，先天不足，后天失调，脆骨头瘦肉力气小，一个人忙不过来承包的四十亩地，大片大片撂了荒。

就在这时，债主子堵门。满身缠着纱布的六小儿，躺在炕上装死，七小儿跳后窗逃走，几天不敢回家，八小儿吃他们的挂落儿，满肚子怨气，骂骂咧咧摔盘子砸碗，唐大姐儿急得睡不着觉吃不下饭，饿不死也得愁死。想不到当上大官儿的徐芝罘回村私访，真是人不该死有救星，唐大姐儿的百结愁肠松了扣儿，喝下两碗米汤，厚着脸皮向徐芝罘求救。

徐芝罘听完唐大姐儿的哭诉，拧着眉头，铁面无情，说："杀人偿命，欠债还钱，我不能帮你赖账。"

唐大姐儿一听，整个身子凉了大半截，说："把我身上的肉一片一片割下来，卖十块钱一两，也还不上这一万四千块钱呀！"

"二小儿、三小儿、四小儿、五小儿也要分担这笔债务。"

"他们都娶了媳妇忘了娘啦！"

"你到法院告他们去！一纸判决下来，看谁敢牙迸半个不字？"

"六小儿、七小儿、八小儿分摊的六千块钱，我也掏不出来呀！"

"卖我这三间房。"

"这是咱家的祖产……"

"我继承下来，就有权变卖。"

"那就把徐家连根拔啦！"

"家乡不会没有我的立足之地。"

“兄弟，你……听我说……”唐大姐儿可怜巴巴地仰起脸，泪汪汪地看着徐芝罘的眼睛，“你是县委书记，写个二指宽的条子就是圣旨，银行的行长就不敢跟我讨债了。”

“你是叫我以权谋私，当个赃官！”徐芝罘暴怒起来，“银行借出那么多的钱收不回来，穷了国家富了个人，大河没水小河也要干的。”

“你就知道跟老百姓逼债，怎么就不管一管你们的银行行长呢？”唐大姐儿也被惹恼了，叉着腰跳起脚，“去年刚地净场光，银行把钱柜搬到村里，敞开门放账；多放出一笔他们就多拿一份奖金，有这么开银行、当行长的吗？”

“这个银行行长应该撤职查办，可是欠国家的贷款也必须本利偿还。”

“你一定要卖房？”

“卖！”

“那你是逼我快死，到阴曹地府还得罪上加罪。”

“你真是阴沉木的迷信脑瓜子！是我做主卖房，咱爹娘跟老奶奶只能怪罪到我的头上，不会株连你。”

“三间房也堵不住我的大窟窿。”

“我干爹开了几年鸡毛小店，听说存下几千块钱，我跟他要来给你。”

“那位老爷子还想鸟枪换炮，大兴土木开馆馆。”

“关门！”徐芝罘一声吆喝，“我到这个县当县委书记，他老人家在县城里干买卖，没有私弊也得惹出飞短流长，我还怎么开展工作？”

“老虎屁股摸不得……”唐大姐儿就像谈虎色变。

天不怕地不怕，唐大姐儿只怕老虎跳。当年她给徐芝罘当童养媳，是老虎跳的大媒，后来她私自嫁给金大缸，老虎跳不依不饶要活剥了她的皮，只因她肚子里已经怀上小凤蝶儿，老虎跳才不得不慈悲为怀，没有杀生。唐大姐儿吓破了胆，三十年不敢跟这位老爷子照面，一听“老虎跳”三个字就心惊肉跳。

“我干爹通情达理，替你还国家的贷款舍得割肉。”徐芝罘听见隔壁人家鸡叫，把唐大姐儿送出门外，“发财致富，各走一路；你家还是抓粮种菜，给城市居民提供主副食品，才能十拿九稳赚钱。”

唐大姐儿丢下了一大块心病，又带回一条招财进宝的锦囊妙计，高高兴兴地走了。

14

徐芝罘送走唐大姐儿，鸡叫声中睡了个觉，醒来睁眼一看，太阳升到比老槐树梢还高一竿子了。

院里有人轻轻咳嗽，他从窗眼望去，只见老槐浓荫下坐着个满脸书卷气的青年人，双手抱膝，膝头上打开一本厚书，正看得十分入迷。树梢上漏下一片阳光，晒在他的脸上，鼻尖沁出汗粒儿，他竟像老和尚入定一样，一动不动。

这是柳家的屯田，一位乡亲子侄。

小村八十三户，八十二户是贫下中农，成分高的上中农只有柳家，柳屯田从小就比贫下中农家的孩子低一等。当兵没有他的份儿，招工更不会找到他的头上，只有念书升学是一条出路。贫下中农家的孩子，四五岁就背草筐打青柴，河滩上放羊堤边上放猪，他却从四五岁就被爹娘关在屋里读书识字。这个小村只出了徐芝罘一个大学生，便后继无人了，他的爹娘一心叫他比、学、赶、超徐芝罘。然而，生不逢辰，他刚念到小学三年级，便闹起革文化的命的“文化大革命”，他也就失了学。等到中小学重新开张，他已经是个半大小伙子，上小学个子高，念中学又水平低；恰巧这时徐芝罘被遣返回村，他的爹娘就叫他拜到徐芝罘门下，博古通今，学贯中西。直到徐芝罘的冤案得到平反，恢复工作重返北京，他受教数年，一事无成半吊子，整个是一个文化残废。爹娘死了，他得自己凭力气挣饭吃，只会在菜园子里看鸡，二十出头的汉子跟小脚老婆子拿同等的工分。实行承包，他只要了二亩口粮田，吃得饱却穿不暖，想穿暖又吃不饱，不能两全。后来他听说给报刊写稿子能赚稿费，只动脑筋不花力气，这个行当正合他的心意。于是，县文化馆举办文学讲座，北京城里的文学杂志开办创作函授班，他都舍得花钱报名，听讲风雨无阻。三年零一节下来，他只发表了豆腐块大的几篇短文，所得稿费只够买两壶老醋。爹娘给他留下五间瓦房，他卖光了砖瓦木料，在大院里搭个窝棚栖身。不过，他当上了《乡镇企业报》《农村百业信息报》和《专业户经营报》的通讯员，也算头戴三顶桂冠，足以自得其乐。

纸糊的桂冠讨不到姑娘的欢心，他年近三十还是个“老大男”。

听见屋里有响动，柳屯田连忙站起身，抻一抻裤子，整一整衣衫，走到屋门口，垂手站立，恭恭敬敬问道：“老师，您醒来啦？”

“屯田，快进屋说话！”徐芝罘跳下炕，光着脚给自己这位尊师重道的门生开门。

柳屯田鞠了个躬，才抬起头，眼眶里噙着泪，说："我刚从北京回来，路过通州，听马窝脖儿说您在上任之前下乡私访，紧赶慢赶到了家……咱们爷儿俩有几年不见了。"

说着，他便给徐芝罘斟漱口水，打洗脸水，真正是有事弟子服其劳。

徐芝罘一见自己的这位门生面容憔悴，满脸晦气，黄皮寡瘦，衣衫褴褛，也不禁一阵心酸，想给他找一条生财之道。

"你到北京干什么去？"徐芝罘刷完牙，一边洗脸一边问道。

"《专业户经营报》找我谈话，叫我写一篇两千字的专访。"柳屯田爱不释手地摩挲着那大本厚书，"他们还送我一本《全国获奖报告文学作品选》，叫我博采众家之长。"

"写谁？"

"马窝脖儿。"

"为什么出这个题目？"

"不是马窝脖儿的钱通了神，就是他们受了马窝脖儿的骗。"

"你答应了吗？"

"我在编辑部答应下来，可是一到马窝脖儿的时装公司就变了卦。"

"是不是耳闻不如目睹？"徐芝罘点起一支烟，目光盯着柳屯田的脸问道。

"我一眼就看穿了是个大骗局！"柳屯田气得哆嗦着嘴唇，"那是什么公司呀？一间门脸儿，两间筒子房，像个垃圾站，更像个臭茅厕。"

"庙小神灵大，也许产品还不错。"

"哪儿来的什么产品呀，都是从外国进口的破烂儿！"

"破烂儿还要进口？"

"油渍渍的牛仔裤，臭烘烘的茄克衫，皱巴巴的蝙蝠衫，透窟窿的三角裤，断了带儿的奶罩，还有……还有挂着脏血的骑马布。马窝脖儿他娘过水洗一洗，晾干了交给他老婆，拿到前柜就卖。"

"卫生防疫站没有检验吗？"

"马窝脖儿给他们嘴上抹了蜜，他们也就上天言好事了。"

"工商管理所不管吗？"

"马窝脖儿每人奉送他们一套，他们都穿在身上，大摇大摆走街过巷，一个个就像马窝脖儿的活广告。"

"马窝脖儿从哪儿趸来的这些破烂货？"

"我问过他，他吞吞吐吐，话到嘴边留半句，好像是替北京的一个什么中心做转手生意。"

"这是哪个混账王八蛋批准进口的！"徐芝罘把手中的香烟摔在地上，连跺两脚。

"马窝脖儿抽的是进口香烟，他老婆洗头都用的是美国香波洗发液。"柳屯田扳着手指说下去，"电视是日立的，冰箱是东芝的，洗衣机是松下的，摩托车是亚马哈的……"

"一身的奴颜媚骨！"徐芝罘从胸膛里呼出一口滚烫滚烫的热气，把手按在柳屯田的肩上，"屯田，你决定不写这个专访？"

"马窝脖儿要送我三百块钱，我把钱摔在了他的脸上，就是不写！"

“有骨气！”

“我要写您。”柳屯田掏出圆珠笔和记事本，“您不但是我自幼崇拜的人，而且更是乡亲们众望所归的人。”

徐芝罘脸色不悦，干笑两声，说：“我还没有正式接到委任状，你怎么就来抢新闻？”

“您别跟我‘无可奉告’啦！”柳屯田笑道，“我在长途汽车站上看见了实验县筹备处的安民告示，第一把手的主任就是您。”

“刚有个设想，怎么就搭起了衙门的架子，未免操之过急。”徐芝罘自有难言之隐，只能苦涩一笑，“屯田，你不要写我，我寸功未立，有什么可写的？倒是你的前途问题，我十分忧虑。”

柳屯田涨红了脸，霍地站起身，说：“老师，您是怕我拉大旗作虎皮，打着您的旗号招摇撞骗吧？”

徐芝罘倒背着手，皱着眉头在屋里遛了几圈，忽然站住脚，问道：“你跟马窝脖儿有多大交情？”

“他只不过想利用我这支笔，给他那张鬼脸上涂脂抹粉，把他打扮成一个农民企业家。”

“不管他如何乔装改扮，贩卖带有毒菌的外国破烂儿，工商局和公安局早晚有一天要找他算总账。”

“他有后台老板给他撑腰。”

“谁也不能一手遮天。”

“老师，您这是叫我……敲他的竹杠？”

“我是叫你劝他留一条后路，免得将来把他罚得一钱不剩破了产。”

“老师，您真是菩萨心肠儿。”

“我还要把我干爹的鸡毛小店让给你，帮你办个书店。”

“老师，您晚了一步！”柳屯田拍着大腿，“马窝脖儿棋高一着，早把您干爹的鸡毛小店抢到手了。”

“我干爹怎么能交给他呢？”

“看来您给蒙在鼓里了。”

“这几天我忙得脱不开身，没有到蝈笼子镇看望他老人家。”

“您到这个县当县委书记，老爷子怕给您招来闲言碎语，已经把鸡毛小店关张三天了。”

“马窝脖儿又是怎么抢到手的呢？”

“拿他娘跟老爷子交换。”

“厚颜无耻！”

“听说这一对新人、老两口子，打算在咱这座小院安家。”

话刚落音，一辆亚马哈摩托车带着一阵噪音和一缕青烟，在小院柴门外紧急刹车，从车上跳下了身穿蝙蝠衫、牛仔裤和直筒高跟鞋的金凤蝶。

“芝罘舅舅在家吗？”金凤蝶扭动腰肢，风摆杨柳婀娜多姿，活像马戏团里耍猴子的女演员，“老虎跳爷爷和香翠大姑奶奶的花车马上就到，您赶快出迎接驾吧！”

说着，她抖出一挂喜炮，按着打火机点燃炮捻子，满院飞花响连声。

15

新郎八十五，新娘六十六，海枯石烂不变心，有情人终成眷属。

五十年前，老虎跳给地主家扛长工，香翠大姑给地主家当丫头，一条藤上结苦瓜，两人同命相怜。你有情我有意，可算是涸辙之鲋相濡以沫。老虎跳积攒一年又一年的工钱，想给香翠大姑赎身。地主为了捆住这一男一女，死心塌地给他当牛马，插圈拴套叫他们尝一尝甜头。后来，老虎跳跟地主闹翻了，地主那个当伪军中队长的大姑爷要抓他，他来不及给香翠大姑留一句话，跳河浮水逃走了。

几年后才见面，香翠大姑已经被迫嫁给了卑鄙小人根半腿，生下个儿子就是马窝脖儿。

根半腿虽然五官不正，四肢不全，却学会了骑自行车，每天带着儿子串村赶集做小买卖；铁算盘亏心秤，赚钱如探囊取物，却并不交给香翠大姑，香翠大姑也不向他伸手。马窝脖儿自幼眉眼儿透着机灵乖巧，没上学就学会了小九九，能够帮他爹算账收钱。染缸里扯不出白布，这个孩子一年比一年心术不正，最后落得个聪明反被聪明误。

不等老虎跳和香翠大姑旧情复发，根半腿亲自给他们穿针引线。

他杀一只鸡，又宰一只羊，叫香翠大姑炖一大锅肉，还炒四个热菜，拌四盘凉菜，自己登门恭请老虎跳到他家喝酒，饭桌上对面扒皮，掏心窝子。

八仙桌上，菜八盘，肉一盆，酒两壶。根半腿请老虎跳坐在上席，他和香翠大姑分坐两侧，一个斟酒，一个夹菜，热情待客；马窝脖儿在板凳上坐不住，钻到八仙桌下爬来爬去，像一只小叭儿狗。

“宝贝儿！”根半腿伸出一只胳膊，从八仙桌下把宝贝儿子掏出来，“给你干爹磕头。”

这出戏不知排演了多少遍，马窝脖儿面对面给老虎跳双膝下跪，四起八拜叫了声：“干爹！”

“好孩子！”根半腿拍着桌子，像给儿子敲边鼓，“你长大了，是孝顺亲爹，还是孝顺干爹？”

“我孝顺亲爹，更孝顺干爹！”这两句台词，马窝脖儿也早背得滚瓜烂熟。

“大哥，童言无欺，孩子的孝心没有半点虚假。”根半腿双手捧着满漂漂一大碗酒，送到老虎跳面前，“我是个风中烛瓦上霜的残废身子，等不到这个孩子长大成人，就得伸腿瞪眼躺在地里听蛐蛐叫。我白送你个儿子，咱俩这笔账就两清了。”

老虎跳不接这碗酒，铁青着脸问道：“根半腿，你打开天窗说亮话，别跟我含着骨头露着肉，话里有话弦外有音。”

“大哥！樱桃好吃树难栽，小曲好唱口难开，我话到嘴边张不了嘴……”根半腿挤了挤眼角，滚下两大滴浊泪，“我也知道，你跟香翠儿早就过了心又过了身，怎奈自古姻缘天注定，该当她跟我要做几年夫妻，生下一男半女……”好像说到伤心处，悲悲切切哭起来，鼻涕眼泪抹一脸，肮脏而又丑陋。

老虎跳一拳捣在桌面上，砸出个碗口大的窟窿，怒叫道：“我不想听你油嘴滑舌脏耳朵，你给我干板垛字放响屁！”

“大哥，大哥！”根半腿连连哀叫，“你把香翠儿带走，我也不敢横拦竖挡，只是苦了窝脖儿这个离娘的孩子……我不能当爹又当娘。肝肠寸断犯迷糊，一头扎进井筒子。”

“死了你也不过臭块地！”香翠儿心里发呕，插嘴啐骂了一句。

根半腿阴险地一笑，说：“四乡八镇都知道老虎跳大哥是一条好汉子，逼死我这个武大郎算不得露脸，强占有夫之妇更落骂名。”

不怕夜猫子叫，就怕夜猫子笑。根半腿大吵大闹，拿刀动杖，香翠大姑一点也不怯阵，根半腿骂一句，她骂十句，骂急了动手，根半腿更是木鱼改梆子——挨揍的材料儿。但是，根半腿贼眼珠子一转，脸带奸笑，香翠大姑却怵目惊心，不寒而栗。这个家伙蛇蝎心肠，狡诈狠毒，却能不形于色；甜言蜜语哄你自己挖坑自己跳，花言巧语骗你自己拿刀抹自己的脖子。

“你……你是不是想背后下毒手，坑害老虎跳大哥？”香翠大姑脸色焦黄地问根半腿道。

“老虎跳大哥想要我的命，好比捻死个虱子，我怎么敢在太岁头上动土？”根半腿吱的一声咂了一口酒，阴阳怪气眯着眼，“只是国家有王法，杀一条人蛆，也得一命换一命。”

香翠大姑从脊梁骨冒出一股凉气，身子一阵发冷，连打几个寒噤。

老虎跳一脚踢翻了八仙桌，头上冒着火苗子，向门外走去。

根半腿却像一只跳蚤，夹起马窝脖儿跳到门口，低声下气地贱笑道：“大哥，你不看僧面看佛面，今晚上就算七月七，你得留下来跟香翠儿说几句贴心话儿。”说着，又一蹦三跳出了屋，反锁上门，唱唱咧咧串门去了。

香翠大姑一头扑到老虎跳身上，泪下如雨哭道：“哥呀哥呀，我的亲人！你可知道我跟根半腿过的是什么日子吗？”

老虎跳一屁股坐在炕沿上，愣愣怔怔像一座拴马石，哭丧着脸，说：“你三十挂零了，合一合眼就是一辈子。”

“难道你就甘心当个缩头男子，咽得下这口窝囊气？”

“我五十出头，不管睁眼闭眼，离坟坑子只差几步远，活一天赚个仨饱一倒，命中无福不强求了。”

香翠大姑坐到他的腿上，搂着他的脖子，哭哭啼啼，说：“只要我一天没断气儿，我就要跟你同床共枕过一天；摸摸我这火盆子似的热胸窝，能不能焐化你那结了霜冻了冰的冷身子。”

老虎跳想从身上揭下香翠大姑，说：“香翠儿，这些话何必挂在嘴边上，外人听见都丢尽了脸面。”

香翠儿却黏得更紧，大嚷大叫道：“我草上说话不怕路人听，枕边上说话也不怕隔墙有耳！”

“我一字不漏都听见了，嘻嘻！”根半腿把马窝脖儿存放在邻居家里，溜回来蹲在窗根下，“老虎跳大哥，人心都是肉长的，你让我一尺，我敬你一丈，从今以后香翠儿的皮儿是我的，瓤儿是你的，你吃荤我吃素，我挂个虚名儿不要实惠，你得实惠不担虚名儿。”

香翠大姑一口气吹熄了灯，向窗外骂道：“根半腿，你这个不得好死的活王八，这辈子别想再上我的炕！”

“二位请便吧！”根半腿一转身，又像一只蹦跳的瘸腿癞蛤蟆，三步两步跳出院门口，到宝局子推牌九去了。

从这一天起，老虎跳便夜夜前来陪伴香翠大姑，根半腿也就泡在宝局子里自得其乐。

这一年，中央人民政府颁布新婚姻法，妇联的工作队下乡宣传，法院也搬到乡下办案，为老百姓解除封建包办婚姻的痛苦。城里的戏班子，各村的业余剧团，你演《小女婿》，我演《刘巧儿》，他演《罗汉钱》，从早唱到晚，夜戏锣鼓喧天到鸡鸣。千年的冰河开了冻，法院门前打离婚的队伍排成一字长蛇阵。拿到离婚证书的男女，走出法院门口，就在大街上、小河边、桑间陌上对了象；一对对一双双，又拥入区公所，领取结婚登记证。有的人一个月里离婚三次，结婚两回。还有的人离完婚刚登上记，走到半路吵了嘴，没有入洞房又离婚。香翠大姑和老虎跳也想快刀斩乱麻，鸣锣响鼓做夫妻，不愿偷偷摸摸当姘头儿。

根半腿把儿子带在身边，日夜在宝局子里鬼混，最后连跑买卖的自行车也押了注，庄家一亮底牌，自行车眨眼之间改了姓。越赌手越臭，输钱就像火烧七十二连营；虱子多了不咬，欠账多了不愁，赢家黑更半夜砸门讨债，他钻进墙柜里不露面，老虎跳只得开门迎客，掏腰包替他还账。十个赌徒九个贼，根半腿也铤而走险，溜门撬锁下院子。有一回跳墙偷鸡，被一条大黄狗咬住不放，主人家男女老少齐动手，打得他皮开肉绽，魂飞魄散，爬回家就瘫倒不起。老虎跳给他请医抓药，香翠大姑给他端屎端尿；他有病却不减饭量，吃得多而又嘴馋，一顿饭不是净米净面，没有荤腥入肚，就喊天叫地，寻死觅活。

“我一天也不想喂你这条癞皮狗啦！”香翠大姑忍无可忍，从炕席上把根半腿扯起来，“我背你到区公所打离婚。”

“离了婚我们也不是撒手不管。”老虎跳和颜悦色，好言相劝，“冬穿棉夏穿单，一日三餐吃头份儿，都包在我们身上，信不过我给你立下一纸文书。”

"大哥，杀人不过头点地，你就高抬贵手，宽限我几天吧！"根半腿在炕上连碰响头，"不用找算命先生，你还看不出我有多少寿数吗？等我一死下了葬，你们当天就拜堂成亲，那有多么正大光明，两全其美？"

老虎跳是个铁打的汉子豆腐脑儿的心，一听根半腿说得可怜，也怕落个以强欺弱的名声，反倒劝香翠大姑和为贵，忍为高。没过多少日子，上边嫌离婚率太高，连发几道红头文件，命令妇联和法院纠偏。香翠大姑再想离婚，比蹬着梯子上天还难。

慈心生祸患，老虎跳这一高抬贵手，整整给根半腿扛了十年长工。入社之前，他代管根半腿名下的十二亩地，春种秋收不要一文工钱，不分一粒粮食。入社以后挣工分，仍然肉烂在锅里，根半腿照旧是衣来伸手，饭来张口。年过花甲熬死了根半腿，又被马窝脖儿闹得败兴收场，还不能称心如意。辛辛苦苦把这个贼子抚养成人，这个贼子却恩将仇报反咬一口；老虎跳身受其害，饱尝皮肉之苦，更伤透了心。马窝脖儿繁殖几条军犬，看守他家门户，老虎跳更难得跟香翠大姑见上一面了。

这两年，马窝脖儿把香翠大姑带到城里当老妈子。老虎跳听说她干牛马活吃猪狗食，几次求人去找马窝脖儿，想把香翠大姑接回来；马窝脖儿漫天要价，他没有那多钱给香翠大姑赎身，一对老人只能两地相思。

一座鸡毛小店了却了五十年的心愿，怪哉！

马窝脖儿自有他的如意算盘。

他早已看在眼里，老娘人老心不老，越来越不愿忍受他的剥削和虐待，睡觉说梦话都念叨老虎跳的名字，这些日子每天都跟他的婆娘发生口角。那位皮毛贩子的千金小姐，不但馋、懒、奸、贪，而且舌长毒刺，嘴上缺德；每一回婆媳吵架，这个女人就大骂香翠大姑是寒冬腊月倒开花，六十多岁土埋到嗓子眼儿，还心痒难熬想野汉子。要剜这个眼中钉，就得枕边上吹风，催逼马窝脖儿赶快打发香翠大姑嫁人，大大捞一笔彩礼，免得老婆子偷跑私奔，人财两空。枕边风吹得马窝脖儿耳软心活，加减乘除算细账。当年他跟皮毛贩子合伙，想把老娘卖到矿山上，打算每斤卖到十块钱，一百二三十斤卖个一千二三百元，那时候可是个大数目。眼下，五禽六畜都涨价，十块钱一斤太贱卖了。但是，六十六岁的老婆子总不能卖到十块钱一两，这笔现金收入还不如多卖几批外国破烂儿。于是，他忽然想起老虎跳那座鸡毛小店，正是他到蝈笼子镇开办分公司的风水宝地。拿老娘这棵枯木朽株的“摇钱树”，换取老虎跳那口最占地利的“聚宝盆”，真好比一堆柴火换来一座金山，何乐而不为？而且，他敢断定，老虎跳正求之不得，必定满口答应。

他委任金凤蝶当他的特命全权大使，到蝈笼子镇当说客。

老虎跳虽然恼恨唐大姐儿，却是一人有罪一人当，并不株连唐大姐儿的子女，而且十分喜爱金凤蝶。老人认定她比小杨翠喜更有天分，只可惜天时不正，一棵灵芝草刚出苗儿，就被雪压霜欺而夭折了。

北运河的风水，最能出产人才。前朝古代不必拉名单，本世纪的政治家和科学家如孔祥熙、黄昆、侯仁之、简焯坡、周文彬、张珍等人，也不一一列举。只从三十年代算起，文艺体育方面出过作家刘白羽兄弟、电影明星梅熹，著名话剧演员刁光覃和导演夏淳，足球国脚李凤楼……五十年代，先后出过作家和评论家刘绍棠、从维熙、李希凡、浩然，打破刘长春保持三十年的一百、二百、四百米赛跑全国纪录的刘敬仁，创造新中国女子跳远纪录的杨玉敏和一千五百米竞赛纪录的李贺年，著名电影演员李仁堂，著名京剧老生纪玉良和梁益鸣……但是，五十年代以后，大河污染，政治反常，社会土壤贫瘠，人才难以破土而出，出土也难以茁壮成长，一个个半途而废，造成三十年一大段空白。

金凤蝶到蝈笼子镇，鸡毛小店正陷入宾客盈门、主人烦恼的困境。本地乡邻和过往行人，听说这座鸡毛小店的老掌柜跟即将上任的县委书记亲如父子，便从四面八方蜂拥而来，乱纷纷给老虎跳送礼拉关系。一籽落地万籽归仓，两瓶老窖特曲也许能换来四千元贷款，一只羊腿可能捞个农转非的指标；即便这份人情投资不能立竿见影有成效，但是在县委书记的脑瓜子里留个好印象，节骨眼儿上肯助一臂之力，也算放长线钓大鱼。老虎跳一辈子不会爱小贪财，更不知道吃私受贿。开头他还以为这些人并无恶意，笑脸相迎，婉言谢绝；后来恍然大悟，看出这些人明里是给他锦上添花攀交情，暗中却是给干儿子挖下身败名裂的陷阱。老虎跳脾气大发作，一跳八尺高，一边摔酒瓶子一边破口大骂："我一把火把这座鸡毛小店烧个精光，关张大吉！"恰在这时，金凤蝶好像从天而降，一说马窝脖儿要拿香翠大姑交换鸡毛小店，老爷子也不三思而行，就拍板成交了。

16

香翠大姑和老虎跳老两口刚一进村，就被八十二户的老少乡亲团团包围，徐芝罘挤不进里三层外三层的包围圈，只得站立在柴门外恭候。

老槐树下，柳屯田和金凤蝶一问一答，说说笑笑。

“凤蝶，听说你正在北京拍电影，怎么有工夫回家转一转？”

“别挖苦人！谁拍电影？拍什么电影？”

“你不是主演评剧舞台艺术片：《嫁不出去的姑娘》吗？”

“你才是娶不到媳妇的小子哩！”

“一不逢年，二不过节，冷不防回家来，叫人丈二的金刚摸不着头脑。”

“马窝脖儿唱了一出《渭水访贤》，请我出山。”

“给他娘保媒？”

“那是顺手牵羊，不是正当营生。”

“他赏了你一个什么美差？”

“给他的时装公司当推销员。”

“走街串巷，吆喝叫卖？”

“站在他的公司门口，彩唱折子戏。”

“良禽择木而栖，贤臣择主而事，你还是帮我的忙吧！”

“看不透你能开个什么公司？”

“徐老师支持我当文化专业户，在蝈笼子镇开个书店。”

“你给得起我工钱吗？”

“马窝脖儿给多少？”

“每一场三十块。”

“叫你给他推销那些外国破烂儿？”

“土包子！你看我身上穿的这一套，中国有这么款式新颖的破烂儿吗？”

“嘻！你还给他挂幌子。”

“这是工作服。”

门外的徐芝罘，猛然回过头，目光凌厉却口气柔和，说：“凤蝶，咱们赶快到你家去，请你娘来给二位老人道喜。”

“我娘跟您这位干爹拴着三十年的疙瘩，见不得面。”

“疙瘩拴在我身上，解铃自有我这个系铃人。”

“好呀！我也正想抓空儿跟您说句悄悄话。”

“怕不怕柳屯田听见？”

“您为什么要他陪王伴驾？”

“我请他给我当两天私人秘书。”

“没落文人，你顺竿子爬吧！”金凤蝶嬉笑着拍了一下柳屯田的后脑勺，“好好服侍我芝罘舅舅，不混个官星高照，也能落个财运亨通。”

“别耍嘴了，快走吧！”

“您得叫他起誓，听我跟您说的悄悄话儿，不能到处嚼舌根。”

柳屯田不等徐芝罘下令，忙说：“我敢泄密得噎嗝，嗓子眼儿长个鸡蛋大的瘤子。”

徐芝罘怕引人注目，躲开大道走小路，迂回曲折穿窄巷。

“舅舅，您看马窝脖儿这个小子，是心黑脸厚一小人，还是目光远大心胸宽？”徐芝罘大步流星，金凤蝶紧追慢赶，气喘吁吁问道。

徐芝罘头也不回，反问道：“我想听听你的评价。”

“他成全了老虎跳爷爷和香翠大姑奶奶的啼笑姻缘，也算知过必改，改恶从善。”

“换取我干爹的鸡毛小店，一本万利占大便宜。”

“县委书记的肚子里能撑船，您还是做个顺水人情，给他个营业执照。”

“我不是工商局局长。”

“工商局局长是您的部下，您说一句话他就当真理，敢不照既定方针办？”

“一定要我说话？”

“您不喜欢马窝脖儿，也得赏香翠大姑奶奶一个脸面。”

“是呀！不能叫你有辱君命。”

“这句话怎么讲？”

“马窝脖儿重金礼聘你这个女说客，我就是哑巴也得开口。”

“一个开拓型的县委书记，就应该替农民企业家说话嘛！”

“说话，说话，一定说话。”

走出窄巷，眼前一片高坡，唐大姐儿正站在自家的篱笆根下，踮起脚尖，手搭凉棚，观看村口的喜剧。

“娘！”金凤蝶飞跑过去。

唐大姐儿收回眺望的目光，低头定睛一看，女儿这身刺眼的打扮，吓得她像白日见鬼。

“姐姐！”徐芝罘大喊道，“把这个丫头扯进家里，扒下她身上的外国破烂儿。”

“舅舅，你……”金凤蝶扭头想跑。

徐芝罘张开胳膊拦住了她，说：“这些外国破烂儿可能带有病菌，我要打发柳屯田送到卫生防疫站检验。”

唐大姐儿像老鹰扑小鸡，跑下高坡，抓住女儿，金凤蝶不敢反抗，束手就擒。

关上房门，拉起窗帘，金凤蝶乖乖地脱下蝙蝠衫、牛仔裤、乳罩、三角裤和骑马带子，打成一个包袱，扔出窗外，柳屯田接在手中。

徐芝罘连写两封短信，交给柳屯田：一封要求卫生防疫站进行严格检验，一封指示工商局，在卫生防疫站检验确定带有病菌以后，将马窝脖儿的所有存货没收，听候处理。

晚上，徐芝罘摆一桌喜筵，给二位老人祝福；女客是唐大姐儿和金凤蝶母女，两位男宾是老虎跳的两位盟兄弟。

大家正举杯相庆，不提防屁滚尿流的马窝脖儿跌跌撞撞闯进来。

“芝罘大哥，大哥！”马窝脖儿以头抢地，匍匐膝行，“您皇恩大赦，饶小弟这一回吧！”

徐芝罘赶忙离座，把他搀起，说：“有话坐下来讲。”

“防疫站硬说我那些外国货带有病菌，工商局下令全部没收啦！”马窝脖儿跌脚捶胸，号啕大哭。

“他们有科学根据，又是依法办事，不算冤枉你。”

“没有您的手令，他们不会下这个毒手。”

“你的外国货如果不带病菌，我的手令也不过是一纸空文。”

“芝罘大哥，我已经掏出两千块钱，交给柳屯田开办书店。”

“应该表扬你。”

“那您就算我将功补过，把那些外国货发还给我吧！”

“我不能混淆黑白。”

“那我就把我娘接走！”

“你干涉他人婚姻自主，触犯刑律。”

“徐书记，我实话告诉你，这些外国货我是替别人代销，你没收了她还能讨回来！”马窝脖儿突然改变态度，口气中带着威吓。

徐芝罘冷冷一笑，说：“有权不用，过期作废，我还要下令当众销毁。”

“好，好，好！”马窝脖儿转身就走，“骑驴看唱本，走着瞧吧！”

“这小子怎么一下子变成了疯狗？”老虎跳把手中的筷子拍在桌上，“谁是他的后台，哪个给他插杆儿？”

老人那愤怒的目光，投到端酒送菜的香翠大姑身上。

“听他话里话外，好像……”香翠大姑低着头，怯怯生生答道，“有个什么服装开发中心，零整批发……还有个什么女强人，是他们的大老板。”

“服装开发中心……女强人……”徐芝罘的心咯噔一跳，“叫什么名字？”

“玛特儿侯爵小姐！”金凤蝶快嘴快舌，又最喜欢表现自己多知多见，啃着鸡翅膀抢话，“马窝脖儿告诉我，这位女强人的老爹是个大官儿，哪个衙门口都有她老爹提拔起来的旧部下，她也就成了路路通、万能交。”

老虎跳一眼就看见徐芝罘的满脸沮丧神色，心事重重像被寒霜打过的独根草。

“芝罘儿，你认识这个……这个……女强人？”

“认……识。”

“你怕她？”老虎跳手按桌子，霍地站起来。

徐芝罘摇摇手，说：“她并没有什么可怕。”

“那你为什么一听她的名字，就像丢了魂儿？”老虎跳探起身子，瞪着眼睛问道。

徐芝罘只得说出心中苦恼：“我不愿出马头一阵，就跟她的老爹发生冲突。”

“你也是她老爹的旧部下？”

“正是这位老首长，点名叫我当这个县的县委书记。”

“你是她家门里的人，那就官官相护吧！”老虎跳又一屁股坐下来，咕噜一声仰脖儿喝干杯中酒，“说来说去，你跟马窝脖儿都在一张联络图上。”

主人和座上客，一个个都垂头丧气，面面相觑。

“芝罘大舅说句话，咱们也开发服装！”只有金凤蝶欢天喜地，“肉烂在锅里，三亲六故都入伙喝口肥汤。”

几双眼睛盯在徐芝罘脸上，只想听他放一声响炮；他正如坐针毡，汗流浃背，急赤白脸的柳屯田又跑来告急，更是火上浇油。

柳屯田的这几个小时，可算是马不停蹄。他到通州跑完了防疫站和工商局，又找马窝脖儿死说活劝，然后便到北京活动。几个小时东奔西忙，他没有吃一口饭，为的是留着空肚子回家喝喜酒。谁想一阵风离开北京到郊外，半路途中在京津公路的八里桥上，跟急如星火的马窝脖儿走碰头，一上一下撞了车。

马窝脖儿并没有自备汽车。他做投机倒把生意，眼皮子杂，结交了不少酒肉朋友，其中有几个给公家开小卧车的，他便常常坐这几个人的小卧车上蹿下跳，招摇撞骗。以车为证吹牛皮，眼皮子浅、耳根子软的人便信以为真，金凤蝶就是其中之一。不过，马窝脖儿确实买过一辆摩托车，神气活现地骑过几个月。北京人管摩托车叫“三快”车，这三快是：跑得快、坏得快、死得快。马窝脖儿那辆摩托车的时速是一百公里，几个月小修十次，大修三回，最后虽然没有要了他的命，却害得他一头撞在电线杆子上，满嘴的牙齿七零八落，只得拔光了镶假牙。从此一听见摩托车的马达响，他便心惊肉跳，三魂出窍。酒肉朋友的小卧车公务繁忙，顾不上拉私活儿。他就改骑他老婆那辆女式自行车，上下方便，安全系数高。

三十多岁的男子汉骑坤车，本来能像老太太坐牛车那么稳当，然而马窝脖儿心乱如麻，脑瓜子拢不住神思，眼睛也就一阵阵迷糊。坤车上桥扭扭捏捏，马窝脖儿双手把握不定摇摇晃晃跑上了逆行线，正跟飞车而下的柳屯田撞了个满怀。

虽然作用力与反作用力相等，可是柳屯田骑的是一辆加重永久牌男车，两车的自重和质量相差甚大；相撞之下，坤车重残，男车轻伤，马窝脖儿鼻青脸肿，柳屯田只不过滚了一身污泥浊水。

不用找交通民警，明摆着马窝脖儿亏理，但是，财大气粗的马窝脖儿却跳脚大骂，有求于人的柳屯田只能打躬作揖。

“你就是管我叫亲爹，我也不掏两千块钱给你开书店啦！”马窝脖儿见柳屯田以柔克刚，只有实行经济制裁才能出这口气。

柳屯田一听就急了眼，说：“马窝脖儿，咱俩早签了合同，千年的字纸会说话，你想要赖我告你。”

他掏出那一纸文书，本想堵马窝脖儿的嘴，却不料马窝脖儿冷不防劈手夺过来，三把两把撕得粉碎，抛入半空，被夜风吹得满天四散了。

“你……这个……小人！”柳屯田气炸了肺，捋胳臂挽袖子，要痛打马窝脖儿一顿。

柳屯田自幼爱读武侠小说，后来自愿当徐芝罘的亲随弟子，想到孔子身边有个子路，周游列国给老师保镖，便哀求老虎跳教他几套拳脚，用来保卫徐芝罘。他虽然只学到一点皮毛，对付马窝脖儿这个欺软怕硬的丑类，也足够用了。

光棍不吃眼前亏，马窝脖儿一边鬼叫连天：“杀人啦！……救命呀……”一边屁滚尿流地向北京方向抱头逃窜。柳屯田不愿惹事，也就不想追赶，窝着一肚子火踏上归途。

满身污泥浊水的柳屯田，站在酒桌子前，一副穷愁潦倒的样子。

“孩儿呀！冻死迎风站，饿死不弯腰，你怎么能向马窝脖儿手背朝下？”老虎跳朝香翠大姑一努嘴儿，“把我的百宝箱拿来，我掏三千块。”

柳屯田转悲为喜，唐大姐儿却心急火燎坐不住了；她一连给徐芝罘递了几个眼色，徐芝罘却只装作没看见。

“干爹，您这笔钱不能借给外姓人！”唐大姐儿只得硬着头皮开口，心虚胆怯带着哭音儿，“干女儿我欠下一屁股两肋的债，您得救我的急，给我堵一堵窟窿。”

“君子一言，快马一鞭；我老虎跳说出的话，有去无回。”老虎跳硬脸铁面，寒声冷气，“你这个响当当的万元户，财迷了心窍，不等我死就想啃我这把老骨头，亏你有脸张这个嘴！”

唐大姐儿当众碰了个大钉子，羞得无地自容，又想到自己本是打肿脸充胖子，更勾起了满肚子的悲酸。她忍不住要放声大哭，六十六岁的新娘香翠大姑却怕眼泪冲了喜，慌忙伸手捂住她的嘴，在她耳边悄悄说了句："丫头，别着急，干娘还有几个私房钱……"唐大姐儿也就破涕为笑了。

酒足饭饱，客人告退，唐大姐儿和金凤蝶母女，刷锅洗碗，收拾桌面，念几声喜歌也走了。徐芝罘直等到两位老人入洞房，才带着柳屯田赶奔蝈笼子镇。

17

就像流星赶月急行军，徐芝罘一口气走出二三里，陡地收住脚步慢下来。踩着他的脚印紧追慢赶的柳屯田猝不及防，脚下收不住，闪了个趔趄，才没有扑到他身上。

"老师，您累了吧？"柳屯田上前搀扶徐芝罘。

徐芝罘推开他，说："毫无倦意。"

"那您怎么好像走不动了呢？"柳屯田迷惑地问道。

"刚才只有空空洞洞的一个脑瓜子，脚下走得快；现在冷静下来打定个主意，脚下就不能自由行动了。"

"我猜得出您的打算。"

"讲！"

"您不惜玉石俱焚，拼个鱼死网破。"

"怎见得我不想学陶渊明，挂冠而去，做五柳先生，采菊东篱下呢？"

"您有一腔子热血。"

“热血也能凉下来，冻成冰坨子。”

“只要心不死，心火能把冰坨子烧开了锅。”

“离题了！”徐芝罘走上小龙门渡口的桥头，手扶桥栏站住脚，“屯田，我心中有何打算，你还没有破开这个谜。”

“明知山有虎，偏向虎山行……”

“陈词滥调，红卫兵的套话。”

“大战那个……玛特儿……侯爵小姐，不怕两败俱伤。”

“屯田，你的眼力入木三分呀！”

“这连瞎子都‘看’得出来。”

“此话怎讲？”

“您这个人的脾气……傲上。”

“过奖了，我只不过不会媚上。”

“老师，我佩服您的有胆有识。”

“那你可是有眼无珠了。”

“刚把我捧得上了天，怎么又把我摔得入了地？”

“只因我有恃无恐，才敢胆大妄为，并非无私而无畏。”

“您有更大的人物撑腰？”

“我一无靠山，二无后台，三无关系。”

“那……怎么能……有恃无恐呢？”

“我本来不想当官儿，更不打算升官儿，于是也就不怕丢官儿，一无所求便无所畏惧。”

“这还是破私立公呀！”

“不！假公济私。”

"老师，这话听着扎耳朵。"

"我恨不能摘下这顶乌纱帽，一脚踢到九霄云外，马上回我们那个研究所，一头钻进我的书堆里。"

"光脚的不怕穿鞋的，老师您就抓紧时间踢这头三脚吧！"

过桥一里便是蝈笼子镇，半夜三更早已沉睡在梦乡里，一片沉寂。然而，却有一处，楼上楼下灯火通明，噪音怪调的唱片和嗲声嗲气的歌曲声中，笑语喧哗，人影憧憧。

"那是什么地方？"徐芝罘一只手搭在双眉上，遮挡从窗口里乱射出来的五颜六色的灯光。

"金三角大饭店。"柳屯田答道，"又叫花花世界。"

"是吗？那倒要见识见识。"

蝈笼子镇地处分属一省二市的三县交界，这两年应运而生，从废墟上崛起，却又是个三不管的自由天地。五行八作，三教九流，形形色色的冒险家，闻风而至，麇集而来，于是人称"金三角"。

没有规划蓝图，也就无所谓违章建筑。京津公路穿镇而过，公路两旁的空地便被跑马占圈，先来后到你争我夺，大大小小的店铺有如雨后的蘑菇。发了财的盖起二层到四层的小楼，油漆彩画五光十色的门面。虽然这个小镇入夜便散了市，没有生意可做，却有那好出风头的冒尖户，偏要在自己的店铺门前安装霓虹灯，几里之外便光彩夺目。还没有发财，每天只能赚一点蝇头小利的穷店，店铺和住处都是一些低矮阴暗的泥棚草舍，跟蝈笼子这个镇名十分相称。穷富对比，参差不齐，色彩鲜明，别有风味。这些坐商，十之七八来自一省二市的三个县，另外那十之二三，可就来自四面八方了。不但有来自黑龙江省满洲里的皮货商人，而且有来自海南岛的卖香蕉、凤梨和菠萝的男女小贩，最近又蜂拥而来一批真假难分的新疆维吾尔人，专卖烤羊肉串儿。行商流动不定，来路更不可考，白天集市上的吆喝叫卖声，汇成一支南腔北调大合唱。

鹤立鸡群，羊群里跳出个骆驼，高耸芸芸众生之上的还是金三角大饭店。

这座大饭店刚刚开张三个月，已经远近闻名，天天客满。大饭店的东家不知何许人也，有人说是港商，有人说是外籍华人，更有人说是一个日本资本家。这个日本资本家四十多年前是驻守蝈笼镇的皇军小队长，一九四六年遣返回国，四十年后又带着大大的金票卷土重来，重温旧梦。东家一直没有露过面，主事的是个港客打扮的油头粉面的中年男子，也不知他是何方人士，说话的口音东西南北四不像，夹杂着英文日语的杂烩菜味儿。

西方世界和日本等国，远离城市的高速公路两旁，常有一座座孤零零的林中客店，他们称之为汽车旅馆或旅行者旅馆，顾名思义好像是专供驾驶汽车出门旅游的人停歇投宿，其实却是向居住城市里的姘夫情妇提供寻欢作乐而又避人耳目的场所。金三角大饭店从一开张，便传染了这种“艾滋病”，设有此类专门房间，安全可靠；北京和天津那些并非夫妻的男女，利用假日，可以到这里春风一度。同时，更有不少流窜卖淫的游娼，乔装改扮，在金三角大饭店接待过路财神。至于拉宝局子开赌场，更是公开的秘密。然而，埋伏内线，消息灵通，金三角大饭店的违法勾当，竟能逢凶化吉，化险为夷，平安无事。

徐芝罘和柳屯田眼看就要走到金三角大饭店，楼上楼下的电灯突然一下子全都熄灭，喧闹嘈杂也一下子变得鸦雀无声，令人感到恍惚出现地震前兆的景象。

难道是半夜停电？十几丈外的一家车马客栈，怎么还明晃晃地亮着门灯？

金三角大饭店的东家眼光远大，兴建之前可能已经料到不久的将来京津公路必定展宽，甚至改建高速公路，所以选址并没有紧傍路边，而是退避三舍，留有百米余地。为了避免被流动小贩占用，这块空地拉上铁丝网种菜园子，可向饭店的灶上供应一部分新鲜蔬菜。从公路到饭店门口，有一条砂石路，不宽不窄刚够一辆汽车通过。饭店门前，有一座喷水池和几架藤萝，还有一溜车房，在蝈笼子镇是无与伦比的。黑洞洞的楼房无声无息，又令人产生神秘莫测之感。

实验县筹备处的大牌子，果然挂在饭店的大门一侧；柳屯田抢先跑上台阶，抡起拳头咚咚砸门。

“干啥子呀？”门里，有个人打着哈欠，假装南方口音问道。

“住店！”柳屯田回答。

“秋后的核桃——满人（仁）啦！”又是一副京油子腔调了。

“筹备处主任徐芝罘要住店！”柳屯田理直气壮。

“电线断路，灯泡瘪了，恕不接待！”门里那人的不耐烦口气，能把人呛死。

柳屯田正要发作，却发现徐芝罘摘下筹备处的大牌子，扛在肩上转身就走。

“老师，您扛到哪儿去？”

“挂到我干爹那鸡毛小店门口！”

这块红松木料的大牌子，六尺长，一尺宽，三寸厚，够打个大写字台的桌面，徐芝罘肩扛着刚上公路，就被两道白光封了眼。

“站住！”两辆自行车上跳下两名警察，每人一只长筒手电，采取钳形攻势逼上前来，“从哪儿偷来的木料？”

“误会，误会！”落后一步的柳屯田，赶忙一蹦三跳，抢在阵前保驾，“这位扛牌子的徐芝罘同志，过几天就是咱们实验县的县委书记。”

“巡警打他爹——公事公办，市委书记偷东西，我们也抓！”两名警察中有个是副所长，一听柳屯田道字号，反倒更横眉立目，吹胡子瞪眼。

蝈笼镇还没有正式设立派出所，邻近的一个乡派出所副所长，率领两名警察常驻蝈笼镇，只不过起一点威慑作用而已。刚才他们接到一个匿名电话，报告金三角大饭店正在开局聚赌，副所长留下一人看家，自己带一名助手御驾亲征。车轮飞转走到半路，金三角大饭店突然一团漆黑，便知道有人暗中通风报信，赶到现场也是白跑一趟。家贼难防，外鬼难抓，副所长把一肚子恶气都发泄在徐芝罘身上。

于是，徐芝罘以现行盗窃犯的罪名被捕，柳屯田也理所当然地受到株连。

18

一位男装丽人，闯进老虎跳已经关张的鸡毛小店，惊醒了徐芝罘的白日梦，睁眼一看已经天光大亮，绿荫扑窗，百鸟声喧。

他被押到副所长办公室，副所长那被怒气烧昏的头，七窍出了烟，凉风一吹冷静了点儿。灯光下，副所长一见徐芝罘那超凡脱俗的学者风度，心中无愧的恬静神态，就知道自己是一怒之下抓错了人。但是，有错抓的，没错放的，他仍然板着一张黑铁锅脸，端起一副包公问案的架子，粗声大气审问了徐芝罘一个多小时，这才给县和市公安局值班室打了几个电话，最后不知惊动了哪一位大首长，坐在临窗长板凳上的徐芝罘，都听见了听筒里咆哮如雷。

听筒里吼叫一声，副所长便缩一下脖子，等到他擦抹着满头大汗挂上电话，身高已经缩短三分之一。

“徐书记，我……我……”副所长那铁锅脸堆起肉麻的谄笑，笑脸比哭相还难看，“给……给您平反，向您……赔礼道歉。”

徐芝罘从长板凳上站起身，伸出两手扶直副所长的腰杆子，说：“不打不相识嘛！今后我在工作上还要请你多多协助。”

“现在就有一件大事，正好当面向您请示……”副所长回头打了个手势，那位助手忙递过电话记录本，他的右手食指在舌尖上蘸了一下唾沫，翻开一页，“两个钟头以前，北京有个女同志打来电话，叫我到工商管理所讨回他们没收的进口服装，明天发还马窝脖儿，您看……”

“什么女同志？”

“就是刚才跟我大发脾气的……那位老首长的女儿。”

徐芝罘一听就猜出此人是谁，脸色一沉，说：“不但不能发还，而且你要准备几桶煤油，明天跟我到集市上，一把火烧个精光。”

“万一那是……老首长的意思……”

“就是拿来老首长的手令，我也要烧！”

徐芝罘又扛起大牌子，大步走了出去。

来到鸡毛小店，东南天角已经闪现一痕曙色。他倒头便睡，刚打个盹儿，一辆皇冠牌小汽车停在门外，喇叭响个不停，也吵不醒他；这才从车里跳出一个男装丽人，一阵风跑进院子，高跟鞋踢开房门，一声断喝，把他惊醒，挺身而起。

“不速之客从天而降，吓了你一跳吧？”男装丽人哧哧笑道。

徐芝罘揉开酸涩的眼睛哼道：“玛特儿，我早料到你会大驾光临。”

“注意！今后称呼我的名字要规范化。”男装丽人摘下头上的龙须草帽，露出烫成波纹的满头青丝，解开抱身的白哔叽男式西装上衣，两只解除了约束的乳房凸显在大红衬衫里，“本人目前芳名马戈力。”

“玛格丽特，茶花女？”徐芝罘一边穿衣裳，一边嘲讽这位女强人。

“骏马的马，干戈的戈，力量的力。”

“你的名字随时变化，我还是想到哪个就叫哪个吧！”

是的，这位少女时代外号叫玛特儿侯爵小姐的女强人，五十年代上小学，正是中苏友好时候，她的父亲给她起名叫马莎。六十年代为了标明根红苗正，改名叫马丹。十年动乱中更是因地制宜，因时而异，叫过一阵子卫红，又叫过一阵子向青，这个时期连姓都不要了。眼下忽然叫起马戈力，不知花样翻新是何用意。

“我这身打扮，你看怎么样？”马戈力风度翩翩，在徐芝罘面前走来走去，满屋子弥漫起巴黎香水的气味。

徐芝罘翻了她两眼，说：“很像国际女间谍金璧辉的复制品。”

“你肚子里的杂碎真不少，一语道破。”

“此人又名川岛芳子，是日本侵略者的凶恶走狗。”

“剔除其糟粕，吸取其精华嘛！”

“一个女汉奸，有什么精华可以吸取？”

“比如她的女扮男装，可以使我这个半老徐娘显得年轻，魅力之中闪耀着威力。”

徐芝罘刷牙洗脸，拧着毛巾问道：“你今天是来向我耀武扬威啦？”

“不敢！”马戈力当胸抱拳，“本人是专程前来认庙门，拜码头的。”

“为了讨回马窝脖儿的那一堆外国破烂儿？”

“什么马窝脖儿，哪里来的外国破烂儿？”

“马窝脖儿是本地的一个投机倒把分子，他贩卖带有病毒性细菌的进口旧服装，被工商管理所没收了。”

“闻所未闻，见所未见。”

“你昨天晚上没有给本地的公安部门打过电话？”

“昨天我到府上做客，跟尊夫人度过了一个美妙的夜晚，到哪儿去打电话呀？”

夜猫子进宅，徐芝罘大吃一惊，盯着马戈力的脸问道：“你到我家，想干什么？”

“正常的友好访问。”马戈力乜斜着春情荡漾的眼睛，“尊夫人我甚怜爱，差一点儿发生同性恋。”

“我在跟你进行严肃的对话！”徐芝罘忍耐不住，勃然大怒，“如此说来，那个给本地公安部门打电话的女人，是假冒你的名义？”

“免不了有人借钟馗打鬼。”

“一定是你手下的人。”

“很可能。”

“你的这个那个中心，藏污纳垢，养痈积疸！”

“水清则无鱼呀！”

“他们是蛆虫，不是鱼！”

“芝罘，我不是来找你吵架的。”马戈力扯过徐芝罘的枕巾，垫在一只方凳上，这才坐下来，“我临来之前，回家跟我们老爷子打了个照面，他对你想在蝈笼镇模仿林则徐虎门焚烟，很不以为然。”

“想不到我这位老首长，竟然如此洞察一切。”

“他耳目众多，连我有几个面首都了如指掌。”

“请你谈话不要离题，我不想听你的风流韵事。”

“忌妒？”

“恶心！”

“恶心为难过之极也。”马戈力点起一支三五牌香烟，颤着腿儿喷云吐雾，“你能为我感到难过，可见旧情不死。”

“我只想为你招魂！”徐芝罘被她气笑了，“魂兮归来，马莎——马丹……”

“不堪回首往事话当年，你别惹我伤心落泪。”马戈力把大半截香烟摔在地上，脚尖狠踝了一下，“芝罘，你给我们老爷子当过一年多秘书，挨过他两回整，他的为人你不是不知道；如果你一意孤行，惹翻了他，他还会整你个一而再，再而三。”

“恫吓！”

“良药苦口，忠言逆耳；你狗咬吕洞宾，我还不想跟你浪费唇舌。”

“好吧！我不堵你的嘴。”

“你不要烧那些进口旧服装，传扬出去国际影响不好，有损对外开放政策。”

“对外开放并不等于收购外国破烂儿。”

“事已至此，只有想个两全之计。”

“我除了一烧了之，别无良策。”

“你要知道，这些东西都是拿响当当的硬通货买来的。”

“我真想为金矿工人一哭。”

“那就要尽量减少一些损失。”

“我要痛骂那个批准进口的……”

“你可骂不得呀！”

“这种犯罪行为，还不该骂吗？”

“批准进口的是我们老爷子。”

“嘿！”徐芝罘连连跺脚，“他……何以如此昏聩？”

马戈力叹了口气，苦笑道：“老爷子原本也是一片好意，可惜上了洋人的大当。”

“一片好意？”

“老爷子出国考察，看见旧货市场上的服装都有七八成新，价钱十分便宜，就想进口一点儿；它山之石可以攻玉，冲击一下我们那几十年一贯制的服装样式，推动服装工业的改革。”

“异想天开。”

“赵武灵王胡服骑射，青史留名。”

“怎么又上了当呢？”

“外国旧货商人不守信誉，给我们看的是一种货色，打包装运的又是一种货色。”

“不是货真价实，退回去！”

“一手交钱，一手交货，无可挽回啦！”

“你这个老子，三十多年来除了整人是内行，哪一回插手经济工作不是一塌糊涂？”

“所以他才急流勇退，退居二线呀！”

“可是仍然垂帘听政，幕后操纵。”

“扶上马送一程嘛！”

“我不想骑他的瞎马。”

“你认定了一个烧字？”

“只有一烧，才能正气上升，邪气下降。”

“你就不考虑一下个人的后果吗？”

“无非是罢官丢纱帽，那正给我摘下了紧箍咒。”

“别打如意算盘啦！”

“退出官场，回研究所坐冷板凳，算什么如意算盘？”

“研究所即将评定职称，不能放虎归山。”

“断绝我的退路？”

“免了你的县委书记，你也别想当副研究员。”

“刺配沧州，还是充军沙门岛？”

“留在本地，不死不活。”

徐芝罘打了个寒噤，脸色大变，说了声："好狠……"便颓然地坐在了炕沿上。

马戈力伸个懒腰站起身来，袅袅婷婷走上前去，一只戴着钻石戒指的玉手，轻柔地放在徐芝罘的肩上，冷嘲而又嗔怨地说："书呆子，嫉恶如仇，只能一败涂地。"

"难道必须同流合污，才能万事亨通吗？"徐芝罘双手抱头，不想聆听她的开导。

"左右逢源，才能面面俱到。"

"我没有学过官场权术。"

"那就让我诲人不倦，教你如何挣下面子，又不得罪老爷子。"

"愿闻其详。"

"你可以处罚马窝脖儿，杀一杀不正之风，扮演个清官角色；没收的进口旧服装，减价出卖，老爷子的政治威信也不受影响。"

"你明明知道那些外国破烂儿带有病毒性细菌！"

"防疫站的化验并不可靠，我可以给你开来一张无菌证明。"

"你这是勾结防疫部门，串通作弊！"

这时，柳屯田一手拿着两套烧饼馃子，一手端着一碗豆浆，走进鸡毛小店，问道："副所长已经准备了三桶煤油，工商管理所也登记了数目，只等您一声令下了。"

"我亲自点火！"徐芝罘几口吞下烧饼馃子，喝下满碗豆浆，抹了抹嘴，直奔集市而去。

马戈力也从鸡毛小店里匆匆出来，皇冠牌小卧车摇下车窗，一个男人女相的小白脸儿探出头，问道："总经理，行动吗？"

"快！"马戈力把手一挥。

皇冠牌小汽车一个急转圈儿，好似拨马回头，沿京津公路北上。

蝈笼子镇将演出一场对台戏。

19

夜晚，鸡毛小店的豆棚瓜架下，老虎跳和徐芝罘爷儿俩，一边吃瓜一边说闲话。

关张大吉的鸡毛小店，一分为二：过去老虎跳的卧室和灶上，现在是实验县筹备处；过去的客房，现在是柳屯田的潞水书店。有徐芝罘的一句话，工商管理所马上就给柳屯田开发营业执照，效率之快，史无前例。柳屯田欢天喜地，徐芝罘却忧心忡忡；他由此及彼，想到那些五花八门的中心和公司，一无资金，二无人才，还不都是长官们批个条子，给个暗示，工商行政管理部门便遵旨批准成立，眼睁睁看着他们买空卖空，坑蒙拐骗。自己也是利用职权，帮柳屯田的忙，聊以自慰的是干爹给柳屯田提供资金三千元和虚席以待的店铺，没有挖银行的钱库。

"儿呀，你这一把火，烧出了威名，大得民心。"老虎跳又搬过来一个花皮鬼脸儿的鞑子蜜大西瓜，挥刀劈成八瓣儿，"头三脚难踢，想不到你一脚就踢出了场子。"

"干爹，我是胜在阵前，败在马后。"徐芝罘这一整天，都是哑巴吃黄连有苦说不出，只有在干爹面前不必硬充好汉，"我烧了一百套，马戈力同时卖出五百套，道高一尺魔高一丈呀！"

上午，徐芝罘离开鸡毛小店，马戈力的皇冠牌小汽车也掉头北上。

集市的一片空场上，工商管理所的所长将外国破烂儿分成三堆，派出所的副所长在每一堆破烂儿上浇一桶煤油，然后请徐芝罘逐堆点火。三股浓烟升起，恶臭的破烂儿在火光中化为飞灰。但是，在观众的欢呼声中，去而复返的皇冠牌小汽车带领一辆满载外国破烂儿的130卡车上场，就在原地，吆喝叫卖。原来，那辆130卡车早在半路上停车待命，只等马戈力的口信一到，便赶场而来。女强人马戈力要在蝈笼子镇大显身手，打五折出售这些进口货，不惜做赔本生意，千金买名。

马戈力握有无菌证明书，徐芝罘束手无策，只能装聋作哑。

而且，女强人的花活儿层出不穷。她命令手下的喽啰大嚷大叫，凡是购买一套茄克衫和牛仔裤或蝙蝠衫和牛仔裤的顾客，可以得到一张餐券，晚上到金三角大饭店免费吃一顿。本来，茄克衫和蝙蝠衫每件只卖五块钱，牛仔裤一条七块钱，搭上餐券一张，差不多等于白送。小恩小惠最能迷人，一卡车的烂货不到一小时就卖光了。

此刻，金三角大饭店正灯红酒绿，马戈力观赏着这一群馋鬼在她面前大吃大嚼，就像饲养员喂她的一群猪。

“芝罘，你也得给这个姓马的女人一点颜色看看！”老虎跳手握瓜刀，青筋迸起，“虽说好男不跟女斗，可是大丈夫也不能叫娘儿们家骑在脖子上撒尿。”

徐芝罘好像神不守舍，心不在焉，咬了口西瓜，慢慢嚼着，反问道：“您看我下一步棋怎么走？”

“你手里有权，该用就用。”

“我的权力有限，没有她的神通广大。”

“你不敢跟她交锋，我替你出这口气。”

"打人犯法。"

"我到金三角大饭店，骂她个人仰马翻。"

"骂人违反治安条例。"

"难道你就把她这泡尿咽下去？"

"我在等候柳屯田的消息，所以举棋不定。"

"听说那小子也买了一套洋破烂儿，还到北京人前显贵去了。"

"是我打发他拿到北京化验。如果确定带菌，我就命令公安部门拘留马戈力。"

"儿呀，你棋高一着！"老虎跳拍着大腿哈哈大笑，"我正在城楼观山景，耳听得城外乱纷纷，旌旗招展空翻影……"老人手舞足蹈地唱起了京戏。

但是，徐芝罘的心里却忐忑不安，他不敢相信自己料事如神，更怕不如意事常八九，落得个探囊取物却两手空空，事与愿违。他点起一支香烟，走到鸡毛小店的柴门口，南张北望。

金三角大饭店，在鸡毛小店以南，马戈力的那些食客，划拳猜掌闹得像蛤蟆吵坑，嘈杂混乱中有个女人像无病呻吟，唱一支香港影片《三笑》的插曲；

叫一声呀二奶奶……

梆子腔儿，评剧调儿，京戏味儿，竟是金凤蝶登台卖唱。

忽然，饭店门前灯光闪烁，马达声响，徐芝罘跨出柴门一步，一脚门里一脚门外观看，只不过眨眼之间，皇冠牌小汽车和130卡车已经到他眼前。

一个紧急刹车，马戈力从车窗里探出半个身子，满面怒容，目光凶恶，啐骂道："徐芝罘，你真阴险毒辣，我是要报这一箭之仇的！"

"这又是哪一股子邪火呀？"徐芝罘装作迷惑不解，"下车来吃个西瓜，坐一会儿再走。"

"甭跟我笑里藏刀，我才不中你的稳军之计！"马戈力缩回身子，跺脚喊叫，皇冠牌小汽车以一百公里的时速飞驰起来。

徐芝罘已经明白七八分，一定是柳屯田拿着化验结果到公安局报案，但是内线又抢先向金三角大饭店报警，马戈力这才仓皇逃走，以免被瓮中捉鳖。

果然，皇冠牌小汽车和130卡车走后不到三分钟，金三角大饭店又自动停电，漆黑一团了。

"徐书记……徐书记为我做主呀！"

从金三角大饭店里跌跌撞撞冲出一个人，哭喊滚爬着向鸡毛小店跑来。

"是马窝脖儿那小子！"老虎跳一个箭步，从豆棚瓜架下跳到柴门口。

"徐书记……"马窝脖儿一眼看见了老虎跳，"爹！"双膝跪倒，连碰响头。

老虎跳走上前去，一把拎起他的脖领子，喝道："立起来回话！"

"爹，爹！"马窝脖儿口口声声叫得肉麻有趣儿，"我受了骗，上了当，倾家荡产，丢人现眼，救一救孩儿吧！"

原来，马窝脖儿贩卖外国破烂儿，并不是跟马戈力的服装开发中心直接交易，而是通过两层掮客，做的是转手买卖。他那一百套烂货被工商管理所没收，徐芝罘又要下令当众焚毁，便连夜找到那个跟他单线联系的掮客。那个掮客给他出了个馊主意，叫他的小婆娘冒充女强人马戈力，给蝈笼子镇的警察打个电话，口气要大，话茬子要硬，把这几个警察吓破了胆，乖乖地完璧归赵。谁想，徐芝罘夜奔蝈笼子镇，这个骗局破了产。他自认倒霉，正想赶快把库存的五百套出手，那个帮倒忙的掮客却又将他的情况层层上报，领回女强人马戈力的旨意，叫他把这五百套运送到蝈笼子镇减价抛售，服装开发公司包赔全部损失。他自幼便是狗仗人势的脾气，以为有女强人撑腰，便能够横行无阻，于是便鬼迷心窍点了头。他又哪里想到，徐芝罘指使柳屯田买他一套烂货，拿着赃证进京化验，出奇制胜。公安局要来蝈笼子镇抓人，女强人和那两层掮客一推六二五，手铐将戴在他的腕子上。

“你他妈的是不撞南墙不回头！”老虎跳一撒手，马窝脖儿像一摊烂泥跌坐在地上，“蹲几年大牢，二次投胎，你就改邪归正了。”

“那我就赔了夫人又折兵啦！”马窝脖儿爬到徐芝罘脚下，“徐书记……干哥，您说句话，把我放生吧！”

“你要我一句话？”

“您是金口玉言。”

“好！你马上到副所长那里投案，争取坦白从宽。”

“我……我才不想……羊入虎口！”马窝脖儿打了个滚儿爬起身，撒腿就跑，“我要……到处流浪……”

这时，鸡毛小店以北的公路上，两辆摩托车疾驰南下，车灯照花了马窝脖儿的眼；他一个急转身，正想夺路而逃，鸡毛小店以南的公路上，两辆自行车迎面而来，车灯吓昏了他的头，栽了个狗吃屎，趴在地上。

眼看着马窝脖儿被押走，老虎跳长长嘘了口气，说："把这个逆子押起来，你干娘能过上几天舒心日子了。"

"要劳动致富，不能发不义之财。"徐芝罘却一点也不感到轻松愉快，"建成首都蔬菜基地，应该是这个实验县的发展方向，也才能使乡亲们都富起来。"

抓走了马窝脖儿，好像搬开了压在老虎跳心上的一块磨盘，八十岁的老人乐乐呵呵像个大孩子，说："我要承包三亩园子，一茬西瓜，两头种菜；你干娘养一百只鸡，做松花蛋。天上不下雹子，地上不涨大水，敢保比开小店收入多，还免得伤神惹气。"

"您跟我干姐姐能不能联合起来，取长补短？"徐芝罘堆着笑脸儿，察言观色赔小心。

老虎跳一拧脖子，又回到豆棚瓜架下，闷声不响；徐芝罘的眼睛盯住他不放，他猛抬起头，怒气冲冲喊道："我看她的女儿不顺眼！"

"她的女儿，还不是您的干外孙女儿吗？"

"要不是看你的面子，这个干女儿我也不想认她。"

"柳屯田帮金凤蝶承包，一帮一，一对红。"

"傻小子是不是看中了那个鬼丫头？"

"您给保媒？"

"我不想害了屯田那孩子！"

爷儿俩在鸡毛小店的豆棚瓜架下闲谈，柳屯田和金凤蝶也正在河边的星光月影下说话。

金三角大饭店的经理掏五十块钱，雇下金凤蝶唱一晚上。公安局的摩托车和自行车到来，贪吃的食客们吓倒了胃口，扔了碗筷，溜之大吉。金凤蝶没有了听众，只得收场，经理却要按时计价，只给她二十块钱。两人各不相让，金凤蝶一怒之下抓伤了经理的半边脸，经理正求之不得，向警察告她侵犯人权；警察依法办事，不但把她训斥一顿，而且勒令她把那二十块钱交还经理，治伤买药。金凤蝶唱得口干舌焦，一分钱也没有挣到手，满肚子委屈，大哭着跑出饭店。

给警察当向导的柳屯田，扔下公务，慌忙追赶。

金凤蝶游戏情场，阅人多矣。她跟柳屯田两个照面三句话，就看出柳屯田迷上了她，心中暗笑这个不走运的村野才子自作多情，剃头挑子一头热。她虽然已经不能登台演出，却常常戏瘾发作，难得台上做戏，却不可不在生活中彩排。只当柳屯田是《朝阳沟》里的拴保，自己就是那下乡插队的女知青银环，回家这几天跟柳屯田假戏真唱一场，也算拳不离手，曲不离口。

她听见身后的柳屯田大步流星，便像舞台上跑圆场，一溜碎步跑起来。

跑着跑着，大河横在眼前，金凤蝶已经进戏，脑瓜子一热，使了个水中芭蕾舞的跳水动作，扑通一声跳河，又令人想起京戏《祭江》中的孙尚香投江。

柳屯田当然奋不顾身，紧跟着也一跃而下，就像鱼鹰子叼食儿，一个猛子把金凤蝶捞上来，抱在怀里。

金凤蝶在河边上长大，柴火妞子出身，刚摘了奶就会浮水，即便桃花潭水深千尺，她跳下去也淹不死。

“我不想……不想活啦！”金凤蝶在柳屯田的怀里挣扎着像一条鱼。

“你是中邪了吧？”柳屯田把金凤蝶放在一棵河柳下的草地上。

她抹了几把脸上的水珠儿，假哭了一会儿才开口：“我家……假万元户，欠下公私一万多块钱。我想挣钱……替我娘还债，谁想头一场就……猫咬尿泡……”她演戏演得入了魔，竟相信自己编造的谎话，号啕大哭，像个孝女。

“凤蝶，凤蝶……”柳屯田一贫如洗，虽然深受感动却帮不了忙。

“我要找个肯出钱的人结婚，挣一笔彩礼。”

“你要多少？”

“当年一斤卖十块钱，可是眼下肉涨价了。”

“你也水涨船高？”

“过去猪肉一块钱一斤，眼下一斤猪肉两块七，我的肉也得从每斤十元涨到二十七块。”

“十口肥猪就能把你换来当老婆？”

“不算贱货，也够便宜吧？”

“我一下子掏不出这么多钱……”

“零存整娶，还是老规矩。”

“我偏要零敲碎割，先买下你这二两重的口条子！”柳屯田鹰扑狡兔，要扯断金凤蝶的脏舌头，免得她不知羞耻地胡说八道。

……没有发生血案。

第二天早晨，柳屯田的潞水书店开张大吉，金凤蝶喜眉笑眼地站柜台，像个新娘子。

20

黄道吉日，马驰骋走二百几十年前的乾隆爷的老路子，出巡一省二市三县交界的蝈笼子镇。

乾隆皇帝有一大嗜好，那就是喜欢巡狩天下，游山玩水，所到之处不是留诗便要题字。他当太子的时候，每年都要奉命恭祭东陵；东陵坐落在遵化县，他也就每年都要往返路过通州城和北运河。等到他登基即位，贵为天子，普天之下莫非王土，率土之滨莫非王臣，旅游的瘾头更大，紫禁城好比鸟笼子，金銮殿更像蛐蛐罐儿，几天不到郊垧散逛散逛，便茶饭无味。通州和北运河距离京都只有四十华里，圣旨一下，銮驾启动，眨眼之间，抬腿就到。乾隆皇帝在位期间，到通州和北运河上不知游玩过多少回，光是《钦定日下旧闻考》备录的御制诗，就有七首。计：乾隆七年的："白云红树通州道，麦垄禾场九月秋。好景沿途吟不了，豳风图画望中收。渔舟蟹舍俨江乡，蝃蝀横波饮练长。策渡漫思荷芰绿，亚洲剩有荻芦黄。"乾隆十年的："东风已解碧琉璃，坡草堤杨春与宜。恰是昔年承使命，浮桥西畔觅题诗。石火光阴电影驰，幻中欢喜幻中悲。即看逝者东流水，昔日今朝有所思。潞河千古带通州，物色风光望里收。马上得诗成半偈，浮桥彻底几曾浮。"乾隆十二年的："青郊和以暄，风物近清明。不禁霜露思，驾言东上陵。前旌渡潞川，后旅背凤城。予昔青宫时，此路烦长征。忆彼慈云壁，几度题句曾。林垌故好在，髭须非后生。沿堤柳已黄，出垄麦未青。望雪继望雨，东亩迟力耕。教养虽并要，富庶之未能。经历始知艰，所志嗟未成。”乾隆十五年的：“潞河潦虽退，平川水犹涨。以此例永定，狂澜讵能障？黍茎带沙痕，结穗久丰壮。景异向所观，凭舆增悒怏。颇有为解者，云此河滩上。本为水由处，人不与相让。于兹得免潦，高田恐无当。我闻吁盆鞶，何莫非吾民。使人有余地，孰与水争利？高下皆获收，吾愿其少酬。”乾隆十七年的：“飞梁驾水响梢东，转漕连艘此处通。南望江乡渺何极？遥源犹忆自云中。汀蒲岸芷染烟光，仲月融怡丽百昌。依旧廿年寒食景，吟髭赢较几茎长。郡城塔影落波尖，生齿休和日日添。才命农官出红杉，顿教米贱乐穷阎。来往舳舻藉底因？阳关唱处解维新。便教一晌思南客，岂必九重无故人？”乾隆三十一年的：“空传彭宠守渔阳，城水东西究莫详。只有德钧卫耕稼，至今乡尚号甘棠。”乾隆三十五年的：“树梢看塔影，烟外过通州。沙岭延东亘，潞河自北流。浮桥连巨鹘，野岸起闲鸥。发帑完城郭，无非保障谋。”

不是背地里骂皇上，乾隆爷虽然自命风雅，喜爱舞文弄墨，然而心有余而才不足，他的这些诗作一无佳句二无意境，百分之百地缺少诗味儿。如果把这七首诗烧成灰，放在《聊斋志异》里那位双目失明的司文郎鼻子下闻一闻，一定连胃囊里的陈年汤水，都得点滴不剩地呕吐出来。

但是，马驰骋不学无术，他对诗词一窍不通，虽然出巡之前临时抱佛脚，把乾隆皇帝的这七首诗背得滚瓜烂熟，却是猪八戒吃人参果，不知滋味好坏。

那么，这位卸任的市委书记处书记的二公子，即将上任的实验县县委副书记，为什么要发思古之幽情，步乾隆皇帝之后尘，走二百几十年前的老路出巡他的辖区呢？如此富有想象力的雅兴，都是他那个女中人精的嫂子安柳男一手策划，他不过是磨房的驴听吆喝。

花花太岁马驰骋，上不怕爹娘，下不怕兄姐，只有在嫂子安柳男面前俯首帖耳，唯命是从。

近水楼台先得月，门里出身早懂行。木匠的儿子从小就玩锛、凿、斧、锯；船夫的儿子自幼便摇橹划桨；伶界大王谭鑫培，一门五辈儿唱文武老生；四大名旦之首梅兰芳，儿子还是唱青衣花衫。以此类推，当官的儿子还得当官儿，也就顺理成章了。

不过，马驰骋这个高干子弟，三十岁前可真没想过趁老爹还没有下台，捞个一官半职。纨绔子弟，风流衙内，只想利用老爹的权势，横冲直撞到处开放绿灯，吃喝玩乐不花一分一文。

撸锄杆子出身、耍枪杆子起家的老书记，刚进城时才三十多岁，虽然身居高位，却因幼年失学，痛感自己文化水平太低，在知识分子面前带有一种难以言状的自卑感。所以，他也曾暗下决心，要叫自己的儿女念完大学，还要出国留学，当个专家学者，改变自家那大老粗的门风。他的大儿子，便走的是这条上进之路。北京大学毕业之后，又到莫斯科大学念了二年研究生，外交原因造成半途而废，奉召回国，很不吃香。多年来不被重用，学术上也无所成就，却沾染上酗酒恶习，喝得酩酊大醉便怨天咒地，很像曹禺笔下的《北京人》里的江泰；积重难返，大脑迟钝，眼下是半死不活，如同废人。女儿刚念大学，赶上十年动乱，心理变态，性格扭曲，思想上崇洋媚外，唯利是图，作风上更是越轨，实行性自由。相形之下，大儿大女不可救药，反倒是只有初中文化水平的小儿子马驰骋颇堪造就。

年龄是个宝，学历不可少，关系最重要，德才做参考。马驰骋只缺少一张大专文凭。戏法人人会变，各有巧妙不同，爱玩摄影和录像的马驰骋，以自费留学名义到外国镀金，花了一笔外汇买到一张私立艺术学院的毕业证书；衣锦荣归，在一家小报当摄影部副主任，相当于副处级。

为儿孙做马牛，是老人通病。平民百姓中的老人，不过是想给儿孙们留下尽可能丰厚的家产；老书记却站得高，看得远，想得多。他身为高干，活着的时候子女们可以大沾他的光，死后却不能像《红楼梦》里的宁、荣二府，封妻荫子直到五代。只要给他开完追悼会，子女们就得搬出高级公寓，停止乘坐专用汽车，不能享受特权了。那么，要想不使子女们的社会地位和物质生活一落千丈，只有在自己生前把他们带进官场，送上仕途。所以，在马驰骋三十岁生日那天，老书记跟儿媳妇安柳男合作，在庄严肃穆的气氛中，一唱一和训子。是的，长嫂如母，小叔似儿；安柳男跟马驰骋谈话，就像教训大儿女。这位当过十年干部处长的女人，对于官场秘诀，比老公公更为精通。老书记的训教马驰骋敢顶嘴，嫂子那以理服人，以情动人的言语，却是句句都说在他的心坎上。这一席话至少相当于读十年书，马驰骋茅塞顿开，心有灵犀一点通。

于是，马驰骋被安排担任正在筹建的实验县县委书记。宁为鸡头，不做凤尾，独当一面就是一方天子，马驰骋十分乐意。后来，出于种种考虑，改任副书记，马驰骋也明白这不过是跟自费留学镀金，买一张外国私立艺术学院的文凭大同小异。官场上的术语叫挂职锻炼，走个过场而已。《彭公案》虽不是信史，却也颇可借鉴。彭朋出任三河知县一年，便擢升京东道台，相当于现在的专员，一年之后奉调进京，荣任九门提督，也就是首都市长兼卫戍司令，以七品芝麻官为跳板，三年连升五级（知县七品，道台四品，九门提督二品）。古为今用，公案小说为证；萧规曹随，并非史无前例。

在安柳男的陪同下，马驰骋气壮如牛上路，伴驾随行的还有一位身兼数报特约记者的沈字典。

这位沈字典在文史馆留职停薪以后，给一家皮包公司当过一阵子副经理，皮包公司之间弱肉强食，他当副经理的这个皮包公司，被靠山更硬的皮包公司挤垮和吞并。皮之不存毛将焉附，正当他山穷水尽疑无路之际，全国各地的小报忽然一哄而起，都想打进首都市场。沈字典因而绝处逢生，替十几家小报打开销路，吃回扣拿佣金，每月能有三五百元的收入。但是，当报贩子有利无名，所以又选择几家销路广而稿费高的小报，挂个特约记者的头衔，出入新闻和文艺界的某些小圈子。他专写新星和新秀们的奇闻趣事，并且配有抢拍、抓拍、偷拍的照片，图文并茂。他的文字水平很低，常常词不达意，全靠花里胡哨的照片抓主儿。但是，他没有高档照相机，也没有那么多胶卷，掏不出这么大的本钱。于是，他巴结上了马驰骋，守着大树有柴烧。马驰骋在他出出入入的那些小圈子里是个龙头，他投靠这位前途不可限量的衙内，正是揪着龙尾巴能上天。马驰骋进入政界，虽说出马只当了个县委副书记，明眼人一看就知道这不过是攀登高峰的前奏曲；沈字典就更亦步亦趋，寸步不离，甘当马驰骋的轿夫和吹鼓手。

21

宰相出朝，地动山摇。马驰骋多么想乘坐一只一品官船，船头雕刻的是日出碧海和二龙戏珠，船帮雕刻的是绿叶红莲和鸳鸯戏水，高高的桅杆上升起白绫的船帆，船帆上有四十八只亮晶晶的小铜铃铛。鼓乐齐鸣，鞭炮飞响，他和百官拱手而别，登船离岸，进入金顶彩画的船舱，端坐在高背太师椅上。远望水天一色，两岸绿树青堤，河风涨满白帆，大船四平八稳，帆铃叮咚，水声汩汩，那才富有诗情画意。

但是，他只能坐212北京牌吉普车。212北京牌吉普车外号野兔子，跑得贼快，却又把人颠簸得像摇元宵。骑着野兔子上任，就像马戏团里穿着彩衣彩裤耍把戏的猴子，真是大煞风景。

实验县只不过是一座空中楼阁，一幅不见眉眼的草图，他本来不必亲自出马，只等万事俱备吃树熟儿，摘桃子。然而，想不到那位只配充当傀儡角色的徐芝罘，下乡几天便跟老爹大唱反调，要把老爹设计的实验县闹得面目全非，名存实亡，老爹这才打发他亲临现场，下马看花。

“大姐，我这是头一回出场，该怎么亮相？”马驰骋一直管嫂子叫大姐，而且是撒娇的口气，耍赖的态度。

安柳男板着一副喜怒哀乐不形于色的面孔，冷冷淡淡地说：“我是看戏的，不是教戏的。”

“我要演砸了呢？”

“喝倒彩。”

“你不能眼瞧着我在台上出丑呀！”

“多看我的眼色。”

“泰山崩于前，你的睫毛也不眨一下，我怎么能抓得住你的眼神？”

“你要学会令人莫测高深。”

“描着你的一招一式，学唱样板戏。”

汽车没有走京津公路，而是沿着河堤跑。这就难免遇见乾隆皇帝二百几十年前曾经赞赏的“渔舟蟹舍俨江乡”和“浮桥连巨鹘，野岸起闲鸥”，沈字典忙叫司机停车，撺掇马驰骋下车照相，五里路停车十回，乾隆爷是“好景沿途吟不了”，马驰骋是“好景沿途照不完”。

岸边，一棵大树好像高擎的一柄罗伞，沈字典叫马驰骋站在大树下，叉开双腿，倒背双手，昂首挺胸，目光远眺对岸那无边无沿的稻田，摆出一副乾隆爷“豳风图画望中收”的气势，拍照下来肯定是个高大优美的艺术形象，具有青年政治家的风度和当代男子汉的魅力。但是，他们正要开拍，吉普车却在安柳男的命令下呜的一声跑了。

马驰骋撒腿就追吉普车，脖子上挂着照相机的沈字典也就飞跑追赶马驰骋，嘴里唠唠叨叨：“丢了个大好镜头，毁了我一帧杰作……”

吉普车跑了两分钟，便进入设想中的实验县的县境，安柳男又命令司机停车。

“大……大……大姐！”马驰骋大汗淋漓像满身淌水，一副落汤鸡模样儿，“我……贪玩……忘了公务……”

安柳男眼望稻田里弯腰薅草的乡女村妇，不动声色。

马驰骋挥汗如雨，大口喘气，抓耳挠腮，不知嫂子的眼神里有何暗示。

“驰骋……驰骋！”趔趔趄趄地追上来的沈字典，汗水湿透了他烫着菊花卷儿的长发，活像一只落水上岸的哈巴狗，“咱们……不照……风景相了，改个……改个主题……”

“我……真不懂政治！”马驰骋在脑壳上擂了一拳，十二分痛心疾首，“我怎么忘了人民群众呢？”

他大步跑向稻田，安柳男那令人望而生畏的眼里漾出了笑影。

“同志们，歇一歇！咱们照个相，好不好？”马驰骋走在窄条子田堤上，平伸两只胳膊，摇晃着身子，像杂耍班子走钢丝的丑角儿。

三亩稻田，很像一块长方的绿锦，一个三十大几的中年女人，带着一个十八九岁的姑娘，手拿着月牙镰割稗子。

中年女人挺起了腰，蓬乱的头发上罩着一块半旧的蓝花头巾，红扑扑的满月脸上挂着几大滴泥点子，上身只穿一件网眼背心，两颗紫桑葚儿似的奶头，把网眼背心捅破两个窟窿。

“照相的，你来得好！”中年女人从泥水里拔出脚，跳上田堤，“我花了几块钱照一张影相，你给我寄回一张相片，上边砍了头，下边剁了脚，只剩半截身子……”那满脸凶相，活像一头母老虎。

“这……这是从何说起？”马驰骋摸不着头脑，满脸惶惑，“我不是坑人骗钱的照相个体户。”

“你是他的后台老板！”十八九岁的姑娘一甩披肩发，厉声喝道，“不退赔就跟你武斗。”

这个姑娘脸上挂着汗珠儿，像一朵挂着露珠儿的荷花，鲜艳得令人目眩，马驰骋感到快活开心，大笑起来。

咔嚓一声，灯光一闪，沈字典不失时机地摄下这个场面。

“谁叫你给我照相？”中年女人又黑虎着脸，向沈字典扑去，“你就是给我照八百张，我也不给你一分钱。”

“一张足矣，完全免费。”沈字典一个急转身，夺路而走。

那个十八九岁的姑娘，抓起一把黏泥甩过去，正打在穿着雪白汗衫的沈字典的后背上。

马驰骋害怕自己那刚上身的日本猎装也被甩上黏泥，连忙掏出十块钱，说："我替那个坑人骗钱的照相个体户赔偿你们的损失，并且要从严、从重、从快打击一切经济犯罪活动。"

姑娘不接这张大票子，却咬着嘴唇问道："你跟那个脖子上挂着照相机的家伙，都是什么人？"

"那位同志是记者，下乡采访农村新气象。"马驰骋不知不觉中摆出官架子，"我是你们这个县的县委副书记，上任之前做点调研工作，熟悉一下情况。"

"你……这个……雪花膏捏的……公子哥儿……"姑娘笑得前仰后合喘不过气，"只怕是……在电视剧里演县委副书记吧？"

马驰骋把十元大票塞回胸兜里，悻悻而去。

到达蝈笼子镇之前，沈字典给马驰骋连拍二十四张合影照片。

合影中的配角，有蹲在柳下卖瓜的老农，有挎篮子卖鸡蛋的老太太，有到乡政府登记的小夫妻，有赶集串市的过路人，有在堤边放羊的穿红袄的女孩，有下河浮水的光屁股的顽童……这些五光十色的照片配上天花乱坠的说明，马驰骋深入农村的每个阶层和每个角落，可算眼见为实了。

吉普车走走停停，到蝈笼子镇已经是热得火烤脑壳的中午，但是马驰骋一见蝈笼子镇那破破烂烂的风光景色，却从脚跟凉到了头顶。

蝈笼子镇将是实验县的县城。这个实验县，九乡一镇，只有十几万人口，马驰骋当然不会把小县的县城想得很大。大县如通州，县城人口就有二十万，相当外省的一个地级市，把这个实验县整个儿装进去，就像三寸金莲伸进踢死牛的洒鞋里。但是，马驰骋也万万没有想到，蝈笼子镇竟寒酸得不如一个千户之村，更比不上昌平县的踩河村、大兴县的留民营和通州的玉甫上营。

“这个鬼地方！”大失所望四个字儿挂在了马驰骋的脸上。

“嘻？山不在高，有仙则名，水不在深，有龙则灵。”沈字典非常及时地给他打强心针，“我敢预言，只要你大刀阔斧开发一年，蝈笼子镇就会变成深圳的蛇口。”

“借你的吉言！”马驰骋无精打采地拍了一下司机的肩膀，“望远镜，赶快找到办事处，下车我要冲个澡，换一身衣裳。”

这位司机有一对突出的大眼珠子，所以外号叫望远镜。他睁一只眼闭一只眼，就发现办事处那块大牌子，挂在一座柳篱柴门的鸡毛小店里，忍不住喷出满嘴唾沫星子，笑出了声，说：“淋浴不如盆塘，您就跳进水缸洗澡吧！”

说时迟那时快，吉普车在鸡毛小店门前停下来。

“这……难道……就是金三角大饭店？”马驰骋不但感到气恼，而且大为震惊，“预订二楼的全部房间，做办事处的办公室和宿舍，原来都是牛棚羊圈呀！”

沈字典煽风点火，冷笑道：“徐芝罘抢攻在前，只怕他唱了一出《狸猫换太子》吧？”

“他是何用意？”

“表现艰苦奋斗的创业精神。”

“什么他妈的艰苦……创业，纯粹是农业学大寨的翻版！”

“下车！”安柳男突然喝道。

“没有这个兴致。”马驰骋仰躺在沙发座椅上，两脚搭在司机的椅背上。

安柳男推开车门，又喝道：“下车！”

沈字典不敢敬酒不吃吃罚酒，缩脖子拱肩儿，乖乖钻出车门子，在路边垂手侍立。

马驰骋的少爷脾气发作起来，脚尖点了一下司机的后脑勺，叫道：“掉转方向盘，我要回北京！”

“敢！”安柳男扬起眉毛，满脸严霜，眼里寒光，“你就是到这座牛棚羊圈门前照个相，也得给我下车表现一下。”

严师出高徒，马驰骋茅塞顿开，喊了声：“得令！”从车门里一窜而出。

“驰骋，咱们就在这儿下榻？”沈字典是马驰骋的帮闲食客，只愿沾马驰骋的光，有福同享，却不想有难同当，陪马驰骋一块儿受罪。

马驰骋不想听他的碎嘴子唠叨，三步两步跑进柳篱柴门，站在办事处的大牌子旁边，摆好充满信心和高瞻远瞩的姿势，神气十足地一拍胸脯，高叫着招呼沈字典道：“照！”

“够份儿！”沈字典配合默契，咔嚓咔嚓，变换角度连照几张。

最后，又在豆棚瓜架下，以土台子做办公桌，沈字典又为马驰骋拍摄了工作照。

马驰骋欢呼一声：“OK！”挽起沈字典的胳臂，回到吉普车里。大眼珠子司机把鸭舌帽遮住半张脸，打着呼噜酣睡，安柳男却不见了。

“我大姐呢？”马驰骋把大眼珠子司机捅醒，掀下鸭舌帽问道。

“大少奶奶……”大眼珠子司机打了个哈欠，伸个懒腰，骨节咯咯响，“退居二线，跟你们兵分两路了。”

“我刚摸着门儿，她怎么就不辞而别啦？”马驰骋一阵心虚，大有失重之感。

“这就叫师傅领进门，修行在个人。”大眼珠子司机服侍老书记二十多年，十年动乱中又是铁杆老保，在马家不但是元老，而且是功臣，对马家这位小老爷说话，要笑中又常带有训教大儿女的口气，“我没吃过猪肉，可见过猪跑，给你爹开了二十多年车，眼见的，耳闻的，当官的学问装满一肚子，节骨眼儿指点你几招儿，比你嫂子都高明。”

“大言不惭！”马驰骋并不敬重这位居功自傲的大眼珠子。

“二小儿，我不是对着你的嘴吹牛×！”大眼珠子被马驰骋那轻蔑的态度刺伤了自尊心，勃然大怒，便从嘴里蹦出了脏字儿，“我考考你，那些自吹是梅兰芳弟子的京剧演员，都是梅兰芳教出来的吗？”

沈字典很知道马驰骋一窍不通，出口就得露怯，连忙像智力测验游戏中的抢答：“梅兰芳的那些徒弟，有的是科班出身，有的是戏校毕业，还有的是家学票友，拜在梅兰芳门下，不过是画龙点睛，点石成金。”

“你只知其一，不知其二。”大眼珠子的一张海口撇到耳根下，“梅兰芳一刻值千金，哪有闲工夫点睛、点石呀！”

“那么，谁给这些徒弟们说戏？”

“拉胡琴的，打下手的，老跟包的，连给梅太太梳头的娘姨，也能教几出梅派看家戏。”

“宰相门子七品官嘛！”

“我这个给老市委书记开车的，难道就教不了一个七品之下的县委副书记？”

马驰骋耍嘴皮子逗不过这个老油条，只得嘴上服输，说：“我把这个七品之下的县委副书记让给你吧！”

“能说戏的可不一定会唱戏，何况我还不是党员。”

“发展你入党。”

“难道你嫌给党脸上刷漆的人还少吗？”

“老家伙真有自知之明呀！”

“够你学三年零一节的。”

“好吧！”马驰骋不耐烦地一挥手，“找个阴暗的角落，听你嚼舌头。”

212吉普车直奔金三角大饭店。

22

已经晌午大歪，赶集的人散了市，路上人马车辆也稀少起来；蝉叫得发困，家家关门闭户歇晌睡觉，金三角大饭店也下板午休了。

嘀嘀！汽车喇叭叫了一声，沈字典正要下车敲门，忽然店门大开，高奏迎宾曲，经理吴宝顺带领四名花枝招展的女服务员和四名西服革履的男服务员，跑步迎出门外。

“欢迎马书记光临小店视察工作！”吴宝顺走下台阶，左手捂胸撤后腿，行了个洋礼。

“欢迎，欢迎！”男女服务员连呼口号，“热烈欢迎！”而且都像风吹草低，弯腰鞠躬。

马驰骋只觉得滑稽可笑，耸耸肩膀，摊开两手，问道："这叫什么场面？"

"整个儿一出《天霸拜山》！"大眼珠子司机不愧是个戏篓子，难怪他在马驰骋面前好为人师。

沈字典跟吴宝顺是酒肉朋友，做过合伙生意，赶忙调整气氛，说："驰骋同志，这就是我跟你多次谈过的大能人吴宝顺，是个生财有道的稀有人才。"

"难道他会屙金尿银？"大眼珠子司机粗声大气地问道。

"吴经理的才能名不虚传。"

"闻名别见面，见面孬一半。"

吴宝顺却是个不肯把啐在脸上的唾沫自己舐干净的人，他冷峭地一笑，说："今天只有马书记是金口玉言，我不想听别人说长道短！"

说着，他打开饭店的大玻璃门，一阵令人神清气爽的冷气扑面而来。

"很好！"马驰骋昂着头，倒背着手，迈四方步，架子十足，在前呼后拥中走进饭店。

单间雅座拆除了绢面画屏，变成了敞厅，早已安排了丰盛壮观的酒宴。

净面之后，吴宝顺请马驰骋入座。一张大转动圆桌，只安放四只座椅。马驰骋坐下来，沈字典、大眼珠子和吴宝顺也分别坐在自己的椅子上。四名女服务员，各站在一人身后，马驰骋身后的女服务员最有姿色，嫣然一笑颇有日本女电影明星栗原小卷的风韵。

"你是本地人吗？"大眼珠子扭动脖子，笑眯眯地问他身后那个女服务员。

那个女服务员的皮肤比较粗糙，脸子也不怎么漂亮，但是搽胭脂抹粉，令人看不出她有多大年纪，而且搔首弄姿，另有一股迷人的妖气。

“俺是公主岭的。”这位女服务员一开口，满嘴苞米楂子味儿。

吴宝顺瞪她一眼，说：“这四位女服务员都是招聘来的，每人会说几种地方方言。”

“请问你是什么地方人呀？”马驰骋也忍不住跟栗原小卷搭起话儿。

“我生在苏州，长在杭州，后来又到北京工作。”栗原小卷分别以苏州、杭州和北京口音，说出这三句话。

马驰骋被逗得哈哈大笑，说：“你们真是来自五湖四海，为了一个共同的目标走到一起来了。”

沈字典赶忙捧哏，说：“花团锦簇，争芳斗艳，为实验县锦上添花。”

这时，那四名男服务员每人手托一只托盘，送来冰镇汽水、橘子汁和可口可乐，四名女服务员忙给各自服侍的主家斟上冷饮。

“马书记，我这也算是人才交流吧？”吴宝顺吮了一口汽水，却像吞下一口热茶，满脸苦痛神色，“可是，过不了几天，我就要把她们遣散了。”

“生意不好？”

“买卖兴隆。”

“精兵简政？”

“我还想扩大营业哩。”

“那为什么要把她们解雇？”

“您那位一把手徐芝罘出了个难题，把我赶上了绝路。”吴宝顺把满杯汽水一饮而尽，“他命令派出所，叫我这些招聘来的职工拿着证明报临时户口，还叫工商管理所给这些人立档案，而且限期半个月办到，办不到就各回原籍，改在本地招工。”

沈字典愤然作色，说，“还是极‘左’的一套！”

马驰骋一边听着，一边抚弄喝光了可口可乐的玻璃杯，沉吟半晌，才似笑非笑地说：“户口制度人人都要遵守嘛！建立档案是为了加强市场管理，也是必要的。”

“说得好！”大眼珠子高声叫好。

“可是……可是……”吴宝顺头上冒汗了，“半个月的期限……”

“从原籍开个证明，填写个户口卡和登记表，半个月还不够用吗？”马驰骋打着官腔，“吴宝顺，只怕你有难言之隐吧？”

沈字典忙助吴宝顺一臂之力，说：“宝顺，你有一说一，有二说二，马书记一定帮你解决困难。”

吴宝顺掏出三五牌香烟，每人敬上一支，自已闷头吸了两大口，才斟字酌句地问道：“马书记，我对您是早已久闻大名，您对我这个人可能还不大了解吧？”

“字典向我介绍过你的情况。”

“我是劳改劳教释放人员，您知道吗？”

“旧事不必重提了。”

“我要申诉。”

“字典已经给你平反。”

“他那几篇豆腐块文章，冲刷不掉公安局和法院给我造成的耻辱。”

“你赚了钱，又买了名，不要贪得无厌。”

马驰骋的态度冷峻，口气很硬，大有原则性，不失县委副书记的分寸。

“马书记，有您这句话，我打掉牙咽进肚里了。”吴宝顺的神态和口吻，好像是看在马驰骋的面子上，也就不跟公安局和法院为难了，“不过，这四位姐妹比我更委屈，您得替她们说句公道话。”

马驰骋大感兴趣，回过头问栗原小卷道：“你有什么问题呀？”

“我……”栗原小卷低下头，满面绯红，羞羞答答，“七八个男人想跟我结婚。我一个也不中意，他们合伙到公安局告我是爱情骗子，公安局不问青红皂白，偏听偏信，就把我送到团河农场劳动教养二年。”

“你呢？”马驰骋又问大眼珠子身后的那个女服务员。

满嘴苞米楂子味儿的女人，大大咧咧回答道：“我那个醉鬼男人手拿菜刀，硬逼我自认偷野汉子，我夺下菜刀剁下他一只手，给判了七年徒刑。”

大眼珠子不寒而栗，浑身的肥肉一阵哆嗦。

不等马驰骋发问，沈字典身后那染黄了头发和吴宝顺身后那涂着蓝眼窝的姑娘，都吸溜着鼻子，滴滴答答掉眼泪。

“我们只不过……跟几个外国人交朋友，看录像，跳迪斯科……”

洋妓！马驰骋心中暗骂一声。

沈字典一见马驰骋脸色不悦，忙给说情：“驰骋同志，这些人虽然误入歧途，但是不能一失足成千古恨，应该落实给出路的政策。”

"劳改劳教释放人员扎堆子，怎么能不引人注目？"马驰骋拧着眉头，"吴宝顺，你也缺乏自知之明，锋芒毕露才树大招风。"

吴宝顺装得诚惶诚恐，毕恭毕敬，屏声静气地说："请马书记指示。"

"我给你推荐个过得硬的人当经理，你给他当副手。"马驰骋发号施令，"有过前科的人，要疏散一下，可以另立门户安排他们的工作。"

四名西装革履的男服务员送上美酒佳肴，谈话告一段落。

五味令人口爽，五音令人耳聋，五色令人目盲。

茅台酒是手榴弹，三五牌香烟是二十响，色、香、味俱全的筵席便是迷魂阵。酒不醉人人自醉，色不迷人人自迷，貌似栗原小卷的女服务员，联合那两个跟外国人交朋友、看录像、跳迪斯科的女假洋鬼子，团团包围马驰骋，甜言蜜语而又打情骂俏，马驰骋在莺啼燕啭中酒不停杯，渐渐神魂颠倒，眼花缭乱，飘飘欲仙，放浪形骸了。

沈字典和吴宝顺交换了个眼色，吴宝顺又悄悄向满嘴苞米楂子味儿的女人打了个手势。

"换大杯侍候！"吴宝顺大喊大叫着又打开一瓶茅台酒，"关公战秦琼，李白斗刘伶，我要跟司机师傅决一雌雄，分个公母！"

"姓吴的，你狗眼看人低！"大眼珠子脱下汗衫，光起膀子，胸口窝里的黑毛像挓挲的刺猬，"我一个人喝你们三杯，你们每个人喝我一杯，这叫一个回合，九个回合算一局，五局三胜定高低。"

"好！"马驰骋打着酒嗝儿喊了一嗓子，"一慢……二看……三通过，要注意……行车安全……避免……交通事故。"

高脚玻璃杯，每杯二两酒，大眼珠子连饮三杯像喝白开水，然后又满上三杯，脚蹬着座椅，看三个对手喝下去。

满嘴苞米楂子味儿的女人面无惧色，冷笑一声，二两酒不洒汤，全灌进肚子里。吴宝顺迟疑了一下，但是一见大眼珠子满脸凶相，只得两口喝下一杯。

沈字典虽有酒瘾，却无酒量，偏又死要面子，两杯酒入肚，便眼珠儿翻白，溜下了座椅。

“桌面上不吃，桌子下耍吧！”大眼珠子搔着胸口窝上的黑毛笑骂道。

沈字典酒醉如泥，也真是一副癞狗模样儿，肚子里咕噜噜响，张着大嘴淌口水，半边脸的肌肉抽搐不止。

“他要出酒，快把他拖走！”吴宝顺大叫。

两个男服务员应声而至，一个捧头，一个抄腿，刚搭出单间雅座，便听见沈字典呜哇呜哇地大口呕吐。

“已经被我杀败一个了！”大眼珠子哈哈狂笑，“吴经理，公主岭的大姐儿，每个回合你们得多喝姓沈的那一杯。”

吴宝顺久走江湖跑码头，酒量不小，可是今天却不能为了好酒贪杯误大事，他连忙告饶，说：“司机师傅，我甘拜下风了！天生一对，棋逢对手，你跟我这位姐妹，见个高低，赌个输赢。”

“押注吧！”满嘴苞米楂子味儿的女人高声叫阵。

大眼珠子看出这一男一女插圈拴套，想暗算他，便以守为攻，笑道：“我是磨坊的磨，听你的。”

磨坊的驴，听磨面的人吆喝；磨坊的磨，也就随着拉磨的驴打转了。

“你嘴上占我的便宜，小心身子吃亏。”满嘴苞米楂子味儿的女人狡诈地笑了笑，“你败在我手里，那就手脚落地，我骑在你身上，你绕着这张圆桌转三圈，一边转一边学驴叫。”

“你败在我手里呢？”

“我也手脚落地，你骑在我身上……”

两人三击掌，一杯又一杯地拼起酒来。

这时，一个男服务员走进来，在吴宝顺的耳边嘁嘁喳喳。吴宝顺忙站起身，拱了拱手，道了声：“有位老友来访，失陪一会儿。”说着，匆匆走了出去。

这是他早已安排的逃席之计。

他回到办公室，打开电扇吹风，连饮几杯解酒的冰镇柠檬水，又到洗澡间冲了个凉，头脑清醒返回单间雅座。

单间雅座里一阵叮当乱响，红扑涨脸的大眼珠子像一头惊牛冲出门口，满嘴苞米楂子味儿的女人手拎着酒瓶子追赶出来，嘴里喷着酒气叫道：“儿呀，你哪里逃！叫我一声老娘饶了你。”大眼珠子跳到吴宝顺的背后，抱住吴宝顺的后腰，猛然向满嘴苞米楂子味儿的女人搡过去，砰的一声撞了个头碰头，他大笑着逃之夭夭。

吴宝顺两眼冒金星，揉着前额上被撞出的青包，骂道：“你他妈的……怎么没把大眼珠子灌倒？”

“这个家伙……”满嘴苞米楂子味儿的女人跌坐在地上，被摔碎的酒瓶子扎伤了屁股，疼得龇牙咧嘴，“是个……贼里不要的主儿。”

“马书记呢？”

“‘孤王酒醉桃花宫’……”

“赶快扶他到……”吴宝顺挤了挤眼睛，“我去拿照相机。”

二楼有个隐蔽在拐角的高级客房，进门是一条过道，过道的一侧是卫生间，一侧是大壁橱。进入三道门，是一座客厅，客厅和卧室之间，还有一道门相隔。烂醉如泥的马驰骋，被四个女服务员背的背，抱的抱，搀的搀，扶的扶，来到高级客房门外，脖子上挂着照相机的吴宝顺也紧跟着赶来。

“经理，照几张？”貌似栗原小卷的女服务员掏钥匙开门。

“能者多劳，给你照六幅。”

“几个角度？”

“前、后、左、右、上、下。”

“荤的，素的？”

“都要全裸镜头。”

“每张一百元，一手交钱一手照相。”

“小姑奶奶，你可真是漫天开价呀！”

“姑奶奶就是不贱卖。”

“我们五十块一张。”那两个跟外国人交朋友、看录像、跳迪斯科的女服务员，自愿打五折。

“贱货！”貌似栗原小卷的女服务员啐她俩的脸。

“照我一张只要二十五块。”满嘴苞米楂子味儿的女人，更是大减价。

吴宝顺掂量了一下，一百块的照一张，五十块的照两张，二十五块的照三张，六个角度全有了。

于是，貌似栗原小卷的女服务员打开房门，大家鱼贯而入，却听得客厅里鼾声如雷。

“妈呀，鬼！”几个女人扔下马驰骋就跑。

大眼珠子只穿一条大裤衩子，就像鲁智深参禅，盘膝大坐在沙发上酣睡。

23

夕阳西下，吉普车在青纱帐中的黄泥路上穿梭，寻找安柳男的下落。

大眼珠子睡了个大觉，又到大河里浮水，连扎一百零八个猛子，满肚子酒气都从三万六千汗毛孔散发出去，神清气爽开着车。马驰骋从醉乡中醒来，又到澡盆里泡了一个多小时，虽然口腔里还残存着酒气，一盆糨糊似的脑瓜子却已经从混混沌沌中解脱出来，能够拐弯抹角前思后想了。沈字典醉得早醒得快，可是他心怀鬼胎，仍然假装昏昏沉沉的样子。

“老家伙，多亏你给我保驾，我才从美人计中化险为夷。”马驰骋点燃一支香烟，伸出胳臂递到大眼珠子嘴里，“前些日子，咱们一个贸易代表团的头儿，在东京的银座酒家被日本女招待拉下水，床上活动全给人家录了像，谈判吃了大亏。”

“二小，你还是个没见过世面的雏儿呀！”大眼珠子又倚老卖老起来，“当年你家老爷子，进城当的是税务局局长，铁面无私，满脸党性，可就是爱听蹦蹦戏。资本家投其所好，买通几个唱蹦蹦戏的女戏子，把你家老爷子层层包围。你家老爷子真不含糊，过五关斩六将，光吃糖衣不咽炮弹。资本家落得个赔了夫人又折兵，偷鸡不成反蚀一把米。”

“我不想听老母猪嚼万年糠！”马驰骋打断大眼珠子的旧事重提，“你保驾有功，我论功行赏，定有你一份。”

“本人不想贪天功为己有。”大眼珠子一手转动方向盘，一手弹着烟灰，“这都是你嫂子的神机妙算，我不过是照既定方针办。”

沈字典睁开眼睛，挑起大拇指，说：“师傅，安柳男同志是未卜先知的诸葛亮，您就是那随机应变的赵子龙。”

“我淘了一辈子大粪，什么样儿的花脸蜣螂没见过！”大眼珠子爱戴高帽儿，得意扬扬，“一见姓吴的摆开的那个阵势，我就瞧出这个小子没憋着好屁。”

“看您跟公主岭的大姐儿打得火热，我真替您捏一把冷汗。”

“那娘儿们在关公面前耍大刀，错翻了眼皮！”

马驰骋却要扫他的兴，说：“你在酒量上不是她的敌手，才落荒而逃呀！”

“我那是虚晃一招，败中取胜。”大眼珠子粗脖子红脸，“我不能只顾在喝酒上争强斗胜，不管你陷进那些娘儿们的盘丝洞！”

大眼珠子的话半真半假。沈字典醉倒，吴宝顺溜席，他本想把满嘴苞米馇子味儿的女人灌得颠三倒四，丑态百出；谁想一对一喝过几个回合，那女人面不更色，从容不迫，他却胸膛燥热，头脑发晕，不急刹车便要一着棋错满盘皆输，于是耍了个赖，逃出金三角大饭店门外。他见满嘴苞米馇子味儿的女人并没有穷追不舍，就在喷水池里洗了洗脸，又蹑手蹑脚溜回去，正听见吴宝顺跟那女人嘀嘀咕咕，慌忙抽身出门，绕到二楼高级客房窗下，爬上阳台，推开窗户，跳进客厅稳坐钓鱼台。

“一定要严办这个吴宝顺！”马驰骋大发邪火，“字典，你跟他狼狈为奸，我也要跟你算账。”

沈字典大叫冤枉，说：“我跟他只不过是萍水之交，你不能棍扫一片呀！”

“你花言巧语，哄我答应租下他的二楼全部客房，把办事处的大牌子挂在饭店门口，难道你们还不是串通一气吗？”

“我只不过是……顾念旧情，给他拉一拉生意。”

“旧情难忘，‘萍水之交’四个字还能自圆其说吗？”

“我把来龙去脉说给你听，你就知道我的话没有半个字儿虚假。”

原来，吴宝顺也是本地人，念过初中，考上了北京的一所化学工业学校，学的是制造雪花膏、花露水、洗发香精之类的化妆用品。谁想，刚上一年，上边一道命令，全部中专下马，农村来的学生回乡，城市来的学生当兵。吴宝顺聪明过人，另辟蹊径，泡在城里当临时工。一九六五年他到文史馆烧锅炉，认识了在文史馆当校对的沈字典；当时，两人身份不相同，地位不平等，虽然相识却说不上交情。到一九六六年红八月，天翻地覆慨而慷，吴宝顺在文史馆扯旗造反，砸烂党委夺了印，烧锅炉的一下子占山为王，张口就是圣旨，沈字典只配给他当个抄抄写写的书吏，被他呼奴唤婢一般支配，还要感到三生有幸。然而，好景不长，乐极生悲，文史馆从九十岁的老先生到三十岁的助理员，都被打入牛棚，罚作苦役，烧锅炉也就不必雇用临时工了。南柯一梦，一枕黄粱，吴宝顺只得打起背包，回乡，闹革命。他那城里造反的手段，回到本村施展出来，眨眼之间便黄袍加身。他在本村独霸一方当了十年土皇上，一九七八年清查三类人，几十家苦主儿联名上访告状，他被判处三年徒刑。三年刑满释放，他流窜到南方沿海的一个省份，自称是日用化妆品工程师，应聘到一个乡镇厂子制作祛斑、润肤、增白、抗老美容霜；能把八十岁的老妪化腐朽为神奇，变成十八岁的红颜少女。产品畅销了好大一阵子，想不到当地一个名叫颜如玉的女演员头一天搽美容霜，脸蛋子便铅中毒，细皮嫩肉一下子变得糊黑乌青。吴宝顺被抓到公安局收容站，当了一年多苦工才放出来。公安局的收容站就像垃圾场，可算是树林子大了什么鸟儿都有。吴宝顺大开眼界，大长学问，结交了形形色色的狐朋狗友，北上之后反倒更神通广大了。

"别跟我避重就轻跑了题儿！"马驰骋握着拳头，向沈字典喊道，"我想知道你后来又是怎么跟他勾搭上的？"

"他的金三角大饭店开张，忽然来找我给他在文字上帮个忙……"

"他买一篇专访，花多少钱？"

"比刊登广告省多啦！"

这时，吉普车驶上河堤，暮色苍茫中有两个女人拦路，要搭他们的车回村。马驰骋仔细一看，正是上午见过的那个中年妇女和另一个十八九岁的姑娘。

"我们在找一个人，跟你们不同路！"大眼珠子一口回绝。

中年妇女双手叉腰，腆着胸脯子，嬉笑道："你们要找的这个人，我知道她在哪里。"

大眼珠子从鼻孔里冷笑道："你说得天花乱坠，我可不是给个棒槌就纫针（认真）。"

那个十八九岁的姑娘走上前来，说："她帮我们割了一个多钟头的稗子，说瞎话嘴上长疔。”

“我那小子来送饭，她折两根柳枝当筷子，跟我伙吃一碗面。”

“吃过饭，我们还到柳棵子地里歇了个晌。”

中年妇女和十八九岁的姑娘一唱一和，说得十分生动感人。

“我这位大姐，真是干部革命化的样板呀！”马驰骋连声赞叹。

大眼珠子仍然半信半疑，考问道：“你们说得有鼻子有眼儿，请问我们要找的这个人是男是女？”

“放你妈的狗臭屁！”中年妇女破口大骂，“不是女的我能跟她一块儿睡觉吗？”

“她叫什么名字？”

“安柳男。”

“现在在哪儿？”

“到鸡笼店看望她的老师去了。”

大眼珠子忙跳下车，深施一礼，说：“大嫂，得罪了！请您上车。”

安柳男是个铁女人，铁石心肠的女人。

她不爱哭，更不会笑，从少女时代就是一张整脸子。眼下四十七八岁了，面容未老先衰，满脸秋霜寒气。她不多说话，语言枯燥贫乏，但是这些枯燥贫乏的语言从她嘴里说出来，却具有咄咄逼人的威慑力。对上，她不谄媚，也不违抗，只以有板有眼的工作，博得上司的信任。对下，她不骄横，也不苛刻，全凭井井有条的领导，赢得下属的敬畏。她只讲利害，不顾人情。一九五七年父亲划了右，她马上划清界限；

一九六五年未婚夫在四清运动中出了差错，她立即一刀两断；嫁给老书记的大公子，并非出自爱情，而是看中公公的地位。丈夫已经跟她分居几年，乱搞女人，她并不感到痛苦，也不同意离婚。她只有一个儿子，才念完初中，十五六岁的娇哥儿生活上不能自理，她却千方百计送儿子到美国上学，而且是半工半读。儿子每回来信，都大诉苦情，老书记难过得老泪纵横，她却不动声色，看不出一丝一毫的伤感。她无所谓好恶，能左能右，可塑性极强。但是，千变万化却有一定之规，那就是不能失掉权势。

老公公离休，丈夫不可救药，自己是个副局级，小姑子爱钱从商，只有借老公公的余荫把小叔子扶植起来，才能减轻权势的衰落。当然，她充满信心，在“苦其心志，劳其筋骨”中成长起来的儿子，必能青出于蓝而胜于蓝，但是那要等到二十一世纪，远水解不了近渴。

实验县虽小，却是个不可忽视的政治舞台。舞台小天地，天地大舞台嘛！千里之行始于足下，万仞之山积于抔土，她要垂帘听政，指导小叔子治理这块起家之地，所以才冒着酷暑，旧地重游。

别梦依稀咒逝川，故园三十二年前。她阔别此地已经三十又六年了。

全国解放以前，她的爸爸在这个地区的民主县政府当教育科长，爸爸把她交给鸡笼店小学的小田先生，住宿念书。全国解放以后，她跟着爸爸进城，再没有回过鸡笼店。她自幼就不多情善感，不喜欢回首往事。不过，在她爸爸划右之前的几年，田老师常到她家做客，师生每年都见几回面。所以，她跟田老师的久别，应该从一九五七年算起。

然而，她的拜望开蒙老师，也是从利害上考虑，而不是发自感情。

田老师教了一辈子小学，最高当到完全小学的校长，这种寒酸透顶的小人物，在北京或在县城都不屑一顾，但是在这个七拼八凑的弹丸之地的实验县，却是个大大的知名之士，具有深广的社会影响。这个地区的乡、镇、村或党、政、财、文各部门的干部，十有八九都是田老师的学生。这几年社会风气在某些方面有所好转，尊师重道又被人们挂在嘴边上，田老师也就受到尊敬，还被请到中南海开过一回座谈会，田老师的学生们就更以出自他的门下为荣。所以，要想在这个实验县站得住，行得通，就不能忽视田老师的社会影响那不可估量的作用。而且，徐芝罘已经拜望了田老师，她和小叔子更不能失礼。

安柳男两手空空拜望阔别多年的开蒙老师，心里并不感到不安。她知道田老师一生清高，不受财帛之礼。而且，她身穿半旧的短袖的确良汗衫和洗得褪色的军绿裤子，梳着齐耳短发，光脚穿一双打掌的布鞋，这一身打扮所衬托的形象，必定引起田老师的好感。

三十六年的老路，连一点残迹也不见了。但是，安柳男记得，从渡口坐船，过河就是鸡笼店。她已经从稻田里的村妇乡女那里知道，在老渡口的旧址，修起了一座钢筋水泥的大桥，到鸡笼店只是一跑而过。她从西岸过桥到东岸，此时刚刚起晌，村里人还要磨蹭一会儿才能下地。虽然她也已经知道，田老师的新居坐落在村外，却不敢认定是哪个门户，便站在桥头四下观望，想找个行人问路。转动身子望了个遍，东西南北都不见人影。直到手搭凉棚瞪酸了眼珠子，才发现河湾子的柳荫下，有一位持竿垂钓的老渔翁。

“老大爷！”安柳男一边扬手呼唤，一边快步走过去。

老渔翁没有应声，也不见动静，不知是怕吓跑了水中的鱼儿，还是已经酣然入梦了。

安柳男紧走几步，只见这位老渔翁身背斗笠，昂头、挺胸、收腹、闭目、垂眉、闭嘴，盘膝而坐；身上的夏布汗衫儿被河风吹得飘动，双手紧握鱼竿却平直不颤，下垂的钓丝像站立在水面上。

老渔翁有如闲云野鹤，又好像高僧入定。

安柳男不敢惊动他，悄悄坐在一边给他相面。看他那面容，像是级别和职务都不高的离休老干部；瞧他那神态，又像是退休回乡，安度晚年的老手艺人。

忽然，鱼咬钓饵，钓竿上铃响几声，老渔翁睁开了眼，挑起鱼竿，一条三寸长短的鲫呱子在半空中挣扎。

“同志，下乡检查工作吗？”老渔翁目不斜视地问道。

“不！我是问路的。”安柳男向老渔翁靠拢过去。

“到哪个村，找谁？”

“找田老师，到鸡笼店。”

“他不在家。”

“您可知道他到哪里去了？”

“出外避难，下落不明。”

“出了什么事儿？”

“他有个学生，要当实验县的县委书记，招引了许多人找他走后门，扰得他日夜不得安生，只得潜逃为上。”

“看来您知道他的下落。”

“知道也秘而不宣。”

“我是他的学生。”

“找他走后门的都是他的门人。”

“不能排除会有例外吧？”

“那么，你一定与众不同。”

“是的。”

“请问你贵姓？”

“我姓安，叫柳男，是田老师在解放前教过的学生。”

“没听说过他有这个学生呀！”

“多年没有来往，他也许把我忘了。”

“你到柳湾村的老虎跳家找他去吧。”

安柳男却听虎色变，心跳慌神儿，不敢深入虎穴。

24

不喜欢回忆往事的安柳男，一听到老虎跳的名字，往事却历历在目，每个场面和每个细节都出现在眼前了。

三十六年前她离开鸡笼店和柳湾村，而她来到鸡笼店和柳湾村却是远在四十年前了。那时她和徐芝罘都在田老师的小学念一年级，同一间教室，同一张课桌，不同的是她寄宿在田老师家里，徐芝罘是个走读生。父母双亡的徐芝罘全靠他的干爹老虎跳一手拉扯大，老虎跳还给徐芝罘订下一个大六岁的媳妇唐大姐儿，一个锅里吃，一个炕上睡。有时候天黑才放学，唐大姐儿就背着个荆条大筐，蹲在校门口，等徐芝罘走出校门，唐大姐儿就把他抱起来装进大筐里，背起就走，健步如飞。老虎跳跟田老师是好朋友，常到学校里串门；有时送一篮子瓜，有时拎几条鱼，有时给田老师挑水，有时给田老师劈柴。老虎跳挑水不用扁担，一只胳臂挂一只大木筲，两臂平伸像一根檩条子，满漂漂两大筲水挂在胳臂上像两盏纸糊的灯笼，高兴起来还叫徐芝罘和安柳男在他的胳臂上打千斤坠儿。老虎跳劈柴，软中有硬的死榆树墩子，一镐下去齐刷刷劈成两半，然后就像刀切西瓜，横三竖四切成几瓣儿，每瓣又像刀削萝卜，一块块劈柴削得一般厚薄大小，旁观的大人小孩都看直了眼，伸出的舌头收不回去。有一回，安柳男手里玩耍一只小山喜鹊，一不小心失了神，小山喜鹊突地一声飞起来，只见老虎跳脚尖点地，飞身而起探出一只胳臂，腕子一抖就把小山喜鹊抓在手里。她还见过，老虎跳仰面朝天漂在大河上，徐芝罘站在老虎跳的胸脯上，不摇不晃比站在小船上还稳当。她在田老师的小学念到四年级，就跟随爸爸进城，没有再见过老虎跳一面。在她的童年印象里，老虎跳是个粗犷、彪悍、凶猛的汉子。她小学毕业入中学，又跟从乡下考进这所中学的徐芝罘同窗六年，升入大学还是同班。她断定徐芝罘才华出众，前程似锦，便决定取唐大姐儿而代之。从此，老虎跳便像一只愤怒的苍鹰，仿佛一直盘旋在她的头上。唐大姐儿另找男人改嫁，老虎跳也没有宽恕她，不答应徐芝罘带她下乡相见。后来，徐芝罘厄运临头，她攀上高枝儿，嫁给老书记的大公子，老虎跳心中的恼恨就可想而知了。

安柳男不愿到柳湾村去，还怕见到唐大姐儿。

她自幼就看唐大姐儿不顺眼，最看不惯唐大姐儿的粗野无礼，听不得唐大姐儿的满嘴村话。唐大姐儿跟半大小子打架，把辫子盘绕在脖子上，嘴咬着辫梢儿，一头向半大小子的胸口撞去，一只手又掏半大小子的裤裆，撞得半大小子两眼翻白，掏得半大小子鬼叫连天。唐大姐儿骂人就像家常便饭，没有一句不带脏字儿，没有一句不把男人女人那臊臭的东西挂在嘴边上。最叫她难忘，想起来就恶心的是她十一岁那年七月的一个中午，起晌之后就要跟爸爸进城，徐芝罘说定了给她送行，吃过午饭却还没有露面，气得她冒着毒热的日头到柳湾村找徐芝罘。来到徐家门口，街门紧闭，推了推才知道插着门闩，顶着门杠，却听见院里传出阵阵哭闹声。她转到后房山，扒着后窗沿偷看，只见徐芝罘身上一丝不挂，反绑着双手，捆紧了双脚，哭得满脸鼻涕眼泪。已经十七岁的唐大姐儿，光着膀子坐在炕沿上，披散着大辫子，满脸凶相，大口大口喘着粗气，两只圆溜溜挺尖尖的乳房不害羞地跳跳颤颤。

“你胎毛还没干，奶黄子还没褪，翅膀儿还没硬，就学会了吃着碗里看着锅里！”唐大姐儿手指着徐芝罘的鼻子，恶狠狠地骂道，“惹恼了我就下绝情，一把剔肉的刀子劁了你，也不能叫那小骚丫头尝了鲜儿。”

“你舌尖上长疔！”徐芝罘挣扎着哭喊道，“我不给安柳男送行，她找上门来，瞧我这个样子，你也丢脸。”

“她敢登咱家的门，我一个窝心脚把她踹出去！”唐大姐儿就像凶神恶煞，“芝罘儿，那个小丫头一肚子贼心眼儿，你跟她勾勾搭搭，早晚受她的害。”

安柳男气得从后窗台上溜下来，扭头就走，下狠心一辈子不跟徐芝罘照面了。

但是，到大学以后，她却千方百计把徐芝罘抢在手里，为报童年时代的这一箭之仇，也许是原因之一吧！然而，徐芝罘在政治上蒙冤受屈，她便残酷无情，变心变脸，正是被唐大姐儿不幸而言中，她是个害人不浅的贼心眼子的女人。

安柳男不想、不愿、不敢到柳湾村去，就从老渔翁身边站起来，假笑了一下，说："我路过此地，顺便看望田老师；他不在家，无缘得见，改日再来吧！"

老渔翁也不挽留，淡淡地问道："你要不要留下几句话，我替你转告他。"

"珍重身体，延年益寿。"

"还有吗？"

"对于他旧日的门生弟子，仍要关心严教。"

"他弟子三千人，管不过来吧？"

"我当然指的是重点人物。"

"七十二贤人，也不算少。"

"重点人物中的主要角色。"

"谁？"

"比如近在眼前的实验县县委书记徐芝罘，田老师就应该经常耳提面命。"

"教他如何当官？"

"可以讲一讲历史，借古讽今。"

"听说这师生二人，正研究王安石变法失败的原因。"

"那就请您转告他们，研究过去变法的失败，是为了今天改革的成功。"

"一定，一定。"

安柳男向老渔翁点头而别，急匆匆走回桥头。她感到身上潮热，口中干燥；却在这时，有个五六十岁的大娘，挎着一只柳篮，篮子里有个大西瓜，正从村边大道走来。

“大娘，您卖瓜吗？”安柳男上前问道。

“我的瓜不卖，是送人的。”老大娘掀起衣襟儿，擦抹脸上的汗水，“同志，您在桥头，站得高看得远，有没有瞧见一个钓鱼的老头？”

安柳男猜想，老大娘一定是那位老渔翁的老伴，忙笑脸儿答道：“我刚才还跟您家大伯聊天哩！”

老大娘脸红了，说：“您误会了！钓鱼的老头儿，是鸡笼店的田老师。”

安柳男急忙向河湾子望去，老渔翁已经不见了。

田老师悄然离去，河湾子那里只有绿树、青草、水光、云影。安柳男不但不感到羞愧，心中反倒十分窝火。

师生将近三十年不见，各自都饱经风霜，面貌变化很大，久别重逢不相识，情有可原。一九五七年的田老师，四十挂零儿，头发乌黑，脸上没有皱纹，说话轻声慢语，满身书卷气，是个文人雅士。阔别二十八年，黑发变成了白头，文人雅士变成了田夫野老，皱纹满脸一副老相，怎不令人眼生？二十八年前的安柳男还是个豆蔻年华的少女，二十八年后也变成了半老徐娘，田老师认不出她是何许人也，并不奇怪。但是，她说出了自己的名姓，田老师仍然不肯相认，而且藏头露尾地戏耍她，那就有失长者的忠厚了。

挎篮子送瓜的老大娘，气色不见老，打扮更显得老来俏。大高个儿，挺着胸脯走路，眼角眉梢挂着喜色，圆髻上插着一嘟噜茉莉香，薄纺绸的褂子，肥瘦正合身，坐在桥头柳荫下歇腿，掏出来擦汗的竟是一条花手帕。

安柳男想吃瓜，不得不跟这位老来俏大娘攀一攀交情，又笑脸儿问道："大娘，您是田老师的什么人，给他送瓜。"

老来俏大娘摩挲着黑绷筋儿的大西瓜，答道："沾我家老头子的光，虽说他比我大几岁，我却是他的干嫂子。"

"您家大伯今年高寿？"

"八十出头了，还跟小伙子似的，一顿能吃二斤肉，两膀子三四百斤气力。"

"您们老两口儿一定是绿叶成荫子满枝，儿孙绕膝阖家欢乐。"

老来俏大娘迟疑了一下，沉吟了半晌，才所答非所问地说："别看我那老头子是个绝户，有个顶天立地的干儿子，也能给他光宗耀祖。"

安柳男的心一阵突突乱跳，追问道："这位干儿子是个何等人物，能够顶天立地？"

"县委书记，官儿还小吗？"

"他……叫什么名字？"

"徐芝罘。"

哎呀！冤家路窄。怕见老虎跳，却撞见了老虎跳的老伴儿；攀交情为吃西瓜，想不到却是自投虎口。

这时，村边大道柳影中，一个苍老的老虎音连声唤道："喂！你慢慢走，等一等，我给你送来一把旱伞。"

闻其声如见其人，安柳男断定必是老虎跳出场了。是非之地不可久留，她说了声：“大娘，改日见。”急忙脱身却又一阵迷怔，竟向河湾子走去。

沿河绿树夹岸，河湾子那里更是树大根深，枝繁叶茂，浓荫铺地就像国画中的泼墨。安柳男一口气走到河湾子，回头偷眼一看，只见那位老来俏大娘正跟一个人高马大的老头子，向河湾子这边指指点点，好像从背后戳她的脊梁骨，她慌忙闪进树林里。

一阵南风，从林外吹进林中，飘来一股浓郁的鱼香气。她想，一定是田老师在林外的幽静角落，原汤炖鲜鱼，吃一顿野餐；便像猫儿追踪鱼香气味，沿着林中弯弯曲曲的小路，转来绕去奔林外走去。

走出树林，眼前却是一大片瓜田。一排排瓜垄，躺着一溜溜西瓜，就像幼儿园里的一排排小床，躺着一溜溜孩子。

瓜楼下的冷灶上，冒着炖鱼的青烟。

“田老师，我是安柳男！”她那干渴的嗓子声音嘶哑，“刚才我没有认出您老人家，失敬了。”

青烟缭绕中挺身站起一个呆头呆脑的老头儿，烟熏火燎满脸黑，不知道的只当他是穴居野处的原始人。

“买瓜呀，同志？”老头儿直瞪着两眼问道。

“买瓜，买瓜。”安柳男连忙掏出钱包，走了过去。

老头儿伸出老鸹爪似的大手，说：“给钱，买几个？”

安柳男掏出十块钱递过去，说：“我就在您的瓜楼下吃，买半个。”

“那半个我卖给谁呀？”老头儿一边翻着眼睛，一边把十元的钞票塞进裤腰的荷包里，“吃我老龙套子的瓜上瘾，半个西瓜解不了你的馋。”

老龙套子这个名字，安柳男听着耳熟，只是想不起他跟老虎跳、田老师和徐芝罘是亲是友。

“好吧，买一个！多少钱一斤呀？”

“北京城里一斤两毛四，通州城里一斤两毛二，蝈笼镇上一斤两毛整，我卖你一斤一毛八。”

“您的市场信息真灵通呀！”

“我是两只聋耳朵，更得天天打听行市。”

这个老龙套子一提起自己是个聋子，安柳男有如拨云见日，想起他来了。此人是唐大姐儿的亲舅舅，最会借聋装傻，想听见的全听得见，不想听见的全听不见，真假虚实谁也摸不透，诱人上当却是十拿九稳。

“您怎么不摘了瓜，挑担到北京、通州、蝈笼镇去卖呀？”安柳男忽然产生一种野趣，想摸一摸这个聋老头儿的心理动态。

“我画地为牢站着死，谁也别想调虎离山！”老龙套子怒形于色，“只要我一离开瓜园，那些闹红眼病的坏嘎嘎儿，就得把我的瓜园剃个精光。”

“可是您眼睁睁看着一斤少赚几分钱，难道就不心疼吗？”安柳男笑道，“您寸步不离，可以打发您的儿女进城去卖。”

“那几个王八蛋更是狼心狗肺，恨不得把我剥皮吃肉嚼骨头。”

“自己的骨血，胳膊肘儿不会往外拐。”

“他们都是我那后老伴带来的外秧儿，没有一个是我的种子。”

“看来您是认定吃亏了？”

“芝罘儿给我出了个转手得利的好主意。”老龙套子笑眯着眼睛，“老虎跳作保，这满地的瓜交给我的外甥女儿，到蝈笼镇和通州城里去卖；蝈笼镇上两毛一斤，我落一毛九，通州城里两毛二一斤，我落两毛。”

安柳男心中暗道：徐芝罘真会大处着眼，小处落墨。

这时，老龙套子拎起一只柳筐，拿起一把瓜铲，进垄摘瓜。

他每摘下一个瓜，便在手中掂量掂量，连摘了五个，招手喊道：“同志，麻烦你把大秤扛过来，咱们当场过分量。”

安柳男从瓜楼立柱上摘下大秤，看了看秤星，问道：“出门就是五十斤，一个瓜哪有这么重呀？”

老龙套子却不答话，反问道：“同志，您是北京人吧？”

安柳男扛秤走进瓜垄，说：“对。”

“恭喜您，您赚出了来回的车票、饭钱。”老龙套子把五个瓜都装进柳筐里，“十块钱买我五十五斤五两的瓜，带回北京，一斤赚六分，您白捡了三块三毛多钱。”

“您把这五个瓜都卖给我？”

“难道您还怕便宜咬了手？”

“这是霸王生意！”安柳男只得忍痛被敲竹杠，“五十多斤的瓜我怎么带得走！求您找个人，给鸡笼店的田老师送去。”

“您给我们那个土圣人上供？”老龙套子拍腿大笑，“我刚抢了他的鱼，把他赶跑了。”

安柳男后悔误入瓜园，寻找田老师扑了个空，又被老龙套子雁过拔毛，上了当还给堵了嘴。

25

不管多么庄严古板的人，也有例外。

汉武帝是真龙天子万岁爷，就连正宫娘娘也不敢在他面前口出半句戏言，但是却允许东方朔随便拿他开心取乐儿。假如没有一个人破例，当皇上的整年死板着脸子，面部肌肉就要僵化、萎缩，肚皮也会憋闷得胀破，行尸走肉何乐之有?

田老师一生不苟言笑，偏跟老龙套子一丝一毫也不拘礼。

他们是儿时的伙伴，自幼嬉笑打闹，长大成人也改不了这个积重难返的老毛病。当着田老师的门生弟子，老龙套子也不管深浅、轻重，就跟田老师胡言乱语，闹得田老师红着脸，用“童言无忌”这句话解嘲。老龙套子胸无点墨，并不懂得田老师是挖苦他像个乳臭小儿，田老师只得哀叹对牛弹琴了。

老龙套子、田老师和老虎跳虽不是桃园三结义，却是几十年的连环扣。老龙套子怕老虎跳的拳脚，老虎跳对田老师言听计从，田老师最怵老龙套子的嬉皮笑脸。

这两三年，老龙套子承包瓜田，城里人年年吃瓜供不应求，物以稀为贵便年年涨价，这块瓜田成了聚宝盆。老龙套子发了财，钱多了烧心，睡不安枕，饭菜不香。他冷淡了老虎跳，怕的是老虎跳强拳硬脚向他借贷，有去无回。不过，他跟田老师却更亲密，这是因为田老师虽然退休，每月还有将近百元的收入，铁杆的庄稼旱涝保收，不会向他伸手借钱。

瓜田闲人免进，田老师自由出入。

刚才田老师在河湾子跟安柳男久别重逢，心中留下一片悲凉。当年他待安柳男像亲女儿，想不到二十八年不见一面，不写一信，见了面又眼眶子高，睁着眼睛不认恩师。所以，安柳男向桥头走，他也急忙离去，只怕安柳男恍然大悟，回头再来找他，更惹得他心中不快。

他一拐过河湾子，便走进老龙套子的瓜田，一可以歇脚乘凉，二可以说几句玩笑话儿，舒散一下心头的气闷。

老龙套子吃住都在瓜田。歇晌时候正是偷瓜的黄金时刻，老龙套子不敢眨眼，也不敢吃饭，起了晌才在冷灶上撅着屁股吹火，热炒馊粥。

“呔！”田老师走进瓜田便一声断喝，“快准备七盘八碗，冰镇啤酒，我要吃个盘干碗净，喝个一醉方休。”

自春节以来，老龙套子邀请过田老师好几回，要请他大吃大喝一顿，田老师都不忍心叨扰。客人越是婉言辞谢，老龙套子越是送顺水人情，把请客二字叫得山响。

想不到今天不年不节，田老师突然袭击，找上门来要他落实政策。

“兄弟，我……”老龙套子抬起头，满脸挂灰，泪眼婆娑，“我倒是想买下酒肉给你准备着，可是大热的天搁不住呀！”

“甭找借口！”田老师假装大失所望，气怒发火，“你本来就是说大话使小钱，没有真心实意。”

“天地良心！”老龙套子擂着胸口，连呼冤枉。

“你这是吃的什么饭，香得呛鼻子？”田老师明知故问，“乘肥马衣轻裘，与朋友共，你应该解衣推食，款待我这个老朋友。”

“昨晚上的剩粥，一夜之间都有馊味儿了。”老龙套子苦着脸儿，从锅里刮上一铲子，给田老师看，“不得不多切葱花，多放香油，热一热，炒一炒，捏着鼻子吃下去。”

“你买个电冰箱，十天的剩粥也馊不了；准备下请客的酒肉，哪一天想吃都有现成的。”

“那要花多少钱……”

“人要当钱的主人，不能当钱的奴隶！”田老师假戏真唱，满头大汗，“把电扇搬出来，给我吹一吹风。”

“我哪有那个宝贝玩意儿呀，兄弟你就委屈一下吧！”老龙套子递过一把麦秆编的破扇子，是刚才他用来扇火的。

饥不择食，热不择扇，田老师拿过扇子猛扇一下，飞灰四起，全落在炒粥的锅里，像给老龙套子撒下一大把胡椒面。

老龙套子舀起一碗撒满柴灰的炒剩粥，一边吃一边说：“兄弟，你来得正好！我眼看又要变成穷光蛋，你得救我一命，免得把我坑死。”

“守财奴，又跟我哭穷耍赖是不是？”田老师晃荡着柳串上的几条活鱼，“我有鱼下酒，不想割你的肉。”

“我要有一句诓你，就是硬壳四爪地上爬的。”老龙套子龇牙咧嘴，哭声丧气，“那个老骚婆子，要跟我打离婚……”

“你昨晚上做噩梦了吧？”事出意外，田老师大惑不解。

老龙套子把馊得难以咽下的炒剩粥又倒回锅里，站起身伸胳臂，从瓜楼上的炕席下摸出一封信，说：“你看！老骚婆子有多么心狠手辣。”

田老师掏出信瓤儿，一目十行看了个大意，说：“老嫂子也疯魔了。”

“离婚我不怕，可她还想一刀砍下我的半扇子肉呀！”

“婚姻法规定，夫妻婚后的财产属于双方共有，离婚的时候就得平分秋色。”

老龙套子青筋暴起红了眼，喊道：“这块瓜田，老骚婆子连一根草也没有拔过，怎么能跟我二一添作五呢？”

“多年来她尽过夫妻之间的义务，当然有分享共同财产的权利。”

“你怎么站在老骚婆子那一边？”

“当年我就劝你别娶这个女人，你鼠目寸光，贪图眼前得利，才落得因小失大，悔之晚矣。”

“那你为什么还替她说话？”

“我是站在法律的立场说话。”

“你还是脚踩我这只船吧！”老龙套子打躬作揖，死乞白赖，“多好的佛法真经，歪嘴和尚也能念走了调儿；你能说会写，替我在法律上掰出字眼儿，替我打赢这场官司，我送你一台大彩电，外国娘儿们跳舞能看见屁股蛋子。”

田老师铁面无私，说：“我不想违法，也劝你守法。”

“走！”老龙套子大吼一声，劈手夺过田老师的柳串活鱼。

田老师大笑而去。

瓜楼下，遮住阳光，大块的阴凉儿，南来北往过路风，比电扇吹得还清爽。安柳男吃瓜，老龙套子吃鱼，言来语去手段巧妙，一不显山二不露水，安柳男就把老龙套子那满肚子的话都掏了出来。

“大伯，田老师不帮您的忙，您怎么不找县委书记徐芝罘那个门路呀？”安柳男好像是给老龙套子提醒儿，却是别有用心。

老龙套子大口吃鱼，闷声不响，最后连鱼汤也喝得一滴不剩，才抹了抹嘴，说：“芝罘儿是我的乡亲子侄，我得捧他当个清官，不能害得他贪赃枉法落骂名。”

“那您就得忍痛割让半壁江山了。”

“车到山前必有路，人不该死有救星。”

“路在哪儿？”

“脚下。”

“救星是谁？”

“眼前。”

“我？”

“就是你，柳妞子！”老龙套子叫着安柳男的奶名，“你从小就贼心眼子多，人大心大，还怕没有千条妙计？”

安柳男惊出一身冷汗，心在胸口怦怦跳，反问道：“您怎么见得……我是柳妞子？”

“我有一双金睛火眼，过目不忘。”老龙套子呵呵憨笑起来，却又是憨中有假，“你一进我的瓜田，我就翻开了藏在脑瓜子里的照相簿子，一篇、两篇、三篇，倒数着连翻了三十七篇，就把你的影子找到了。”

“您怎么会把我的影子留在脑瓜子里？”

“三十七年前我娶那老婆子，田老师带你到我家喝过喜酒。”

“我想不起来了。”

“贵人多忘事嘛！”

“我不过是个小小的国家干部，算得什么贵人？”

“你当过处长，又要升副局长，比县长的官儿还大，不算贱啦！”

“这个您也知道？”

“我听外甥女儿说的，外甥女儿是听芝罘儿说的。”

“您的外甥女儿……”

“你谁都能忘，不会忘了她。”

“啊，唐大姐儿。”

“安局长，咱们不算外人吧？快给我想个高招儿。”

“我也怕挨骂呀！”

“你不是本乡本土的人，骂不裂你家的祖坟；你有大靠山硬后台，骂不掉你的乌纱帽。”

“您也送我一台大彩电？”

“你家的彩电，多得码在茅厕里，这么屁轻的薄礼我怎么有脸送上门？”

“一毛不拔呀！”

“这才显得你清如水，明如镜，为民做主哩！”

安柳男咬了一口西瓜，嘴里慢慢咀嚼着，老龙套子大张着嘴，直勾勾盯着安柳男脸上的一动一静。

忽然，安柳男扑哧一笑，说：“大伯，夫妻的婚后财产，离婚要平分，这一条谁也不敢变动。”

老龙套子大失所望，连连摇头，说：“你也念这个头疼咒儿，我不想听。”

“不过，一个侧面也不能掩盖另一个侧面。”

“这句话……好像是……‘文化大革命’里的最高指示。”

“所以，夫妻的共同债务也要分担。”

老龙套子闻听此言，瓷着眼珠儿，咂着滋味儿，半晌迸发出一声大叫：“好主意！”高兴得一蹦三尺高，脑瓜顶子撞在瓜楼的横板上，肿起鸡蛋大的一个肉包。

“什么好主意呀？”安柳男沉下脸，“我可没有给您出过主意。”

“钟不敲不响，哎哟哎哟……灯不拨不亮，哎哟哎哟……”老龙套子揉着脑瓜顶子叫疼，却又满脸带笑，“安局长，话不在多，有你这一句就够我用了。”

“那就请您替我出把力，把这四个西瓜给田老师送去。”

“这四个西瓜里有一个生的，一个娄的，我给你换一换。”

老龙套子也算知恩必报了。

“舅舅，舅舅！”插满酸枣棵子的瓜田边沿，通向村口的一条小路上，一个衣衫不整的女人飞跑而来。

老龙套子手搭凉棚看一眼，拍着巴掌大笑起来，说：“能跟我合伙变戏法的帮手来了。”

“谁？”

“我那外甥女儿。”

安柳男一霎时全身的血都凉了，她这辈子可不想跟唐大姐儿还有一面之缘。如果这个满嘴脏话儿的村妇积怨难忘，翻出老账啐她的脸，骂她个狗血喷头，以她现在的地位，不但有失身份，而且是奇耻大辱。她进退两难，心慌意乱，只得侧转身子，埋头吃瓜。

但是，唐大姐儿风风火火跑进瓜田，好像目中无人，没有看见她。

“舅舅……肥猪拱门儿……越渴越吃盐……救急……救火……救命……”唐大姐儿上气不接下气，前言不搭后语，从大缸里舀起一葫芦瓢水，咕噜咕噜喝起来。

“丫头，话慢慢说，水慢慢喝。”老龙套子笑眯眯地满脸慈爱，“救谁的命？”

“救我的命！”唐大姐儿把喝干了的葫芦瓢扔回大缸里，扯一只袖子擦抹挂在嘴上的水珠子。

“怎么又救火？”

“我急得像火上房。”

“是不是芝罘儿又打发人来逼债，找我救急？”老龙套子双脚跺地，蹦了几蹦，“他一个人当清官，六亲九族都遭殃。”

安柳男猛转过脸儿，眼睛闪闪发亮。

“银行的钱不能不还，又有人给您那两个外孙子说媒，不能不掏两笔彩礼。”

“怪不得越渴越吃盐哩！”

“两个姑娘才要三千块钱，便宜。”

“果真是肥猪拱门儿。”

“掏不出彩礼钱，眼瞧着捞在碗里的面条吃不进嘴里。”

“是呀，一文钱难倒六尺高的汉子。”老龙套子抓着脑瓜皮，偷眼溜瞅着安柳男，“大姐儿，咱们求一求这位吃瓜的女同志，给你拿个主意。”

安柳男的脸色一下子刷白。

唐大姐儿是有病乱投医，顾不得察言观色，眼泪汪汪地望着安柳男，说："同志，您就给我指出一条明路吧！"

"刚才大嫂的话，我只听懂了一半。"安柳男虽然躲闪着唐大姐儿的目光，心里却沉住了气，"你说欠银行的钱，是怎么回事儿？"

唐大姐儿抹了一把眼泪，骂道："都怪我们那缺八辈子德的乡干部，为了讨上级的一个好脸儿，硬给我从银行借了钱，冒充万元户，害苦了我这个傻娘儿们。"

"扶植万元户，他们的用心还是好的。"安柳男居高临下，打起了官腔儿。

"我那干兄弟徐芝罘当上县委书记，要收回银行滥发的贷款，又拿我当典型，叫我带头还钱。"

"你有钱还债吗？"

"有人借给我三千块钱……"

"正够两房儿媳妇的彩礼。"

"不还银行的钱，我那干兄弟不答应呀！"

"两房儿媳妇可就失之交臂了。"

"一个是公，一个是私……"

"那也要分轻重缓急。"

"安局长说得有理！"老龙套子赶忙替外甥女儿烧香，"银行少这三千块钱，就像大河里少一滴水；跑得了和尚跑不了庙，今年还不上明年还。"

安柳男威严地一挥手，说："大嫂，县委副书记马驰骋也在下乡视察工作，你去找他批个条子，延缓偿还银行的欠款。"

"大河里捞针，我到哪儿去找这位马副书记呀？"

"你站在桥头，一看见一辆吉普车过来，你就挡道拦车，向马副书记诉说你的难处。"

"他能信我的话，大发慈悲吗？"

"你对他说，是安柳男叫你找他的，他一定会同情你。"

"您……你……是安柳男？"唐大姐儿的泪眼闪跳了一星火苗子，可是一碰到安柳男那目光凌厉的眼睛，又垂下了眼皮，"多谢你了。"

安柳男不冷不热地一笑，说："咱们老姐妹之间，说这话就见外了。"

唐大姐儿更低下了头，伛偻着腰向大河桥头走去。

26

一听是垂帘听政的安柳男的口谕，马驰骋是理解的要执行，不理解的也要执行，在执行中加深理解，百依百顺。并且，唐大姐儿还顶替那个中年妇女和十八九岁的姑娘，坐上了吉普车，衣锦荣归一般又回到瓜园。

"大姐，大姐！"马驰骋不等停车就跳下来，欢呼喊叫像个撒娇的大孩子。

"您是马副书记吧？"老龙套子早已在瓜田入口恭候多时，"安局长叫你们在我的瓜楼等她，她给你们预备了四个西瓜。"

前一句是真的，后一句是假的。把安柳男送给田老师的四个瓜借花献佛，是老龙套子对田老师的小小报复。

"安局长关心同志，真是体贴入微。"沈字典习惯成自然，不忘及时拍马。

“这才是当领导干部的料子！”大眼珠子拍了一下马驰骋的肩膀，“哥儿呀，学着点儿吧！艺不压身。”

马驰骋却急着面见嫂子，请示报告，问老龙套子道：“我的嫂子……安局长到哪儿去啦？”

“安局长想清静一会儿，沿着河边的小道溜达去了。”老龙套子像个服侍安柳男多年的老仆人，低声下气地答道。

唐大姐儿走后，安柳男好像无意之间问了老龙套子一句：“芝罘的老奶奶和他爹娘的坟头，还有吗？”

“平过几回，老虎跳都留下暗记，六年前又堆起来。”

“还在老地方吗？”

“没动窝儿。”

“坟地里那棵老桑树也没砍吗？”

“砍倒了老树根不断，这几年又长得有碗口粗细，年年都能摘两筐桑椹儿。”

安柳男点点头，起身走了。

她的心肠，已经不是冷酷，而是残忍。别人回忆童年时代的经历，芝麻粒儿大的小事都觉得富有诗情画意，她可没有这种虚幻的心情。二三十年来，她曾对父亲丧尽天良，对唐大姐儿弱肉强食，对徐芝罘无情无义，对没有爱情的丈夫只有利用，对娇弱的儿子威严生硬，都不曾在道德上感到一点负疚。她是个政治细胞构成的人体，对官场生活有一种米麦粟菽不可或缺的嗜好。然而，她今日此时，毕竟逗留故地，遇见故人，又没有政治斗争的对手，尤其见到她多年来心存畏惧的唐大姐儿，被她的官威震慑得软弱无能，心中一阵得意和舒畅，感情上也便松弛下来，不禁触景生情，勾起她和徐芝罘那青梅竹马年月的一点往事的记忆。

在她的记忆中出现的却是坟。

徐芝罘的老奶奶的坟，爹娘的坟，坟地里那棵老桑树。

但是，她并没有见过这三位老人。

徐芝罘落生不到一月丧母，五岁时死了老奶奶，六岁时又死了爹。她跟徐芝罘一同念小学一年级的时候，徐芝罘已经在老虎跳的翅膀下和唐大姐儿的怀抱里过日子了。徐芝罘常常到老桑树下的大坟前跪着，又扑倒在坟头上，哭着哭着就睡着了。她有时为了贪吃桑椹儿，追在徐芝罘身后到这座坟地来，也就免不了跟徐芝罘肩并肩跪下，陪同徐芝罘一对儿一对儿掉眼泪。

那个年月，乡下没有照相的，徐芝罘的娘没有留下照片；徐芝罘不知道母亲是什么模样儿，他一边哭泣，嘴里呢呢喃喃，却没有叫过一声娘。徐芝罘是老奶奶一手拉扯大的，老奶奶死时他已经记事，老奶奶的音容笑貌刻在他的心上；他一边哭一边喊老奶奶，越喊老奶奶就更哭个没完。徐芝罘跟他爹也并不亲热，给他爹的坟头磕头，却不哭也不落泪。他的爹娘的坟里还埋着一个女人，徐芝罘管那女人叫姑姑，哭起姑姑也是鼻涕眼泪四条胡同。徐芝罘哭够了，便爬树给安柳男摘桑椹儿吃，大把大把的桑椹儿揉进嘴里，吃得嘴头子紫黑。

安柳男找到了这座坟地。

坟头比过去小，却比过去高了，像两座塔。新生的桑树没有过去高大、威风、粗壮，却比过去翠绿、挺秀、富有生气。看见这两座坟和这棵树，安柳男的两腿忽然哆嗦起来；她的心里并不伤感，可是几十年前的惯性却大发作，膝头一软就跪下来。风吹桑树簌簌响，晒蔫的青草散发着克罗芳的气味，安柳男一阵晕眩，迷离徜徉起来。好像她这个干枯消瘦进入更年期的女人，一下子变成了四十年前那个梳着朝天椒小辫子的女孩儿，身边还有一个剃光葫芦头的小小子儿，不知怎么她身不由己地扑倒，抱住那座三人同穴的坟头……

“大姐，大姐！”马驰骋赶到，把昏迷状态的安柳男抱起来。

脸腮挂着泪珠的安柳男睁开眼，难为情地叫了声：“小弟！……”

“大姐，你哭了？”马驰骋吃惊地问道，“这坟里埋的是谁？”

“徐芝罘的老奶奶、父亲、母亲和他的……一个姑姑。”

“旧地重游，是不是又旧情复发？”

“放肆！”安柳男推开马驰骋，恼怒地站起来。

“我不是……故意……冒犯你。”马驰骋像个站在班主任老师面前低头悔过的小学生，“当年你甩掉徐芝罘，嫁给我哥哥，未免近视了。”

“我还是个老花眼哩！”安柳男神情沮丧，满脸悔恨，“我推荐徐芝罘当实验县的县委书记，给老爷子出了个馊主意。”

“咱家老爷子可一直夸你一眼能看三步棋。”

“我只想到他是个书呆子，忘了他是个死心眼子。”

“这个实验县是白手起家，正要他这个死心眼子披荆斩棘。”

“他开拓的是一条逆行线，跟咱们背道而驰。”

“你是不是想勒紧缰绳，拨马回头？”

“他是一头倔牛，拽断了缰绳也不后退。”

“那么，你打算……”

“他敢不扮演我给他安排的角色，我要叫他一辈子不痛快。”

“大姐，别那么西太后呀！”

“你是个草包、软蛋、棉花胎子！”安柳男声色俱厉，“你马上深入到唐大姐儿家，给我取得个皆大欢喜的戏剧效果。”

马驰骋谨遵懿旨。

给唐大姐儿家跑媒拉纤的人，竟是金三角大饭店经理吴宝顺。

吴宝顺是唐大姐儿的一门八竿子打不着的远亲。唐大姐儿十岁丧父，她娘改嫁给本村的一个杀猪的，又生下一个儿子两个闺女。这个儿子娶了个媳妇，媳妇的娘家哥哥有个小舅子，便是吴宝顺。过去，两家不但没有走动，就是走碰了头，谁也不认识谁。

唐大姐儿被乡里树立为万元户，墙里开花墙外香，门缝里吹喇叭名声在外，投机倒把、坑蒙拐骗为业的吴宝顺，以假当真，登门拜见，拐弯抹角管唐大姐儿叫大表姐。他本想凭他那吹山倒的一张嘴，连哄带唬大念迷魂咒，从这个头发长见识短的万元户的腰包里，掏出几千块钱，充当他制造更大骗局的资本。但是，他奔走唐大姐儿门下以后，一来二去便看出唐大姐儿不过是打肿了脸充胖子，没有多少油水。然而他虽然失望却不绝望，又想明修栈道，暗度陈仓，拿唐大姐儿当他巧取老龙套子的跳板，走动反而更勤了。

不过，今天他带着两个姑娘上门，却不是唯利是图，而是拿这两个姑娘当贡品，别有所求。

徐芝罘到蝈笼镇，书呆子气十足，又是死心眼子钻牛犄角尖儿；一声令下，放火烧了那些进口旧服装，又勒令金三角大饭店停业，工商管理所派人核查资金账目，整顿店风。吴宝顺心里有鬼，急得像饿狗叼了个烫萝卜，六神无主找沈字典求救，沈字典便给他拉来马驰骋当靠山；谁想他又自作聪明，利令智昏，摆下美人阵，想叫马驰骋落入他的陷阱，从此任其摆布。公子哥儿的马驰骋插个圈就钻套，老油条的大眼珠子却一眼就识破他的奸计。聪明反被聪明误，搬起石头砸自己的脚，吴宝顺面临穷途末路。那位貌似栗原小卷的女服务员小鸟依人，展翅摇翎远走高飞了。满嘴苞米楂子味儿的女人成事不足，败事有余，被他毫不留情地一脚踢开。只有那两个跟外国人拆烂污的姑娘有家难回，像狗皮膏药粘在他的身上，揭不下来，打发不走。

急中生智，灵机一动，吴宝顺猛然想起了唐大姐儿。

唐大姐儿跟徐芝罘有千丝万缕的瓜葛，徐芝罘跟唐大姐儿别有一番深情；他能讨到唐大姐儿的欢心，替他在徐芝罘面前美言几句，也许能得到皇恩大赦，他也就起死回生了。

这年头儿求人办事，没有不送见面礼的，吴宝顺送给唐大姐儿的见面礼，便是那两个有家难回而他又急于出手的姑娘。

三千元彩礼，他和那两个姑娘各得三分之一。

唐大姐儿外出借钱，那两个姑娘跟唐大姐儿的两个儿子，找地方对象去了。屋里只剩下吴宝顺一个人，心里七上八下，出来进去坐立不安。

一声喇叭响，吉普车开到门外，吴宝顺只当公安局的法警来抓他，心惊肉跳丢了魂儿；又看见从车上跳下的是马驰骋等人，更觉得末日来临，今后几年要饱尝铁窗风味了。

安柳男不愿进村抛头露面，留在了村外河边。樱桃好吃树难栽，嫂子栽得了树，留给小叔子张口吃樱桃。

马驰骋秉承嫂子的旨意，皆大欢喜要不差一丝一毫，不能哄笑了一个，打哭了一个，所以，并没有追究吴宝顺。吴宝顺急忙将功补过，彩礼调价，三千降为两千，马驰骋还夸奖了他几句。

一场虚惊阴转晴，吴宝顺陪同唐大姐儿，率领两对未婚夫妻，千恩万谢声中欢送马驰骋一行人出村。

已经月上东山，满天星斗，吉普车颠簸在乡村土路上，马驰骋和沈字典像在笸箩里摇元宵。

大眼珠子恨不得吉普车变成波音707飞机，三分五秒飞回北京城去。不想，大河桥头，一个人高马大的老头儿、一个老来俏的大娘和一位白头寿眉的老先生，横拦道路，不许通行。

“柳妞子，你给我下车！”人高马大的老头儿跨上一步，大喝一声。

“找死呀，老棺材瓤子！”大眼珠子急刹车，出口不逊。

“小子，你下车来跟老爷子走几个回合！”人高马大的老头儿拉开苍鹰扑兔的架势，“鲁智深三拳打死镇关西，我一擂子就揍出你的牛黄狗宝。”

马驰骋息事宁人，从车窗探出头去，问道：“大伯，您找谁？”

“安柳男！”人高马大的老头儿两眼冒火，“我要问她，她为什么不认老师，不见长辈，难道满肚子墨水染黑了心？”

马驰骋打开车门，请老头儿搜查，说：“安柳男不在车上。”

“柳妞子，你要不是心虚理亏，那就跟我老虎跳照个面！”

老人吼声如雷，大河上轰隆隆响。

吉普车像落荒而逃，爬上京津公路，只见狼狈不堪的安柳男从乱草蓬蒿中钻出来，面无人色，形容枯槁，像个孤魂野鬼……

27

耳边好像听见咣当一声响，昏沉沉的老龙套子抬了抬眼皮，恍惚看见悬挂在山尖树杈上的夕阳，眨了眨眼一缩脖儿，骨碌滚下西山背后。

摘下红灯笼，换上白灯笼；日落西山之后，月上柳梢头。

老龙套子不吃不喝，一动不动，躺倒在瓜楼上，已经溜溜一天了。

不吃饭省下柴米，老龙套子十分高兴；两碗剩粥喂鸡，至少多捡两个蛋，能卖三毛钱。可是，喝干一条大河也不收分文，一整天滴水不进，老龙套子感到吃了亏。

老龙套子想爬起身来，跳下瓜楼，连喝三大瓢水，润透了喉管，扯开直筒的嗓子，放声大唱：

我的力气大无穷，
拎起两盏纸灯笼；
门前一张蛛蛛网，
一拳打个大窟窿……

他从小听过不知多少出野台子戏，一不爱柳眉杏眼的小旦，二不迷虎啸龙吟的武生，却最喜欢张牙舞爪的二花脸，掐头去尾记住了不少二花脸的唱词儿。二花脸的唱腔阴阳怪气，收字要用炸音，吓得钻垄偷瓜的孩子哭爹叫娘，尿湿了裤子。

一连五年承包瓜田，老龙套子发了财，存款有多少却秘而不宣，老虎钳子也撬不开他的嘴。瓷公鸡，铁仙鹤，玻璃老鼠琉璃猫，谁也别想从他身上拔一毛。沿河十几个村庄，只有一个青年考上外省的大学，家里吃饭的人多，挣钱的人少，上大学有心无力；本地德高望重的田老师，亲自出面，四处奔走，要给这个青年募集一笔奖学金。田老师拄着拐杖，来到瓜园募捐，话刚出口，老龙套子那张冷冰冰的老脸便挂了下来，活像野台子戏里的丧门神。

“他念出大学，挣钱拿回他家里！我不想割自个儿的肉，喂别人家的画眉子。”

几句不通人情世理的二花脸白口，戗得田老师跌了个仰八脚儿，呼吸困难，脸色乌青，差一点儿迸发心脏病。

发了财的老龙套子，跟穷得一无所有的老龙套子判若两人。

当年他娶那个带着四个犊儿的寡妇，入社以后只有他一个人挣工分，却有六张嘴吃饭；常吃韭菜，老吃菠菜，一年到头吃一顿饺子，大冬天穿空心棉袄，几口人滚一条被子，也没见他皱过眉头。四个儿女长大成人，各立门户，连老伴也给嫁到城里的女儿当老妈子，没有一个人管他。他给大队喂牲口，一年四季住牛棚，饥一顿饱一顿，房顶漏雨，墙缝钻风，也仍然嘻嘻哈哈，喜眉笑眼。谁想这几年膘肥肉厚油水多了，却一天到晚眉头子挽个鸡蛋大的疙瘩，哭丧着脸见煮饽饽都不乐；存款一万以后，更是见人就唉声叹气，伛偻着虾米腰，脑瓜子扎进裤裆里。

仰脸的娘儿们低头的汉子，咬人的狗不龇牙，老龙套子老奸巨猾了。

他的变化，人人奇怪，可就是猜不出是何原因。后来，还是跳大神的老头子油炸鬼，解开了这个谜。

有一回，老龙套子亲自到北京朝阳门外农贸市场，卖最后一车拉秧的西瓜。一手交钱一手交货，老龙套子接钱装进腰包，牵牛赶车回家；匆忙中有人擦身而过，撞了他一膀子，他还给那人赔个笑脸儿，反骂自己不该挡道。早瓜已经收尾，晚瓜还得过几天上市，农贸市场的西瓜缺货，老龙套子这一车拉秧的瓜卖了个头茬的价儿。财神爷看谁顺眼，栽个跟头也能捡着一锭马蹄金。老龙套子喜出望外，回家急忙关门点票子。脱下小褂一摸裤腰，鼓囊囊的荷包只剩下两层皮，他大叫一声便昏死过去。

西医妙手回春，中医起死回生，老龙套子醒转过来。可是，一见那干瘪两层皮的荷包，却又咧开大嘴，打着滚儿号啕大哭，疯魔入窍了。

跳大神的油炸鬼，专治疑难杂症。十块钱驱邪，二十块钱还魂，一张鬼画符卖十五块钱，可算是一本万利，比老龙套子种西瓜更能招财进宝。这个行当不能领取营业执照，只能地下活动，却又不必向工商管理所缴税，也比老龙套子种西瓜上算。

油炸鬼好吃懒做，也就并不贪得无厌。三年不开张，开张吃三年。做一笔生意够花一阵子，猫在家里吃香的喝辣的，直到粥锅里照影子才出马。油炸鬼出没无常，公安局防不胜防，也就睁一只眼闭一只眼；油炸鬼是姜太公钓鱼，迷信脑瓜子的人自愿上钩，拦也拦不住。

老龙套子中邪闹妖，正是送到油炸鬼嘴边的一块肥肉。

这是个新旧交替而又互相渗透的年月，跳大神也大有时代特色。跳大神的过去手执碧桃剑驱邪，油炸鬼却拿的是带电的警棍捉妖，百分之百的灵验。

老龙套子急火攻心，又被气迷心窍，围绕瓜楼转来转去，上蹿下跳，骂两句喊几声，哭一阵笑一会儿，嘴里唠唠叨叨："正月里是新春，一车黄瓜一车金……"手舞足蹈像二花脸在野台子上跳加官。

一见油炸鬼，老龙套子扑上前来，油炸鬼一点也不惊慌，满脸邪不压正的自信神气，将带电的警棍直筒筒捅过去，老龙套子像被一斧头砍断了树根，咕咚一声仰面朝天倒地，扔胳臂蹬腿像抽羊角风。

"扫帚不到，灰尘照例不会自己跑掉！"油炸鬼断喝一声，又照老龙套子的脑门子连击三掌，"吴大箍子，你死了六十年，糟朽了骨头沤烂了肉，竟敢贼心不死，阴魂不散，我要把你打翻在地，再踏上一只脚，叫你永世不得投胎。"

油炸鬼满嘴新名词儿，跳大神的咒语也现代化了。

盐卤点豆腐，一把钥匙开一把锁；油炸鬼一声断喝三击掌，把老龙套子从望乡台上唤回来。老龙套子打了个响如二踢脚爆竹的喷嚏，死鱼眼珠儿滴溜溜转起来，刚一清醒就喊叫饿断了肠子。

外甥女儿给他熬得一锅粥，烙了三张饼，他就像风卷残云，吃了个一干二净。

死了六十年的吴大箍子，原是六十年前蝈笼子镇上的一个大财主，家有良田二十顷，三座青砖瓦垛大宅院，六头骡子八马匹，满圈的肥猪肉蒲团，栏里的山羊比牛大。吴大箍子是放印子钱起家，放印子钱的人都是心黑、财狠、一脸死相，穿得破破烂烂的像沿街乞讨的叫花子，怕的是走村串户做这种驴打滚儿生意，腰里的钱插子露了馅儿，被强人拦路，套白狼打闷棍。所以，他晚年发了大财，也仍旧是早年放印子钱的打扮。老龙套子九岁到吴大笣子家放牛，那时他叫小套子。牲口棚外，有个抹着泥顶的麦芋囤子，小套子掏个窟窿，就是夜晚睡觉的窝儿。吴大笣子心疼灯油，天黑上炕，鸡叫起床。下炕直奔麦芋囤子掏窝儿，一拧小套子的耳朵，把小牧童儿拽出来。头顶着星星，脚蹬着露水，吴大笣子背着粪筐走在前面，迷迷糊糊的小套子背着粪筐紧跟在他的身后，深一脚浅一脚难免马失前蹄，摔了几跤才大梦方醒。主仆二人走遍村外东西南北的每一条大道小路，各捡半筐，合二而一，小套子背回家去，倒在大场上，像堆起一座座坟头。

有一年，二月二，黑夜下了一阵雪夹雨，大道小路都冻上一层白窗纸似的冰碴儿。小套子跟随吴大笣子围绕村子转三圈，分工合作也没有捡到一筐。天麻麻亮正要打道回府，却只见一辆一马一骡的花轱辘车，从晨雾中慢跑而来。吴大笣子像猎狗扫见了兔影，三蹿两蹦扑奔过去，形影不离的小套子也紧追快赶他的老东家。

花轱辘车上八只荆条大筐，每只大筐都装满顶花带刺的早黄瓜。吴大笣子惊叫一声，目瞪口呆，垂涎三尺，两脚不知不觉伴着骡马蹄声，一溜小跑追随花轱辘车。

赶车的是个老把式，押车的是个携着算盘的管账先生。老把式怀抱大鞭，挺着腰板跑四六步，旁若无人；算盘珠子哗啦啦响的管账先生却常常回头，恶狠狠地瞪吴大笣子一眼。

吴大笣子一点也不自觉，踩着他的脚印的小套子气喘吁吁，从背后悄悄扯了一下他那打满五颜六色补丁的破褂子。哪知这件破褂子新三年，旧三年，缝缝补补又三年，一扯就扯下老大一块，好像掰下一大块煳饼。

“老东家，您伸长脖子死盯着人家车上的黄瓜，小心抻断了脖筋！”小套子没有老东家的脸皮厚，看他那副馋猫饿狗的下作模样儿，管账先生的一个个白眼，脸上热辣辣发烧。

“我……心疼……心疼呀！”吴大箍子揉着胸口，满脸痛苦神色，“我的暖洞子的黄瓜刚开花，他家的黄瓜就上了市，这……这是抢我的财路。”

“天上下洋钱，也不能都落在您家院里呀？”小套子嬉笑着劝道，“您舍不得吃，舍不得穿，又不开粥厂，舍暑药，就别那么见钱眼红了。”

“小兔崽子，你再敢跟我多嘴，我割下你的舌头！”吴大箍子不但不听良言相劝，反倒狗咬吕洞宾，臭骂了小套子一顿，又追赶花轱辘车。

花轱辘车站住了。

“老叫花子！”管账先生粗声恶气，“你贼眉鼠眼的想偷嘴吗？”

“我不过是想多看两眼。”吴大箍子点头哈腰，嘴角淌着口水，“你要肯掰下一块叫我尝尝鲜儿，可算是积德行善了。”

管账先生嘿儿嘿儿冷笑道：“你长着一副好牙齿吗？”

吴大箍子龇开满嘴黄牙板子，说：“我咬得断金箍棒，嚼得碎石蛋子。”

“我不是大慈大悲的活菩萨。”管账先生伸出一只抓挠的手，“要想吃，拿钱买。”

“多少钱一条？”

“五升玉米。”

“这一车有多少条？”

“九百九十九，差一条不够一千。”

“我都买了。”

“你买得起吗？”

“有多少车我买多少车。”

“你吃得了吗？”

“吃不了喂猪。”

“这一车黄瓜送到哪儿去？”

吴大篼子从筐里拿起一条咬了一口，说：“那九百九十八条，都送到我家的猪圈去。”

小套子带路，花轱辘车赶进蝈笼子镇。跟吴大篼子那三座宅院隔一条大车道，是一座十亩大场，长工棚子连着牲口棚，牲口棚连着猪圈羊栏。花轱辘车进场的时候，长工们正吃早饭，稀粥贴饼子，老腌咸菜疙瘩，眼巴巴看着金花绿刺儿的鲜黄瓜喂了猪、羊、骡、马，人不如畜生。

花轱辘车一连五趟，拉走了四十九石九斗五升玉米。

吴大篼子一下子百里闻名。

不过，转年二月二，吴大篼子的黄瓜就抢了早，一条六升玉米，先赔后赚，利上加利。

把一个小钱看得比磨盘大的吴大篼子，撒手归西两三年，他那六个败家子儿，不到几年就花光了他留下的金山银垛的家财。蝈笼子镇在兵荒马乱的年月化为废墟，这六个败家子儿也便鸟兽四散，流落到北运河两岸的几个村庄。土改运动，六个败家子儿都歪打正着，三个划成贫农，两个划为游民，一个划的是中农。其中一个划为游民的儿子，繁殖了个儿子叫吴宝顺，造反起家，春风得意，还当过几年党支部书记。这几年虽然丢了党票，栽下宝座，眼下却又摇身一变成为大能人，走南闯北路路通，常到老龙套子的瓜田打转转。

老龙套子并没有想过，自己要当吴大箍子的翻版。可是年过七十，腰里有了几个钱以后，竟不知不觉地在面貌上，再现了六十年前的吴大箍子形象。一天能吃三顿饱饭，夏天有一件汗衫儿，冬天穿上老羊皮袄，就已经心满意足。从惊蛰一犁土到小雪封地，大半年光脚丫子；出趟远门，一双鞋插进裤腰带里，进镇入村才穿在脚上。

西装革履的吴宝顺，头上脚下港澳商人打扮，卷着舌尖子说话，更酷似外籍华人。他来到老龙套子的瓜楼，扔给老龙套子一支进口的过滤嘴洋烟，便找个高粱叶子拧成的蒲团坐下来，一国际二国内，三首都四本地，谈天说地聊闲篇儿，拐弯抹角转入正题。

"老龙大伯，您这片瓜田，不过是老鼠尾巴长疖子，没有多大脓水。"吴宝顺吹口哨，颤腿子，喷烟圈儿，"我给您指出一条日进斗金的生财之道，不知道您想走不想走。"

老龙套子闭关锁园，睡觉都闭一眼睁一眼，不管过去多亲近的人，谁到瓜田来坐一坐，他都只当是夜猫子进宅；吴宝顺坑、蒙、拐、骗无所不通，老龙套子更断定他是黄鼠狼给鸡拜年。

"小子，你是哪天换上的一颗好心眼儿？"老龙套子脸上死板一块，并不动心，"大块儿的坛子肉，你能夹到我碗里？"

"大伯，您别开口就封门呀！"吴宝顺嬉皮笑脸中又有几分焦躁，

“我想集资合股办个土银行，您算个大股东，身不动膀不摇，金票长腿跑进门。”

“县里的银行，乡里的信用社，财大气粗，你能打开场子？”

“我的土银行利钱大，一个月一收账，当年能翻本儿，县里银行跟乡里信用社啃我的剩骨头吧！”

“你这是祖传秘方，驴打滚儿呀！”

“这叫开展民间信贷。”

“高利贷！”

“那是老牌子，咱们换个时髦的商标。”

“新鞋不踩臭狗屎，我不想跟你合伙坑人。”

“您不坑人，有人坑您。”

“谁？”

“三天之内见分晓，您等着瞧吧！”

28

三天不见动静，四天便有人破门而入，哭天叫地要瓜分他的财产，少给一分一厘也不行。敢跟老龙套子开这个口的天下只有一人，那就是跟他分居十五年、年龄比他大八岁的老伴花蚊子大娘。

花蚊子大娘已经八十，倒退五十年外号叫小花蚊子，原是吴大箍子的三儿媳妇。丈夫吃喝嫖赌，她也坐地招蜂引蝶，两口子心照不宣，井水不犯河水；有时丈夫突然回家，进屋堵住了野汉子，扭头就走，与人方便。土改那年被划为游民，却分到三间瓦房和十八亩地。败家子儿的丈夫身在福中不知福，丢不下酒色财气，跑出去当还乡团，头一回上阵就吃了几颗枪子儿，死尸躺在河滩上喂了野狗。小花蚊子四十出头儿，已经吸引不了飞来飞去的采花蜂，就想改邪归正过日子。小花蚊子相中了老龙套子力大如牛，又不贪吃草料，是个土里刨食低头死受的憨蛋，老龙套子看上了小花蚊子那十八亩地三间房，两厢情愿，一拍即合。于是，小花蚊子带着跟丈夫和情夫所生的四个儿女，还有土地房屋，嫁给了老龙套子。明眼人一看便知，老龙套子必定贪小利而受大害，只是他财迷心窍死脑筋，逆耳忠言听不进去。小花蚊子嫁到老龙套子门下，影斜身子正，敢说再没有发生一星半点的风流韵事，可就是打定主意不给老龙套子生个一男半女。作风不正的农村女人，都积累一套避孕打胎的诀窍。小花蚊子变成了花蚊子大娘，老龙套子也就落得个断了根儿的绝户。十五年前花蚊子大娘进城给女儿哄孩子做饭，从此便死活不跟老龙套子照面。前些日子花蚊子大娘忽然从天而降，光临瓜田，夫妻相见都眼生了。

是呀，十五年前分别之时，花蚊子大娘六十五岁，老龙套子五十七岁，十五年后久别重逢，一个八十，一个七十二，面目全非矣。

都说久别胜过新婚，七十二岁的老龙套子早死了这条心，唤不回当年同床共枕的甜蜜回忆了。花蚊子大娘为了讨俏，核桃大的疙瘩上还插着一朵粉个嘟噜的红绒花，老龙套子一看就更眼里出火。果然，来者不善，善者不来，花蚊子大娘听说老龙套子成了万元户，这才千里迢迢前来向老头子伸手，要一大笔钱给女儿买彩电和摩托车。

“老骚婆子，滚！”老龙套子气得像一头竖起尾巴的疯牛，手里挥舞着寒光闪闪的瓜刀，圆瞪着铜铃大的眼珠子，一步步逼得花蚊子大娘退出瓜田。

花蚊子大娘跟老龙套子在一个被窝里睡过二三十年，最了解老龙套子的牛脾气，惹恼了他真敢刀刀见血。

在花蚊子大娘背后，虽没有左军师卧龙，右军师凤雏，她那个女婿和女儿，却也是满肚子钟表瓤子螺丝转儿，一眨巴眼儿就想出个鬼点子。花蚊子大娘大败而归，在女婿和女儿的挑唆下，到法院起诉，要跟老龙套子打离婚。

老龙套子接到花蚊子大娘的通牒，随时听候传唤，公堂相见。

民事法庭案子多，人手少，效率低，花蚊子大娘的状子排不上号。以先来后到为序，她的离婚案，最快也要等到第七个五年计划的最后一年的最后一个季度的最后一个星期，才能审理。在这几年里，还不能排除大案要案必须优先提前解决，也不能排除某些案子走后门加塞儿，颠倒了顺序。如此，民事法庭审理花蚊子大娘的离婚案，也就遥遥无期了。

花蚊子大娘急不可耐，卷土重来。在她的身后，不远不近跟随着女婿和女儿，像两名保镖，是她的强大后盾。所以，闯进瓜园，有恃无恐，大哭大闹，以势压人。

老龙套子却一反常态，骂不还口，打不还手，就像面对一个花大价钱买瓜的大主顾，笑脸迎客。

“我不想跟你……多费唾沫……耍贫嘴啦！”八十岁的花蚊子大娘声嘶力竭，锐气大减，“国法上白纸黑字有明文，夫妻有福同享，银行里的存款是咱俩的，一分钱也得掰两瓣儿。”

“国法就是圣旨，我不敢牙迸半个不字儿。”老龙套子装出一副低眉顺眼的样子，“不过，烙饼也得翻个儿，国法不能只说一面理。”

“你胆敢猜疑国法不公平？”

“我敢打赌，国法上写着夫妻有福同享，也得写着夫妻有难同当。”

“这……我得打听打听。”

花蚊子大娘退出瓜园，翻过河堤，向隐藏在野麻地里的女婿和女儿请教。

女婿和女儿的回答是肯定的。

于是，花蚊子大娘又重返瓜园，鹦鹉学舌。

“好呀！”七十二岁的老龙套子，竟像七岁的顽童下夹子打着一只贼鸟儿，狂喜得拍着巴掌蹦跳，“你跟我一对一分钱，理所应当；我欠下的一屁股两肋账，不多不少也有你一份儿。”

“老东西，你……你睁着两眼说瞎话！”花蚊子大娘想不到老龙套子倒打一耙，一时慌了手脚，“谁不知道你是万元户，万元户怎么会欠下一屁股两肋账？”

“那是只知其一，不知其二；我这个万元户，是腰里掖个死老鼠，冒充打猎的，弄虚作假。”

“你为什么要鼓起腮帮子假装猪头？”

“蒙骗政府得奖金，还能买平价化肥。”

“空口无凭，有谁为证？”

“我！”

瓜楼上有人高声答应，老龙套子的亲外甥女儿，孙二娘转世的唐大姐儿出场了。

“你们……串通一气……”花蚊子大娘寡不敌众，已经心虚胆怯，

“你舅舅……欠谁的钱？”

“我的！”

“谁给你当见证？”

“看！”唐大姐儿从怀里嗖地掏出一纸文书。

“我……不识字儿……”花蚊子大娘有气无力，哼哼唧唧了。

“把你的狗头军师找来！”唐大姐儿双手叉腰，脚站丁字步，摆出打死架的气势。

花蚊子大娘只得又出园翻堤，到野麻地里搬兵。

女婿是外姓人，不便露面，花蚊子大娘的女儿只好爹起胆子强出头。她自幼有一张俏眉俊眼粉嫩的脸儿，村野出生却是一条小姐的身子。亲娘娇惯她，后爹管不了她，十二三岁就学会了飞眼儿吊膀子。多亏唐大姐儿盯得紧，一见她轻模贱样儿就非打即骂，拈花惹草的嘎小子也怕唐大姐儿砸他们家的饭锅，她在进城之前才没有失了身。

花蚊子大娘的女儿从小被唐大姐儿吓破了胆，事过多年已经四十岁，一听唐大姐儿的名字仍然脑瓜子生疼。

她抖索双手，接过唐大姐儿从瓜楼上扔下的借契，只见借契上写得一清二楚：老龙套子欠下唐大姐儿大洋一万一千元，雪白的高粱纸上按着大红手印。

“谁是中保人？”花蚊子大娘虽老而不糊涂，细心地问道。

女儿泄了气，小声念道：“吴……宝……顺……”

“吴宝顺！”老龙套子也吓了一跳。

唐大姐儿急忙给他丢个眼色，说：“千年的字纸会说话，舅舅腰里没钱也赖不了账；我娶儿媳妇等钱用，舅妈跟表妹先还个一千块钱的零头吧！”

“大姐儿，你……撒谎……瞒不了自家人！”花蚊子大娘背水一战，反扑过来，“你一个寡妇，拉扯着八个孩子，穷得身无分文，掉在河里水上漂，哪儿来的一万一千块钱借给你舅舅？”

“舅妈，您死抱着隔年的黄历，可就老眼看人低啦！”唐大姐儿嘴尖舌巧，出口成章，“我是全乡响当当的万元户典型，县里的广播站早替我天下扬名了。”

花蚊子大娘和女儿张口结舌，只有三十六计走为上策。

老龙套子见老伴和女儿落荒而去，一扫愁眉锁眼，笑眯眼睛望着外甥女儿，说：“你唱了一出空城计，替舅舅解了围，只是不该找吴宝顺那小子当中保人。”

接到花蚊子大娘的通牒，老龙套子得到安柳男指点，跟唐大姐儿假立债据，变了个戏法儿巧渡难关。

“除了吴宝顺有一颗贼胆子，谁敢给您做假证？”唐大姐儿拉长了脸，“您心里凉快了，我的胸口上可架着一团火哩！”

这位响当当的万元户，才是个货真价实的假典型。乡干部替她从银行里借钱，花花绿绿的人民币把她装扮起来，大会小会和广播喇叭将她吹得一步登天冒了尖。乡干部把政治上的戏剧效果赚到了手，也就像狗熊掰玉米，扔下她又去制造新典型了。眼下，银行催讨欠款，刻不容缓，急得她像热锅上的蚂蚁，乡干部却没有一人替她美言两句，而且避之唯恐不及，不管她的死活了。

“儿呀，你沉住气！”老龙套子哼哼哈哈，漠不关心，“银行不敢扒你的房，公安局也不会抓你坐大牢。”

"人要脸，树要皮，我不能跟国家死皮赖脸呀！"唐大姐儿眼泪围着眼圈转，"舅舅，您借给我两三千块钱，先还上一笔，才好意思跟他们讨个缓交。"

"我的存款是死期的！"

"死期也有个灵活性儿。"

"那我就少得利息了。"

"亏您多少，我补多少。"

"我从银行里支钱，还你欠银行的债，跟我不支你不还，半斤八两一个样。"

唐大姐儿被气得脸像白菜叶子，跳下瓜楼，大哭着回家去。

"老龙套子，你这个知恩不报的小人！"一声怒叫，一副凶神恶煞模样儿的吴宝顺，冲进瓜园，"你过河拆桥，卸磨杀驴，念完经打和尚，那你就怪不得我反咬一口，入骨三分。"

"谁的裤裆破了个窟窿，露出了你这个小子？"老龙套子也会转弯子骂人。

"我要路见不平，拔刀相助，到法院告你！"吴宝顺眼里射出凶光，满嘴喷溅唾沫星子。

"到法院告我？"老龙套子呸地啐了口唾沫，"狗咬刺猬你怎么下嘴？"

"你欠唐大姐儿一万一千块钱，连两三千块钱都不肯还给她；我这个中保人是个哑巴，也要开口说话。"

"那是一张废纸，假的！"

"有你的手印指纹，弄假成真了。"

“原来你这小子挖了陷阱，诓我倒栽葱掉下去？”

“我还要串连花蚊子大娘，揭你的老底儿，给你个两下夹攻，叫你腹背受敌。”

老龙套子一屁股瘫坐在地上，就像被一闷棍子打蒙了头，呼吸短促，两眼翻白，嘴唇发紫。吴宝顺却嘴叼着香烟，抱着肩膀，冷眼旁观，扬扬得意。

半晌，老龙套子吐出一口浓痰，长吁了一口浊气，说：“小子，我算认得了你！你真是你爷爷的纯种儿。”

“离题千里，少说闲话！”吴宝顺不耐烦地拧起眉毛，“响鼓一槌，快马一鞭，您割肉不割肉，出血不出血？”

老龙套子呻吟了一声，蔫头耷脑，说：“我借给大姐儿两三千块钱，叫她赶快把那张假文书还给我吧！”

“我鞍前马后，奔走跑腿儿，难道您在我身上就没有一份人心？”吴宝顺这才书归正传，露出真面目。

“没有你挑词架讼，我怎么会闹得阖宅不安，鸡犬不宁？”老龙套子直着脖子喊叫，“你抱两个西瓜，滚蛋吧！”

“我滚到哪儿去？”

“投河溺井撞汽车，随你的便。”

“那我就滚到花蚊子大娘门下当谋士，您看好不好？”

“三姓家奴贱坯子！”

“我是苏秦佩六国相印。”

“想诓我的钱放高利贷，我不上你的当。”

“土银行我也不想开办了。”

“不是日进斗金吗？你怎么又吃素啦？”

“那是我的远景规划，眼前我要高楼万丈平地起。”

“你想怎么坑害我？”

“我要给您当顾问，教您过日子。”

“你爷爷那一套，我比你内行。”

“守财奴，钱里蛆，那叫过日子吗？”吴宝顺歪着嘴冷笑，“玩命地干，拼命地玩，能挣会花才没白活一辈子。”

“我土埋到嗓子眼儿，学不会吃喝玩乐了。”老龙套子是钻不透的死榆木疙瘩，凡心不动。

吴宝顺阴森森地怪笑起来，说：“那您就等着撒手归西，十指攥空拳，一肚子糟糠臭块地，万贯家财留给儿孙们五马分尸，像我爷爷一样，委屈不委屈，冤枉不冤枉？”

这几句话，竟比油炸鬼的咒语还灵验；老龙套子虽没有被发聋振聩，却也似有所悟。

“我该怎么吃，怎么喝，怎么玩，怎么乐呢？”老龙套子像要提出“十万个为什么”，不耻下问起来。

“大伯，我现在是北京一家贸易中心的特约推销员。”吴宝顺亮出牌子，和气生财，嘴儿甜起来，“我帮您买一台彩电，一台电冰箱，一台电风扇，使您生活现代化。”

“这要花多少钱？”

“朝里有人好做官，近水楼台先得月，有我的面子，只收您个出厂价儿。”

“买卖交易，不能含糊，你还是说个准数儿吧！”

“彩电一台一千八，电冰箱七八百，电风扇二百上下。”

“我的妈呀！你这是想一口把我吞下去不吐核儿。”

“嘻！还没割肉就喊疼了。”

“我……我买一把……电风扇……”

“二百块钱的生意，我不想磨一回脚掌子。”

“那就再添……一台……电冰箱。”

“交一千块钱吧！多退少补。”

老龙套子就像从肋条上把这一千块钱摘下来，每张钞票都挂血丝子。

外甥女儿借走三千，吴宝顺拿走一千；于是，老龙套子昏昏沉沉躺倒在瓜楼上，溜溜一天不吃不喝，一动不动。

吴宝顺一去不回头，拿着这一千块钱下赌场，四乡八镇转了个遍，几个月就赢得上万元。老龙套子等了一天又一天，盼了一月又一月，立冬那天吴宝顺才把电风扇送来；老龙套子正身患感冒，捂着三床大被子发汗，电风扇一吹更要转成肺炎了。

电冰箱呢？冬至数九货才到。老龙套子昨晚的剩粥，一夜之间冻成了冰坨子，正烧红了铁锅化冻。这个季节的电冰箱只能待业，春暖花开才有用场。

29

半个月，九乡一镇都留下了徐芝罘的脚印。这位四十七岁的地方志学者，最后狠下心来，中断自己那即将完成的学术专著，当三年县委书记。

这个县的县境，将以清朝顺治十六年以前的漷县南部为主，同时划入大兴县的东南一角，而且还要从天津市的武清县和河北省的香河县并入二十几个村庄，类似元朝的漷州，只是比漷州小得多。《辽史》《元史》《寰宇通志》和《方舆纪要》中记载：漷县原名霍村镇，辽代改为漷阴县，元朝至正十三年升格为漷州，并且管辖武清和香河两县。明朝初年，降为漷县，受通州管辖，清朝顺治十六年更被裁撤，并入通州而名实俱亡了。

北以漷河为界，东临北运河，西到凤河东岸，这是北京地面，而南界是以漷水铺为起点，经河西务，至扳罾口画一道曲线，便是从河北省和天津市收复失地了。目前，在蝈笼子镇挂出的实验县筹备处的牌子，只能在北京地面被非正式地认可。

徐芝罘周游这九乡一镇，差不多没有想过自己是即将上任的县委书记，而是以地方志学者和社会学家的眼光和兴趣，对这一方的地理环境和风俗民情，进行全面深入的考察。在他的尚待完成的地方志专著里，这一方已经占有几页篇幅，然而那不过是照录史实，现在却是从改革和变化的角度观察这里的风貌了。

他最感到痛惜和念念不忘的是延芳淀。

《辽史》记载延芳淀“方数百里”，从九八九年（辽统和七年）到一〇〇二年（辽统和二十年）的十三年间，辽主率领皇族和群臣到延芳淀弋猎七次。而且，早在九八六年（辽统和四年），辽主就命令皇族在延芳淀庐帐驻留，并且在九九五年（辽统和十三年）为辽景宗和皇太后在延芳淀塑立石像。

距今一千年前，延芳淀本是北京东南郊的一个大湖。

但是，在朱彝尊于清康熙二十五年（一六八六年）编辑《日下旧闻》时，“方数百里”的延芳淀已经大大缩小。《日下旧闻》摘引《燕山丛录》：“漷县西有延芳淀大数顷。”这个“数顷”姑且以九顷计算，也只有五万四千平方丈，不过三百丈长，一百八十丈宽，约六里多，不足七里。不过，这六七里的小小水泊仍然“中饶荷芰，水鸟群集其中”。然而，到于敏中等编纂《钦定日下旧闻考》的乾隆三十九年（一七七四年），即又过了九十年光景，“延芳淀久湮废”而名存实亡了。话虽如此，遗迹尚存，徐芝罘的童年和少年时代，跟随长辈赶集、逛庙、走亲戚，几回路过延芳淀，延芳淀的遗迹上是一眼望不到边的芦苇，芦苇丛中掩映着片片水洼，看得见竭泽而渔的叶叶扁舟。每逢大涝之年，这里又是一片汪洋，大水连天。全国解放以后，修建水库，遏制山洪，免除了水灾，延芳淀遗迹便越来越遗而无迹了。后来，更广打机井，抽用地下水，芦苇也难生存，只留下大片碱地。兴师动众，改天换地，平整地面，引种稻米，也未能沧海变良田。这几年，大部分土地无人承包，小部分被迫承包下来也不用心下力，芦苇已经绝根，眼见的是草盛豆苗稀的荒芜景象。

不仅恢复方圆数百里的大湖是个空想，就是恢复大数顷的水面，也不切实际。但是，能不能人工植苇，在芦苇上做一做文章呢？

从延芳淀南行四五里，有汉朝京兆尹张敞的坟墓，人称画眉郎墓或画眉冢。张敞与夫人情爱深笃，夫人每日梳妆，张敞亲自为夫人画眉，史传佳话。徐芝罘面对荒草黄丘，不免发思古之幽情。幽情如缕，萦绕于心，一阵走神儿，刘七七的面影若隐若现地闪现眼前。

这些日子，他四出奔走，从早到晚可算马不停蹄。每到一处，只要遇见一个人，哪怕是放羊打鸟儿的孩子，他都说上三五句话，街谈巷语无不入耳，道听途说也感兴趣。奔跑一天回到蝈笼子镇鸡毛小店，吃过饭，洗过脸，又在灯下将调查笔记整理成分门别类的文字，直到头沉眼涩，半截身子爬上炕沿就睡着了，哪里还顾得上想念刘七七？

刘七七到乡下陪伴他两天，返回城里，等候他满载而归，一同到街道办事处登记结婚。徐芝罘四十七岁了，才头一回当丈夫，他将比张敞画眉更为多情。

然而，张敞画眉虽是千古风流韵事，却又留下了五日京兆的官场悲剧。此人当京兆尹没有多少日子，便因受株连而丢官。徐芝罘想到五日京兆这个典故，心头掠过一片阴影，难道自己也是个短命的县委书记吗？

离开画眉冢，登上晾鹰台。晾鹰台高数丈，周围一顷地，辽、金、元三代，皇帝率领文武百官游猎，多驻于此。晾鹰台两侧，左有呼鹰台，右有放鹰台。呼鹰台是鹰坊，设一名正二品官执掌鹰坊事务，受首相直辖。放鹰台为狩猎放鹰之处，高一丈，周二丈。天上鹰击长空，地上奔马嘶鸣，烟尘弥漫中飞禽走兽，帝王将相们纵横驰骋寻欢作乐。目前，三台盛景已经变成历史陈迹，只剩下三座荒丘，荆棘丛生，满目凄凉。徐芝罘寻访三台不是为了考古，而是因为他在一家地质科学杂志上，读到一篇探矿队的报告，断定以晾鹰台为中心，方圆数十里内，地下埋藏着深厚的油层。由于种种原因，互相扯皮，争执不休，至今不能开采。他想实地观察之后，大声疾呼，广泛集资，开采这片油田，那么这个小县便前程似锦了。

虽然他认为从天津市和河北省收复失地是不现实的，但是为了全面了解情况，他还是到河西务和扳罾口走了走，转了转。

从元朝初年到清朝末年，河西务曾是北运河上的一座重镇，是漕运的要途："接运海道粮事"，"为商民攒聚舟航辐辏之地"，户部在河西务设有外漕运司，统管永备南仓、永备北仓、广盈南仓、广盈北仓、充溢仓、崇墉仓、大盈仓、大京仓、大稔仓、足用仓、丰储仓、丰积仓、恒足仓和既备仓。明初大将常遇春统率大军进攻大都，在河西务大败元军，夺得十四仓的粮米，动摇了元朝的根基。明朝更在河西务筑城，形成全盛时期。清朝末叶，河道淤浅，漕运衰落，而且大河接连改道，码头迁移到蝈笼子镇，河西务也就盛极而衰了。一九〇〇年八国联军入侵，河西务是保卫京畿的三大战场之一，在战火中毁为一片焦土；后来虽然有所恢复，但也没有复兴，沦为平平常常的普通村落了。

明清两代文人骚客，南来北往路过河西务，都喜欢题诗留念。"驿路通畿甸，敖仓俯漕河。骑瞻西日去，帆听北风过。燕蓟舟车会，江淮贡赋多。近闻愁米价，素食定如何。""信宿河西务，离心日几回。望凝天阙近，门讶使车来。寒气著人薄，晴光向客开。明朝须早发，匹马上金台。"这是写河西务的地位重要和旅人的心思。"远树苍茫夕照低，短篷沽酒泊河西。王孙归去春无力，莎草含烟绿未齐。""早向河津涉，东风意盎然。碧迎堤上柳，青锁渡头烟。莺语声犹涩，花飞色转妍。春光怜已暮，更忆五湖船。""沙黄日赤天欲暮，长河波涛风力怒。远树全分蓟北门，行人正滞河西务。""霜满平堤柳渐凋，月移帆影过东桥。卧听柔橹鸣秋水，绝胜邻鸡报早朝。""客怀牢落鬓毛斑，水宿淹旬去路艰。一夜雪花如席大，始知身已到燕山。"这是描写河西务的四时风景和旅人的感想。

河西务已经不占地利，不可能再整旧为新，但是应该建立一座纪念馆，使晚生后辈不忘先人，不忘历史。而且，应该发奋图强，让新兴的蝈笼子镇取得历史上的河西务的地位。

徐芝罘到扳罾口，感情是复杂的。扳罾口是北运河中游夏秋之交的沥水入河口，也是大运河滩的最南端。徐芝罘的母亲本是扳罾口人，但是并不知道母亲的娘家姓什么，村里的老人都管她叫香河县小媳妇。母亲跟当画匠的父亲私奔而婚，不敢对外人说出自己的真名实姓，生下徐芝罘还没有过满月，就因产后失血过多身死，一生有如昙花一现，匆匆来去。此时此地，徐芝罘怎能不触景伤情？

坐在扳罾口的河岸上，徐芝罘百感交集，泪水模糊了眼睛，身边有一棵河柳，他歪倒树上，呜咽着泣不成声。

流连忘返，日落西山；月亮东升，仍然不肯离去。

星光洒在河面上，月影晃动在水中……

“老师，老师！”北下的长堤上，一个焦急的声音向原野上呼喊不停，嗓子都哑了。

那是柳屯田，见他黎明外出，入夜不归，放心不下，骑着自行车寻找他来了。

他采摘了一簇野花，投下河去，算是对母亲的祭奠。抹干了泪湿的脸颊，快步上堤，迎住柳屯田，坐在自行车后座上，返回蝈笼子镇。

潞水书店里，金凤蝶早已备下酒饭。

30

干爹老虎跳的鸡毛小店关了张，留下两间当徐芝罘的临时住处和办公室，那四间便交给柳屯田开办潞水书店。

潞水书店开张才十天，就已经净赚二百元，平均每天收入二十元上下。扣除缴纳税款、还本付息、房租电费，他和金凤蝶每天可得十块钱，按照两人订下的合同，百分之三十折股投资，百分之七十四六分账。如此，柳屯田每月可得一百二十多元，金凤蝶每月可得八十几元。今后，如能打开场面，广开销路，丰富品种，招揽顾客，收入年内就能翻一番。但是，柳屯田跟金凤蝶在办店宗旨上很不一致，十天中就曾发生五次冲突。矛盾激化，不可调和，针尖麦芒，各不相让，便动武开打。柳屯田以乡土才子自居，重名而轻利，竟不顾资金严重不足，连进十几套中外名家的全集。蝈笼子镇虽是交通要道和五方杂处之地，人来人往如过江之鲫，但是要想把《莎士比亚全集》卖出去，那才是痴心妄想，异想天开。一大堆死货就像磨盘压手，气得金凤蝶嗷嗷尖叫，七窍生烟，呛得柳屯田倒跌了个仰八脚儿；金凤蝶还不消气，又指鼻子剜眼骂他个狗血喷头。柳屯田自知理亏，只得自己认购一部《莎士比亚全集》，书款从工资里扣除。于是，金凤蝶亲自出马，到北京趸货；她跟柳屯田是萝卜白菜各有所爱，两眼紧盯在钱上，不图虚名。三只箱子四大捆，趸回来的不是艳尸案，就是剑侠传；放在柜台上，还没有打开包裹上架，就被抢购一空。金凤蝶自以为立了大功，柳屯田却嫌她丢了潞水书店的面子；一个爱钱，一个要脸，言来语去便打起嘴架。你挖苦我一句，我讽刺你十句，吵得不可开交便上升为对骂。骂着骂着，一个撸胳臂，一个挽袖子，一触即发便动起了手。柳屯田虽是个土生野长的男子汉，却因为沾染了一身才子气，体质虚弱，手软脚慢。金凤蝶平日貌似娇嫩，骨子里却十分粗野，她又从小练过功，会几套武把子，打起架来出手又狠又准，直取要害，不白费力气。打到最后，两人都精疲力竭，便不约而同停战媾和，喘息片刻在豆棚瓜架下放桌子吃饭。

两人好像是不分胜负，柳屯田的身上却留下处处伤痕。不过，他们两人又好像订下君子协定，金凤蝶打人不抓脸，柳屯田骂人不揭短，也就不会闹崩了而不可收拾。

金凤蝶严格规定，两人每天的伙食费不得超过两块钱，一日三餐粗茶淡饭。徐芝罘也按照这个标准入伙，不过又搭上每天六毛钱的出差补助，三个人多一碗黄瓜、鸡蛋、西红柿汤。这碗汤的成本整整六毛钱，金凤蝶精打细算，不超支一分也不克扣一文。

柳屯田在书店住宿，金凤蝶吃过晚饭回家，天麻麻亮骑车上班，到书店柳屯田已经做好早饭。他俩天天马勺碰锅沿，却又难舍难离；不是夫妻，只算搭伙。

徐芝罘甘当大媒，劝他们早日成婚。

“我才不想把绞索套在脖子上哩！”柳屯田当着金凤蝶的面，自吹自擂不怕大风刮跑了舌头，“等潞水书店生根、开花、结果以后，打下了经济基础，我就要在上层建筑上卖力气啦！半个月一个短篇，两个月一个中篇，六个月一部长篇，写小说出了名，娶个千娇百媚的女诗人。”

金凤蝶也不示弱，口气比柳屯田更大，态度比柳屯田更傲慢，樱桃小口撇得像个瓢儿，说：“我留职停薪，帮他办书店，可不是凤凰落地变成了孵窝的鸡！我要卧薪尝胆，肚子里长牙，大河边遛出金嗓子，还要回剧团唱大轴、演主角儿，嫁个抱金鸡捧百花的双佳男电影明星！”

两个人嘴上大言不惭，心里却都十分明白，柳屯田十年之内写不出能够变成铅字的小说，金凤蝶这辈子更挂不了头牌，心虚嘴硬不过是自欺欺人。

可是，徐芝罘有一回发现，吃过晚饭回家的金凤蝶，又偷偷地去而复返，蹑手蹑脚走进柳屯田睡觉的小屋，啁啁啾啾、窸窸窣窣一个多小时，柳屯田才骑着自行车把她送走。又有一回，徐芝罘在灯下写请示报告，头昏眼花胳臂酸痛，扔下笔走出门去，到鸡毛小店院后的白沙柳棵子地散步，无意间撞见柳屯田和金凤蝶正在月光下树影中幽会。徐芝罘的脚步声惊扰了这一对如醉如痴的野鸳鸯，一丝不挂的金凤蝶刺溜钻进柳丛里；柳屯田却厚着脸皮，扯过一件汗衫掩住下体，笑嘻嘻若无其事。

“只当我没看见，明天赶快到乡政府登记去！”徐芝罘沉着脸喝道。

柳屯田摇了摇头，说：“我们俩都没这个打算。”

“事已至此，怎么不想结婚？”徐芝罘急躁地问道。

躲在柳丛中穿衣裳的金凤蝶答道：“结婚容易离婚难，戴上紧箍咒的帽子就摘不下来。”

“还没有结婚就想离婚呀？”

“下棋也要看三步嘛！”

“终身大事应该严肃对待。”

“那就更不能随随便便领一张死契了。”

“婚前……这样……不合法。”

“也不犯法呀！”

一句顶一句，噎得徐芝罘打饱嗝儿。

徐芝罘原来的工作单位社会学学会，对于婚前性行为、非婚同居、第三者插足和离婚率上升问题，每个季度都进行城乡调查，积累了比较全面和精确的数字。如何看待这些社会问题的出现，各方面观点分歧。徐芝罘并不折中调和，却是自相矛盾。柳屯田和金凤蝶这两个大男大女这种处理个人生活的态度，他在理性上可以容忍，也觉得不妨试一试看，但是，在感情上，他却格格不入，甚不以为然。

所以，一连两天，他不理睬这两个人。

“倦鸟归林，难道我还不知道回家？”徐芝罘坐在自行车后座上，对柳屯田仍然余怒不息，“你跑到河堤上叫魂儿，好像我发生了意外，真是晦气。”

柳屯田回了一下头，嬉皮笑脸，说：“您有两大烦恼，叫我不大放心。”

“甭跟我故弄玄虚！”

“这两大烦恼一公一私，都够您伤神的。”

“越发危言耸听了。”

“这些日子，您给上级打过三个报告，却得不到一字回音，心如汤煮。”

“我沉得住气。”

“还有我那位没过门的师母，回城之后也没有鱼雁传书，您更牵肠挂肚。”

“她年将不惑，我临近知命，不必像年轻情侣那么如胶似漆。”

一路上半开玩笑拌着嘴，不知不觉回到鸡毛小店，晚霞中金凤蝶早已站在门外，踮着脚尖，望眼欲穿，等得心焦。

“大舅，您真扫人家的兴！”金凤蝶一见徐芝罘的面，撒着娇假装生气，“人家烟熏火烤两个钟头，一心要犒劳您这位有功之臣；您反倒小肚鸡肠，跟我们晚生下辈赌气，天大黑也不鸡上窝，就该叫您吃残汤剩饭。”

“罚酒三杯，严惩不贷！”柳屯田忙打圆场。

徐芝罘笑道：“如果你们请我当媒人，我愿喝个一醉方休。”

“您还是别拔苗助长，多管闲事吧！”金凤蝶伶牙俐齿，嘴尖舌巧，“村看村，户看户，白丁看党员，党员看干部；您这位县委书记不给我们树立个样板，我们哪敢抢先一步？”

“一团乱麻怎么又缠到我头上来啦？”

“您跟我那位还没有转正的舅母登了记，我们就紧跟。”

“一言为定？”

“敢立军令状！”

“那你就赶快准备嫁妆吧！下个星期我回北京三两天，一定把结婚证书带回来给你们看。”

“我们张大了嘴，等着喝您的喜酒。”

豆棚瓜架下，已经摆上八盘酒菜和两盘小菜，一瓶原封的运河特曲，看来是酒后吃面。

“我无功受禄，寝食不安呀！”徐芝罘看这一桌菜码，虽是土产野味，没有十元到十五元也办不下来，心中十分过意不去。

金凤蝶却大方得出奇，满漂漂给他斟上一杯酒，说："您把屯田趸来的那些死货变成了活钱，功劳大大的有！这一桌子酒、菜、饭，才吃了四分之一莎士比亚。"

徐芝罘莫名其妙，说："你们把我闹糊涂了，像蒙在了鼓里。"

"多谢您到处给潞水书店当推销员，那十几套名家的全集都卖出去啦！"柳屯田喜气洋洋，把一只鸡大腿夹到徐芝罘碗里，"我被逼认购的《莎士比亚全集》，也原价售出，凤蝶就强迫提成儿，办下今晚的吃喝。"

"原来如此！"徐芝罘哈哈大笑，高兴得咕噜喝下一大口酒，连吃三箸菜。

他走村串乡，深入农户，不但了解民情，倾听民意，也十分注意观察新的民俗。在所有冒尖户家的客厅里，他都看见家用电器齐全，满堂摆设城市化。虽然由于电力严重不足，每天都要停电，电冰箱完全不能使用，电视一个月难得看几回，电风扇一天转动不了几小时，但是互相为了斗富，家家却都抢着购买这些形同虚设的贵重商品。招待客人，更是富气十足，待客的香烟都是每盒一元以上过滤嘴的。小孩子吃零食，大把大把地嚼巧克力糖。然而，徐芝罘所到之处，没见过一家的客厅里有一本书，柜橱里满满当当摆放的都是本地或外地的名酒。这已经不是美中不足，而是严重的缺陷。于是徐芝罘婉言相劝，希望他们拿出买一条过滤嘴香烟和几瓶高价名酒的钱，购买一些书籍；即便一页也不看，陈列在条案上或柜橱里，也算有了一点风雅。大家都知道他是本地最有学问的人，而且又是大权在握的县委书记，"是，是，是！对，对，对！”言听计从。借问书店何处有？芝罘遥指蝈笼镇。潞水书店今天刚一开门营业，这些财大气粗的顾客便蜂拥而至，从腰包里掏出一张崭崭新的十元大钞，专捡价钱高的、精装厚重的书买，转眼之间就把潞水书店的存货搬空了。

“明天我跟屯田进城趸货！”金凤蝶喝得粉面含春，满脸绯红，像搽了胭脂，“从今以后，我站柜台，屯田串村叫卖。”

“恭喜发财，可别一切向钱看呀！”徐芝罘点起一支烟，悠闲中又有忧虑。

“老师您放心，我不光低头拉套，更要抬头看路！”柳屯田扯开汗衫拍胸脯，“金凤蝶想搞邪门歪道，我马上就展开两条路线斗争，端正办店方向。”

“你的左嗓子少跟我唱高调吧！”金凤蝶酒气喷人，手中的筷子直指徐芝罘的鼻子，“只要我这位书记大舅批个条子，银行不逼我妈还债，我比谁都会突出政治。”

徐芝罘不动声色地一口一口吸烟，说：“欠国家的贷款，必须按期偿还，我绝不心慈面软，虎头蛇尾。”

“您就不怕伤了乡亲们的心，落得个老虎掉山涧的下场？”金凤蝶尖声冷笑着问道。

“住嘴！不然我就把你驱逐出境。”柳屯田震慑了金凤蝶，又满脸带笑地给徐芝罘夹菜，“老师，我的钱赚多了，要实现两大心愿：一个是给全县办个文艺杂志，我当主编；一个是成立民营剧团，凤蝶当主演。”

“我支持你大展宏图！”徐芝罘跟他碰杯，“奔忙了这些日子，眼见潞水书店开市大吉，我也就聊以自慰，不算一事无成了。”

他开怀畅饮，醉入梦乡。

31

醉入梦乡不知多少时光，徐芝罘迷迷糊糊只觉得自己像一条鱼，从大河里跳到被阳光晒得滚烫的沙滩上，浑身燥热得像要皮开肉绽，嗓子干渴得像一条冒烟的烟囱。他想挺身而起，又好像被沙滩粘住，他想大声呼叫，口干舌焦喊不出声来。奄奄一息，卧以待毙，忽然一勺酸、甜、凉的柠檬汁送入他的口内，一勺一勺又一勺，驱散了燥热，润透了喉咙，就像一场及时雨洒在打蔫儿的黄瓜秧上。徐芝罘抬了一下眼皮，眼前闪过一个女人的身影，他的心咯噔一跳，叫了声：“七七！”却被一阵极度的疲乏麻痹了头脑和身子，又呼呼睡着了。

沙滩上的鱼没有返回大河，好像被放进碧荷清水的鱼缸里，徐芝罘全身凉爽而又舒适，渐渐地又醒转过来。他虽然睁不开眼睛，却感觉到有一个女人正拿湿漉漉的毛巾给他擦身，咸涩的汗珠滴落在他的脸上。

“七七，劳累你了！”徐芝罘大为感动，抬起软绵绵的一只胳膊，想摸一摸幻觉中的刘七七的手。

啪！一巴掌打得他哎哟一声痛叫，三口冷水喷了他满头满脸，他骨碌爬起身，抹掉脸上的水珠儿，睁眼一看，炕沿下站立的女人，正是他最不愿意见到的马戈力。

一见徐芝罘那惶惑不安的神色，满面妒容的马戈力反倒扑哧笑了。

马戈力今天改头换面，大大减少了洋气，只穿碎花丝绸汗衫和银灰西装裙，透明的袜子和半旧的皮鞋，一点也不刺眼。不过，仔细看来，胸脯和腰肢都丰满得近于肉感，眉眼转动也掩饰不住轻狂的神态。

“还不赶快爬起来呀？”马戈力伸出双手，拉扯徐芝罘起炕，“满身的酒臭馊汗气味，你是下河浮水，还是我给你冷水浇头？”

徐芝罘头重脚轻下了炕，说：“我到大河浮水去。”

“咱们结伴而行。”

“这里可不能男女同浴。”

“地上本没有路，走的人多了便成了路。”

“我不敢当这个开路先锋。”

“所以，你也就是个兔子尾巴——长不了的县委书记。”

徐芝罘不想跟她斗嘴，点起一支烟吸着，问道：“你卷土重来，又想在蝈笼子镇兴风作浪吗？”

马戈力挤眉弄眼一笑，说：“你已经不是我的对手了。”

徐芝罘却充满敌意地哼道：“我可仍然要严密注视你的动向。”

“我的话被你误解了！”马戈力又神秘地乜斜着眼睛，“说得准确一点儿，我已经不把你当我的对手。”

“那又所为何来？”

“通风报信。”

徐芝罘只当她又兴之所至，信口开河，板着脸子走出屋去，从大缸里舀满一大筲水，拎到豆棚瓜架下，从头到脚进行全面而又深入的冲洗。

马戈力搬了把椅子，坐在屋檐下观看，静候徐芝罘开口，打破僵局。

果然，马戈力的冷眼旁观竟像无形的压力，徐芝罘终于忍耐不住，背转身子问道："你给谁通风报信？"

"给你呀！"马戈力走上前去，夺过手巾给徐芝罘擦背，"眼看祸从天降，我要给你拉空袭警报。"

马戈力虽然仍像说笑话，徐芝罘却感到了不祥之兆，马上警觉起来，扭脸问道："你是不是窃听到了天机？"

"正是。"

"天机不可泄露。"

"我偏要揭穿这个策划于密室的阴谋！"

"一听阴谋二字，令人不寒而栗。"

徐芝罘回屋换衣裳，马戈力站在窗外，说："你三次上书，洋洋洒洒两万言，非但无助于事，反而适得其反。"

"我知无不言，不计后果。"

"正因为你不讲究方式方法，所以才惹得我家老爷子对你倍增恶感。"

"我从来不想讨他的欢心。"

"但是也不能像一只火蝎子，动不动就蜇人。"

"我并没有刺激他老人家呀！"

"你说'实验县不是租界地'，'共产党人建设精神文明，难道还要看外国人的脸色吗？'我家老爷子怎能不大发其火。"

"我这两句话有什么错误？"

"说者无心，听者有意。"

"那是你家老爷子心中有鬼。"

“他认定你是指桑骂槐，啐他的脸。”

“那我就百口难辩了。”

“再加上有人调三窝四，吹冷风进谗言，我家老爷子又一向对她偏听偏信，就更把你的罪名坐实了。”

“是谁打我的小报告？”

“成也萧何，败也萧何。”

不言自明，必是安柳男无疑。

“我真想请一位神刀手的外科大夫，把令嫂的这条长舌削短三寸。”徐芝罘换上干净衣裳从屋里走出来，气得面孔痉挛歪了脸。

“你还是和为贵忍为高吧！”马戈力以息事宁人的口吻劝道，“今后你还要跟她长期共事，要顾大局识大体，以大团结为重。”

“她当她的乡镇企业局副局长，我跟她无事可共，更谈不上长期。”

“你已经被她取而代之了。”

“她来当实验县的县委书记？”

“然也。”

“我无官一身轻，更用不着跟她打交道。”

“她建议你当县人大常委会主任。”

“这个女人又乱点鸳鸯谱！”

“你好提意见，好发高论，主持人大常委会工作正是人尽其才呀！”

“权术！”徐芝罘颓然地一屁股坐在豆棚瓜架下的泥墩上，“官场，官场……”他无话可说，有气无力了。

马戈力挨在他的身边，把一只温馨的手搭在他的肩上，说：“你当官无术，那就赶快从官场脱身。”

徐芝罘心灰意懒地说：“那就请你大发恻隐之心，替我奔告求情，开个后门放我回老本行吧！”

“螳螂捕蝉，黄雀在后，我怎么能放走落到我手中的猎物呢？”马戈力又变出一副女强人嘴脸，“不从政就从商，你如果能到我的公司来效力，我就把你从安柳男的魔爪下解放出来。”

“我岂能跟你同流合污！”徐芝罘猛推一掌，把马戈力搡了个趔趄，“丧失国格人格，卖洋破烂儿，我还不想如此下流。”

“你看你……”马戈力搂住豆棚瓜架的立柱，才没有栽倒，“我不计前嫌，你反念旧恶。”

“那天晚上，如果不是你溜得快，被我抓住一定严惩不贷！”徐芝罘虽然气势汹汹，但自知无能为力，恶狠狠的喊叫底气不足。

“我不知闯过多少条大江大河，怎会在你这条小河沟子里翻船？”马戈力哧哧笑道，“你猜我赚的那笔钱是怎么花的？”

“还不是用在寻欢作乐、醉生梦死上。”

“谬矣！”

“花在了哪里？”

“捐献给儿童福利基金会，领得一张红彤彤的大奖状。”

“盗名……窃誉……”徐芝罘胸噎气闷，无话可说了。

马戈力却并不恼怒，深深叹了口气，眼里还噙着泪花，说：“芝罘兄，我可怜你，不忍再刺激你了。”说着，就要离去。

徐芝罘见她藏头露尾，话中似有潜台词儿，反倒拦住她，说：“你别跟我故弄玄虚，我的神经并不脆弱。”

“我是来接收金三角饭店的。”马戈力拢了一下散落的头发，“从办店宗旨到服务作风，都要严加整顿；金三角三字令人产生丑恶的联想，你给起个新的店名吧！”

徐芝罘忍住暴躁的冲动，叫着马戈力少女时代的外号儿，劝道：“玛特儿，你那开发公司不要到蝈笼子镇发不义之财，别给你爸爸脸上抹黑。”

“他的脸本来就不白净。”

“你们父女不是握手言欢了吗？”

“皮笑肉不笑，面和心不和。”

“你改邪归正，他也就不心存芥蒂了。”

“我借花献佛，把你这两句话回敬给他。”

“过几天我回北京，不怕直言犯上，一定要劝他珍重晚节。”

“你这不但是自讨没趣，而且是自找倒霉。”

“那就再把我从县人大常委会调换到县政协去。”

“人大举手，政协喝酒，你很会打如意算盘呀！”

“马戈力，我禁止你胡言乱语！”徐芝罘怒不可遏，“过去我只觉得你道德沦丧，现在我更觉得你在政治上可疑。”

“你只对刘七七绝对信任吧？”马戈力颤动胸脯，发出一阵尖厉刺耳的狂笑，“可是她却背叛了你，跟着她的老姘头高飞远走了。”说罢，一脚踢翻水筲，在水筲的骨碌碌滚动声中，大踏步走出鸡毛小店。

徐芝罘被这突如其来的当头一棒，打得头脑一时失去了知觉，木呆呆了半晌，才踉踉跄跄追出去，喊道：“马戈力，站住！……”忽然一阵天旋地转，他头晕目眩地站立不稳。

“老师！”满载而归的柳屯田，扔下自行车，冲上来抱住他。

“屯田，你……见到……刘七七了吗？”徐芝罘心存侥幸地问道。

接踵而至的金凤蝶，抢着答道：“她把房子留给了您，人却不知去向了。”

柳屯田从衣兜里默默掏出一封信，交给徐芝罘；徐芝罘挣脱了柳屯田，脚步沉重地回屋，掩上了门。

32

柳屯田和金凤蝶到北京趸货，临走之前叫醒了徐芝罘一会儿，徐芝罘从公文包里摸出住房钥匙，交给他俩，代他看望刘七七，捎个平安口信。他俩到北京以后，从王府井新华书店购买了一千册优惠书，又从书刊处理门市部购买了五百册降价书，王府井新华书店的一辆三轮摩托车明天送货上门。他俩各带一百册回蝈笼镇，明天开市有货可卖。归途，走京津公路，路过通惠河南里，便到北楼一门三层九号找刘七七。他俩知道这是一个单元两间房，各立门户共走一个门，每家都有开门的钥匙。柳屯田敲了敲门，没人答应，金凤蝶掏钥匙插进锁眼，一转腕子把门拧开。两人走进门去，都一眼就看见过厅的墙壁上粘贴着一张字条：“永别了，亲爱的芝罘！忘记我，过你的生活……”看那日子，已经是一个星期前的留言了。柳屯田大吃一惊，金凤蝶更毛骨悚然，你看我我看你，不约而同都打了个寒噤。厨房打扫得一尘不染，储藏间收拾得有条不紊，卫生间冲洗得干干净净。北屋本是刘七七的卧室，徐芝罘住在南屋，刘七七把两间房的钥匙挂在各自的门把上。柳屯田打开徐芝罘的房间，金凤蝶打开刘七七的房间，徐芝罘的房间装饰得像一座喜气洋洋的洞房；刘七七的房间布置成一座幽静淡雅的书斋。看来刘七七曾花费心血和气力，燕子衔泥一般安排她和徐芝罘的安乐窝；但是，究竟发生了什么变故，在婚礼前夕竟突然不辞而别？他们在写字台上，发现刘七七留给徐芝罘的一封信，柳屯田装进衣兜里，和金凤蝶又重新锁了门，下楼骑上自行车，飞奔而归。

徐芝罘回屋看完了刘七七的信，走出门来，脸色虽然苍白，目光却已经凝重，心神镇定下来。

“屯田，麻烦你到金三角饭店跑一趟，替我把马戈力找来。”徐芝罘点起一支烟，抱着胳膊肘子，隔着篱墙眺望从西山垂挂下来的火烧云。

柳屯田急急忙忙走了。

金凤蝶从自行车上卸货搬书，绕弯从徐芝罘身后走，轻声悄语地问道：“大舅，那个刘七七……在信上写了些什么话？”

“语无伦次，杂乱无章……”徐芝罘把半截香烟发狠地摔在地上，又用脚尖狠蹍了一下，“不知所云，难以理解！”

“这个突然袭击，够您呛吧？”

“我早有预感，并不觉得意外。”

“您有特异功能？”

“我有……惨痛教训。”

柳屯田走得急回来得也快，一边擦汗一边说：“老师，马戈力请您到金三角饭店谈话。”

徐芝罘转过身子，紧皱眉头，说：“我怎么能到那个地方去呢？”

“她说她来过鸡毛小店看您，您就应该到金三角饭店见她，这叫对等。”

“那我就没这个兴致了。”

“她说也可以到中间地带谈话。”

“哪儿是中间地带？”

柳屯田一指河边，说：“您看一箭之外有一棵弯腰驼背的老河柳树，就是会面的地点。”

徐芝罘看了看手表，又看了看天色，说：“你通知她，我十分钟之内到场。”

柳屯田又往返一趟，捎来马戈力的口信，说：“这位千金小姐可真能要滑头，她要比您晚到五分钟。”

徐芝罘哼了一声，说：“她自幼就沾染上娇骄二气，养成庸俗、浅薄、无聊的优越感，可算是积习难改了。”

平静一下心情，迈着轻快的步子，徐芝罘走向河边。

夜色朦胧中的大河，宽大而又深沉，看不见头尾，望不到边沿。河岸上那两棵拧抱一起的大树，树盖像一团乱云，树影像泼洒地面上的墨迹。徐芝罘迟疑了一下，感到在此地跟浪漫成性的马戈力会面很不相宜，便停住脚裹足不前。前思后想，左张右望，正在进退两难，一束刺眼夺目的电光直射过来，马戈力只穿游泳衣，满身淌着水珠逼近了他。

“你怎么是这副鬼样子？”徐芝罘连连倒退。

“好个沉香木脑壳的古久先生！”马戈力猛甩一下湿漉漉的长发，纷飞的水珠儿洒在徐芝罘的脸上，“你想当坐怀不乱的柳下惠，多情善感的刘七七怎不大失所望？”

徐芝罘挥了挥手，说：“你穿上衣裳，我正想跟你谈这个问题。”

马戈力回到两棵合抱的大树下，脱换着衣裳问道：“刘七七给你留下几句临别赠言呀？”

“其中有一大段，涉及你，你得给我解释明白！”徐芝罘口气烦躁，把刘七七的信扔给她。

马戈力猫腰捡起刘七七的信，像拾起一片随风飘落的残花败叶，捏在手里不看字句，却用手电光在信纸上照来照去。忽然，扯着嘴角轻蔑地一笑，说：“刘七七为写这封信，眼里没少出汗呀！”

“眼泪？”徐芝罘激动地走上前去。

“你真是粗心大意！”马戈力弹着信纸，“满纸泪迹斑斑，你竟然没有发现？”

徐芝罘看到的是满纸“……”的删节号，只当马戈力是幸灾乐祸戏耍他，便又恼怒起来，说：“你仔细看一看信里的内容，回答我的疑问。”

“不必看了！这封信是我跟刘七七的集体创作。”

“我不相信你的鬼话！”

“你一心扑在蝈笼镇上，只知瞻前不知顾后，我就乘虚而入，挖了你的墙脚。”

“七七不会被你鬼迷心窍。”

“芝罘，你太迂腐，不通人情。”马戈力手指面前的沙滩草地，“坐下！我把前因后果讲给你听。”

徐芝罘只得耐着性子坐下来，说：“请你简明扼要，闲话少叙。”

“芝罘，你应该扪心自问，三省尔身。”马戈力背靠合抱大树，一副悲天悯人神气，“刘七七离你而去，是你一手造成的。”

“我对她以诚相待，平等相待，没有欺骗她，也没有欺负她。”

“你目中无人，眼里没有她！”

“难道她跟你说过，我对她有过傲慢无礼的表现吗？”

“你虽不傲慢无礼，但是强加于人。”

“是不是因为我……急于和她结婚？”

“你有点开窍了。”

“这有什么过错？”

“又糊涂了。”

“有话直说，别跟我阴阳怪气！”

“她曾被迫失身，又离婚不久，心理上的创伤还没有愈合，马上嫁给你是不情愿的。”

“我并不嫌弃她。”

“这个不嫌弃，最伤害她的自尊心。”

“那么我应该……”

“听其自然而不急于求成。”

“她完全可以对我提出这个要求。”

“看到你年过四十，生活和事业上急需一个伴侣，又不忍心拒绝你。”

“所以才一走了之？”

“这只是她出走的原因之一。”

“之二呢？”

“你对待生活和事业是开放进取型，她是封闭安乐型。”

“我怎么开放进取，她怎么封闭安乐？”

“你想办好一个实验县，更想写出一部学术专著，把家庭生活放在次要而又次要的地位，做你的妻子有多少乐趣？”

“我这把岁数的人，如果没有社会责任感和时间紧迫感，活在世上还有什么意思？”

“可是刘七七想要一个温柔体贴的丈夫，一个静悄悄、暖烘烘的小家庭。”

徐芝罘低下头，沉默不语了。

接二连三的失恋，他已经习以为常，心上磨出茧子，并不过分难过。但是，以前的失恋都发生在青年时代，痛苦一阵子也就漫不经心了。这一回，却是发生在中年中期，是在他心如枯井以后，一潭死水突然被激起爱情的波澜，颇有“众里寻他千百度，蓦然回首，那人却在灯火阑珊处”之感，自认为找到了一个同命相怜而能白头偕老的妻子，谁知却又是自己观察和判断的失误，他感到深深的哀伤，恼恨自己。

沉默了有一刻钟，徐芝罘才从懊恼中摆脱出来，开口问马戈力道：“七七是不是真像你说的，跟过去那个糟蹋她的人走了？”

“正是那个楚某人。”

“她怎那么没骨气！”徐芝罘霍地跳起来。

玩世不恭的马戈力，神情和腔调竟然也凄苦起来，说：“女人永远忘不了她初恋的情人。”

“七七没有爱过那个姓楚的。”

“他们有个儿子，儿子应该得到父爱。”

“楚某人早已再婚，又有了儿女。”

“他已经跟那个造反起家，被判了徒刑的女人离了婚。”

“楚某人现在哪个部门工作？”

“他在深圳一家游乐中心当艺术部经理，是港方代理人。”

“跟你大同小异。”

“你为什么不说我和他是一丘之貉？”

“看来七七是跟楚某人到深圳去了。”

“夫唱妇随，形影不离嘛！”

“你一定知道七七的下落。”

“想把她找回来吗？我可以把楚某人的住址告诉你。”

“人各有志，不可强求。”徐芝罘也不向马戈力道谢和告别，转身就走。

马戈力一跃而上，抓住徐芝罘的后脖领子，厉声问道：“公与私两颗苦果，你都忍气吞声咽下肚子吗？”

徐芝罘挣脱开她的拉拉扯扯，说：“我自有主张。”

“你跟我结合在一起，至少可以增加一倍实力。”

“官商合一，我怕引火烧身。”

“你退出官场，我退出商界，咱们做一对清心寡欲的伴侣。”

“听其言而观其行，你的所作所为能叫人信任吗？”

“你可以成立专案组，对我进行审查。”

“‘打经办’（打击经济罪犯办公室）不会放过你的。”

“我请你审查我的生活作风问题！”

“没有这个资格，更没有这个兴致。”

“冷血动物，冷血动物！”马戈力发了狂，喊叫着乱蹦乱跳，“我不是破鞋、烂货、婊子、洋妓……”

徐芝罘正不知如何处置，忽听金凤蝶喊道：“大舅，回来吃饭吧！”虽不是当阳桥上一声吼，却也救了徐芝罘的驾。

好像逃出虎口，徐芝罘三步并作两步跑到金凤蝶面前，见她推着自行车，忙问道：“你回家？”

金凤蝶点点头，说：“一整天马不停蹄，我想赶快回家睡觉。”

“等一等，我也到你家去。”徐芝罘进院回屋收拾行囊，慌慌张张跟着金凤蝶走了。

33

徐芝罘逃奔金凤蝶家，不光是为了躲避马戈力的厮缠。他有一肚子愁苦，要跟干姐姐掏心窝子；不管多么烫嘴的话，他在唐大姐儿面前都说得出口。

他骑在自行车上，头脑麻木得像生西瓜，没有了知觉，没有了感觉，甚至好像失去了听觉；车后座上的金凤蝶跟他搭话，他也听而不闻，一声不吭。气得金凤蝶从车后座上跳下来，他骑着空车跑出几十步，才发觉丢了人，紧急刹车脚落地。

“大舅，别停车呀！”金凤蝶坐在河堤上，抱膝而坐，斜眉吊眼，“您一头栽下大河，水中捞月多好看。”

大河上星光闪烁，月影凌乱，徐芝罘推车转回，说：“水中捞月一场空，我还不想落个如此结局。”

“书呆子，牛脖子，死心眼子，一条道走到黑，一棵歪脖儿树上吊死，您还能有好下场？”

“上车吧！”

“您真敢到我家去？”

“你家是老虎洞？”

“我妈可变成了母老虎。”

“割你的舌头！”

“她早张开了血盆大口，想活吃了您。”

“‘我是个蒸不烂煮不熟捶不扁炒不爆响当当一粒铜豌豆’，能硌碎你妈的牙。”

“那我就不保驾了。”

“你给屯田做伴去吧！”

“您跟我妈说一声，我要整理趸来的书，明天上市，今晚上不回家了。”

“我只能替你说一回瞎话。”

“拳头上立得人，胳臂上跑得马，我干吗叫您替我说瞎话呀？”金凤蝶口齿伶俐，顺口溜出潘金莲的戏词儿。

“你们这么不明不白的不是长久之计。”徐芝罘跨上车座，“我假扮媒人，给你们圆场，你们赶快登记。”

“您还是少管闲事，想一想该怎么给自己圆场吧！”金凤蝶转身愤愤而去。

徐芝罘从醉乡中醒来，就像遇见了鬼打墙，一连串地碰软钉子，搅得他闷闷不乐。他骑在自行车上，心沉重得像坠上秤砣，两腿像灌了铅，车轴也像上了锈，到金凤蝶家门外已经累出通身大汗。

喊哑了嗓子才叫开了门，想不到干姐姐唐大姐儿却是横拦竖挡堵住门口，凶眉恶眼一张夜叉脸。

“姐……姐……”徐芝罘全身凉了大半截。

“哟，穆仁智来啦！”唐大姐儿的口气，像三九天的刀子风。

“你骂谁？”

“谁催命逼债，我就骂谁。”

“你借银行的钱假充万元户，到期就该还本付息；你把我比作穆仁智，岂不是拐弯抹角骂国家银行是黄世仁吗？”

“我已经还上一千块钱，银行为什么还不依不饶，讨债的你出我进踢破门槛子？”

“你欠款将近一万，银行三番五次来人做动员工作，你才只还一千，请问你想拖延到何年何月呀？”

“我死了还有儿子，儿子死了还有孙子，跑得了和尚跑不了庙。”

“这叫耍赖！”

“你们逼迫我这个贫下中农倾家荡产，就是黄世仁、穆仁智！”

“说这话你还有良心吗？”

“有个人的良心早给狗吃了。”

“你不必指桑骂槐！还是下决心偿还全部欠款，无债一身轻为好。”

“你给我女儿找个有钱的丈夫，我收个万儿八千的彩礼，就能还上欠银行的钱。”

“凤蝶现在不嫌贫爱富了。”

“那就给我这个寡妇找主儿，卖个三千五千的也行。”

“我不想跟你磨嘴皮子闲磕牙！”徐芝罘火气撞脑门子，“今晚上我要在你家住一夜，跟你掏干净肚子里的话。”

“哪间屋里都是秋后的核桃——满仁（人）儿，没有存放你的地方。”唐大姐儿更张开胳臂叉开腿，堵死了门口，“你不怕丢了县委书记的身份，我在楼门下给你搭一张凉床，也算替我看门守户。”

蹲门护院的是狗，唐大姐儿骂人不带脏字儿。

“那我就不打扰了！”徐芝罘一个急转身，推起自行车就走。

唐大姐儿扑过来抓住他，拽着他的胳臂，说：“县委书记的官架子不小，我说句不伤筋动骨的笑话儿，你就气得像个火神爷呀？”

“我不当县委书记啦！”徐芝罘头也不回地朝村外走去。

“你把我这个寡妇带到高粱地去呀？”唐大姐儿紧追在他的身后，“你逼债有功，升官啦？”

“不升不降，换个岗位。”

“哪座衙门？”

“县人大常委会。”

“阿弥陀佛！你管不着银行了。”

“县人大做出限期归还欠款的决议，银行更得坚决执行。”

“乡亲们骂你当官不为民造福，我的耳朵里都灌满啦！”唐大姐儿一把抓住车后座，徐芝罘踉跄个趔趄，“你再不办两件善事，那就招惹得乡亲们骂你祖宗三代了。”

“你劝我撒漫国家的钱收买人心？”徐芝罘收住脚步扭过头，怒气像烟火扑脸，“银行免了你的欠款，再借给你一万，就算我积德行善啦？”

“你给乡亲们搬一架印票子机器，家家都供奉你的长生牌位。”

“贪财能叫人心变黑。”

“你那个刘七七的心，难道是汉白玉的？”

“她跟她的……头一个男人走了。”

“哈哈！恶有恶报。”唐大姐儿解恨开心地笑起来，“你这个官儿已经当得鸡飞蛋打，死硬下去可就老虎掉进山涧啦！”

徐芝罘跨上自行车，说：“咱们都能看得见各自的收因结果。”他紧蹬几下车轮，沿着村村之间的田野公路，向鸡笼店的田老师家疾驰而去。

一里之遥，眨眼就到，但是车行半路途中，望见田老师家小院的灯光，徐芝罘的四肢忽然感到一阵虚弱，连人带车歪倒在路边的一道土埂上。

他爬起身来，支住自行车，四下看了看，几步之外有一片池塘，便走过去在白沙绿草上躺倒，点起一支烟，一只手垫在脑后，仰望夜空中闪跳的满天星子和云影中穿梭的月亮，歇息一下腿脚，冷静一下头脑。

自幼听惯了干姐姐的恶声恶气和恶言恶语，四十几岁的徐芝罘回忆那些童年往事，仍如带露折花，清新而不褪色。“桃花开，李花谢，谁管梨花叫姐姐？姐姐疼，姐姐爱，姐姐急了拿脚踹。”小时候，他刮大风爬树，下大雨浮水，打猪草偷懒，到邻家偷瓜盗桃，不知挨过干姐姐多少骂、多少打，有时被一脚踹个一溜滚儿，大腿根被拧得青一块，紫一块，可是事隔多年想起来，却是那么亲切，那么回味无穷，因为干姐姐的狠骂毒打中只有真情，没有恶意。然而，这半个月，只为了催促干姐姐偿还拖欠国家银行的贷款，不但大伤和气，而且翻脸成仇。钱是好的，但铜臭熏人，能使人不顾羞耻、脸面、天理、良心。大河有水小河满，大河没水小河干，这个简单的道理已经被越来越多的人淡忘了。

待人处世重利轻义，又岂止唐大姐儿一人？马戈力和刘七七的变化，更叫他痛心。

他跟马戈力和刘七七都是二十多年不见。二十多年前，马戈力和刘七七都是中学生；马戈力是市委书记的女儿，一身傲气；刘七七是平民百姓的女儿，一身傲骨。虽然差异颇大，却有一个共同点，那就是天真无邪。以玛特儿侯爵小姐自居的马戈力，把他硬封为于连·索黑尔，演出一场以今仿古的爱情闹剧，害得他被老书记打到市委副食基地种菜园子，然而虽蒙冤受屈，却并无怨恨。他利用职权，在政审上为刘七七具保，使得这个善良聪慧的农村少女参加工作，因而受到处分，也心甘情愿。谁想，二十多年后见面，马戈力竟变成了一个崇洋媚外、自我中心、妄自尊大和轻狂放荡的“女强人”。为攫取金钱而不择手段，甚至不惜丧失人格国格。马戈力对他所表现的死灰复燃的情感，主要是为了达到金钱和权力相结合的目的，或者是为了借他的学者牌子装潢门面，铜臭和书香沆瀣一气。最令人失望的是刘七七。这个在个人生活上连遭不幸的女人，怎么竟会如此没有骨气，奴颜婢膝地供当年那个奸污她的男人玩弄，难道就因为那个男人腰缠万贯而被财迷心窍？

半生坎坷、饱经风霜的徐芝罘，这几年过得平静而又舒畅，本来想独身不娶，埋头学术研究，终此一生。哪料到不想当官却交了官运，不想结婚却红鸾星罩顶，又被卷入政治和爱情旋涡。命不主贵，虎头蛇尾，眼看遭到政治和爱情上的双重打击，却一筹莫展，无能为力，不亦悲乎？

“百钱新买绿蓑衣，不羡黄金带十围。”他很喜爱陆游的这两句诗：也非常喜爱“淡泊以明志，宁静以致远”这两句格言。但是，曾经黄金带十围的老书记，离休却不甘淡泊，也不肯宁静，交出了手中的大权，却要捞取若干小权以弥补损失。横生枝节建立实验县，为的是给小儿子进入官场上层充当跳板，逼他当县委书记是为了给小衙内做垫脚石。他不争权夺势，可也不想甘当傀儡。下乡调查研究之后，痛感建立实验县并非因地制宜，虽不敢否定建立实验县的方案，却要尽力端正实验县的方向。他跟老书记的意见分歧已经形同水火，老书记提名安柳男取代他的位置，另行安排他到县人大常委会工作，便是即将爆发冲突的信号。

好吧！县人大常委会是受全县人民委托的最高权力机关，更应该替老百姓说话办事，做这个工作也就更应该有所作为。躺在白沙绿草上的徐芝罘，正被地母注入新的力量和勇气。

34

叫开田老师家的门，开门的竟是安柳男，惊吓得徐芝罘一连倒退三步；安柳男脸上掠过一抹怪模怪样的笑影，更叫他从脊梁骨里冒凉气。

黑夜碰上扫帚星，比白日见鬼更不吉利。

“你……怎么……在这里？”徐芝罘走上一步问道。

安柳男习惯性地沉下了脸，反问道：“难道我不该前来拜望自己的开蒙老师？”

徐芝罘又上前一步，说：“礼下于人，必有所求，我敢断定你是有所为而来。”

安柳男又反唇相讥，说：“彼此彼此，你也一样。”

“哪一天来的？”徐芝罘走到安柳男面前了。

“前天来过一趟，今天是去而复返。”安柳男闪开身子，“请到院里详谈。”

花树葱茏的小院寂静无声，只开着北房屋檐下的一盏门灯，幽暗不明，模糊不清，却见云破月来花弄影，朦胧淡月云来去。

“田老师睡着了吗？”徐芝罘低声问道。

“串门去了。”

“到谁家？”

“找你干爹老虎跳，密商你的终身大事。”

“那我得参加他们的谈话。”徐芝罘正不愿跟安柳男单独在一起，趁机急忙脱身。

“站住！”安柳男抬高声音，像喊口令，“难道你就跟我无话可说了吗？”

“我今晚上没有谈工作的兴致。”

“抚今追昔，生活琐事，也是很好的话题。”

“酒逢知己千杯少，话不投机半句多。”

“你我之间总会找到共同语言的。”安柳男充满自信，到藤萝架下的石墩上坐下来，斟上一杯绿茶，“芝罘，你猜一猜，我一访田老师何所求，二访田老师何所为？”

这个提问，绊住了徐芝罘的腿，但是仍然嘴硬：“我懒得动这个脑筋。”

“那我就亮牌交底吧！”安柳男吹了吹茶水，抿了一小口，“我是来做说服动员工作，劝田老师出任县政协主席。”

徐芝罘一个急转身，但是一见安柳男那可憎的面目，又紧皱了眉头，说：“田老师洁身自好，年事已高，无意仕途。”

“你未免主观武断了。”

“难道老人家被你拉下了水？”徐芝罘一阵失望，田老师那令人崇敬的形象在他的心目中暗淡了许多。

“他是为了助你一臂之力，才答应这个要求的。”

“我不是将被另行安排，不再当县委书记了吗？你一定隐瞒了这个情况，才骗取了老人家的同意。”

“恰恰相反！正因为知道你的工作发生了变化，他才慨然应允。”

“既然如此，何必二访呢？”

“又不让他当县政协主席了。”

“卑鄙！”

“也不让你当县人大常委会主任。”

“多谢。”

“我这个县委书记也当不成了。”

“苍天有眼。”

“实验县一团泡影，化为乌有。”

“大快人心事！”

“都是你一言丧邦！”安柳男冷笑中带有切齿之声，“你不但给我家老爷子写信，而且给市委其他领导同志写信，还向中央反映情况，招惹得中央过问，市委否决，咱们大家同归于尽。”

徐芝罘哈哈大笑，说：“我失去的是枷锁，得到了解放！”

“你遭到了现世报！”安柳男在徐芝罘的伤口上撒一把盐，“你那个心爱的刘七七厌新喜旧，撇下你跟着老姘头跑了，正是你应得的报应。”

徐芝罘的心像被剜了一下，但是强忍住疼痛，淡淡地说：“强扭的瓜不甜，我免尝苦果，也算不幸中之大幸。”

“是不是马戈力俘虏了你，你自以为得大于失？”安柳男的眼睛熠熠放光，交织着忌妒、敌意和不安。

徐芝罘想气一气她，故意吊她的胃口，模棱两可地答道：“她找我谈判了一次，但是还没有达成合伙的协议。”

“你千万不要上那个烂货的当！”安柳男对小姑子的仇恨溢于言表，“她就要坐牢了，还想拉你给她陪绑。”

这真是骇人听闻，徐芝罘不由自主地走到藤萝架下，坐在安柳男对面的石墩上，问道：“你不是主观臆测吧？”

“我是说话不负责的人吗？”安柳男又铁板了脸，“马戈力跟港澳和外国商人合办的那个三国四方开发公司，其实是一个买空卖空的诈骗集团，公安局早就对他们进行严密监视，已经提交检察院立案侦查，就要发出逮捕令了。”

安柳男言之凿凿，由不得徐芝罘不相信，也就情不自禁百感交集。沉闷了半晌，才长叹口气，说：“罪有应得，可是令人伤感……”他虽不曾对马戈力产生爱情，却对少女时代的马戈力保持着好感。

“可恨她把我那个白痴也牵扯进去了……”

安柳男所说的白痴，指的是被她鄙视、早已分居的丈夫。这位留苏学生在“文化大革命”中被整得精神失常，虽经百般医治，仍不能康复如初。颓唐丧志，萎靡不振，沉溺酒色，不能自拔。老父对他大失所望，妻子对他横加白眼，妹妹马戈力骂他是个混世虫，他都不以为意，也就不肯振作起来发愤图强。

“他们兄妹的骨肉之情很冷淡呀！怎么会搅在一起呢？”

徐芝罘是个善良厚道的人，虽然老书记的这个大公子娶了他青梅竹马的恋人安柳男，但是他并不恼恨这位大学时代的老同学，因为过错完全在薄情无义的安柳男身上。这位老同学的身上，尽管也有某些高干子女的坏习气，却从来没有某些高干子女的优越感。头脑聪敏而读书怕苦，作风懒散而平易近人，跟平民子弟出身的同学相处得平等而融洽。温柔富贵之乡长大，脆骨嫩肉经受不了血雨腥风的吹打，落得如此下场，徐芝罘是十分惋惜的，并且由于自己爱莫能助而常感内疚。

“沉溺酒色，便不能不贪财爱钱，摧眉折腰向他那个烂货妹子乞讨。”安柳男的口气不但冷酷无情，而且大有方解心头之恨的意味，“马戈力指使他利用某些老同学身居高位的方便，窃取贸易情报，买批示吃回扣，罪行不小，手段恶劣，很可能要受到从严从快惩处。”

“什么叫买批示？”徐芝罘听着耳生。

安柳男知多见广，深通内幕，说：“比如，某个皮包公司，需要得到某个大人物的亲笔批示，投机倒把才能通行无阻；马戈力就给他介绍这种生意，他就充当打通内线拿到批示的掮客，事成之后可得一大笔酬谢，够他花天酒地一阵子的。”

“看来他要饱尝铁窗风味，在大墙里消磨余生了。”徐芝罘痛感这位老同学罪孽深重，不可自作多情。

“这对我家老爷子是个致命的打击呀！”安柳男忽然表现脆弱，呜咽起来，“一儿一女判刑之日，便是他寿终正寝之时，一大家子人就无依无靠了。”

她不忧虑丈夫的吉凶，只关心公公的死活，是怕失去向上爬的梯子和宦海浮沉的救生圈。徐芝罘对她顿生恶感，只觉得她的哭泣是一副丑态，便冷笑道：“你跟你这个经济罪犯的丈夫离了婚，更会得到上级的赏识。”

安柳男掏出手帕，浸干眼角的两滴泪水，摇了摇头说：“我想过离婚，后来又打消了这个念头。”

“如此多情，可跟过去的你判若两人了！”徐芝罘虽是讥讽，却也惊奇。

是的，当年她的生父被划右，养父被打成反党分子，自幼同窗、长大相好的徐芝罘受到政治上的冤枉处理，她都一刀两断不眨眼，因而现在不跟犯法的丈夫离婚，就显得异乎寻常。

安柳男赤裸裸地答道：“这种在政治上表示忠诚的老手法，今天已经不时兴了。”

“那为什么又想过离婚呢？”徐芝罘探测她那诡谲的心理。

安柳男回答得更不加掩饰：“我需要一个男人爱我，也需要爱一个男人。”

徐芝罘以冷嘲热讽的口吻，说：“你不离婚，可就不能两得了。”

安柳男声音低沉，斩钉截铁地答道：“我将采取另一种方式得到，并且更两全其美。”

徐芝罘一阵心惊肉跳，却又好奇地问道："那是什么样的一种方式？"

"我对性生活从来没有感到过乐趣，目前这个年纪也就更加不感兴趣。"安柳男面无表情而目光慑人，"我需要的是精神上相通的情夫。"

"祝你如愿以偿！"徐芝罘慌忙站起身来，感到不能不敬鬼神而远之了。

"别害怕，你未必是我的人选。"安柳男阴冷地笑了笑，抬起腕子看了看表，"我的车就要到了，有几句话请你转告田老师，可以吗？"

徐芝罘把一颗心放回肚子里，说："我愿当这个传声筒。"

安柳男干板垛字，说："田老师想办很多善事，我这个当乡镇企业局副局长的学生都可以给他资助，只求他对乡镇企业嘴上留情。"

"我不懂你的意思。"

"田老师自会明白。"

果然，穿村而过的公路上，响起汽车喇叭声，安柳男拎起公文包，起身向门外走去。

"再见。"徐芝罘站住不动，不想给她送行。

"啊，有一件大事被你打岔，差一点忘了。"安柳男在走动中存住半步，甩了个骄横却又并不直露的官腔，"实验县告吹，你已经被分配到乡镇企业局政策研究室当副主任，三天以后报到吧！"

这是上司对下属的发号施令。

杀人不过头点地，这么欺侮人简直是软刀子割肉，奇耻大辱莫过于此。

徐芝罘血涌上头，丧失理智，野性发作，抄起顶门枣木杠子，挥舞着大喊道："我绝不听凭你们这些阴谋家摆布！"

安柳男鬼叫逃跑，一头栽出门去，迎面而来的皇冠牌小汽车躲闪得快，才没有把她轧死喂车轱辘。

汽车是等级的标志，权力的象征，也就能助长官威。

安柳男打个滚儿爬起身，掸了掸衣裤上的泥土，整理一下散乱的头发，又威风凛凛起来，说："你一时想不通，我再宽限你两日，五天之内报到。"

徐芝罘气炸了肺，胸脯一凸一凹，说："你枉费心机。"

"上班之后办护照，陪我出国考察。"安柳男威逼而又利诱。

徐芝罘顽固不化："我不想假公济私开洋荤！"

安柳男上了车，难得地放下脸哧哧笑道："芝罘，你我知己知彼，胳臂拗不过大腿。"

徐芝罘红了眼，手中的顶门杠子飞出去。

皇冠牌小汽车不愧是花硬通货买来的高、精、尖产品。顶门杠子像离弦的箭，比不了小汽车快似流星，它在汽车屁烟中蹦了三蹦，蔫溜溜倒在了地上。

35

饿着肚子的徐芝罘独自一人，踏着树影月色，在田老师的庭院里转来转去，等来的却是意想不到的干爹老虎跳。

"干爹！"

“儿呀，是你……”

爷儿俩都愣住了。

“干爹，您……”

“你那个师父把我这个钟馗搬来打鬼，怎么鬼是你？”

“我还没跟田老师照面，他老人家怎能猜到我会来？”

“那么鬼是谁，谁是鬼？”

“田老师戏耍您吧？”

“他说那位客人看见我这张脸，就三魂六魄出窍，一溜烟逃走。”

“嗬！安柳男。”

“她在哪儿？”老虎跳大嚷大叫，满院子寻觅起来。

“坐着小汽车回北京了。”徐芝罘忽然一阵心软，只觉得安柳男十分可怜，“她的后半辈子够难过的……”陡地，头晕、气虚、手脚轻飘，身子摇摇晃晃倾斜下来。

八十多岁的老虎跳，一个箭步抢上去，把他抱在怀里，心疼地连声叫着：“儿呀，儿呀！你命中犯小人，可自个儿要肚子里能撑船，不能心窄、窝气、伤神。”

“干爹，我饿……”徐芝罘翻胃恶心，冷汗淋漓。

他昨晚醉酒，今天下午醒来，直到此时此刻还一粒米也没有进口。

藤萝架下有田老师的一张帆布躺椅，老虎跳把他放在躺椅上，又一阵风来到北房正门门口，手里没有钥匙，弯起右手的食指和中指，像一把老虎钳子，咔嚓一声拧掉挂锁的铁镣吊儿，进屋拉亮了电灯，打开电冰箱一看，没有剩下的吃食，气得咣当关上门，嘟嘟囔囔埋怨盟弟田老师抠抠唆唆过日子。

徐芝罘在帆布躺椅上睡着了，老虎跳又把他抱进屋里，安放在田老师的凉床上，落下蚊帐，然后到厨房打火做饭。

老人虽是个泰山压顶不弯腰的硬汉子，年过八十也变得婆婆妈妈心肠了。徐芝罘的曾祖母，是老人的亲姑奶奶，徐芝罘的生身之父，是他亲如一条娘肠子爬出来的表弟。两家人丁不旺，眼下只剩下他和徐芝罘两口人了。他亲手把徐家的这个孤儿拉扯大，不是亲爹胜似亲爹；徐芝罘是两家的一条根，他倒出自己的一腔子血，栽培干儿子。干儿子人品出众，才学高深，不但他脸上放光，乡亲父老都引以为荣。然而，难道真是万般皆由命，半点不由人？干儿子的人品越好，学问越大，越走背字儿，念完大学以后竟连交二十几年厄运。徐芝罘年过四十看半百，至今还没有妻小，两姓十有八九要绝户。当年他挑选唐大姐儿给徐芝罘当媳妇，满心打算母大儿肥，生个五男二女，两姓香烟袅袅，祥云瑞雾大兴旺。女大十八变，比徐芝罘大六岁的唐大姐儿变了心，另嫁他人。他恼怒唐大姐儿三十年。徐芝罘却不计较，跟这个“女叛徒”姐弟相称。干儿子满肚子学问，只会识字不会认人，自己选中的安柳男，更比唐大姐儿心毒手狠；大难临头，把徐芝罘推下深渊立功讨赏，展翅摇翎飞上高枝儿。狠毒莫过妇人心，他恨安柳男一辈子；徐芝罘却又好了疮疤忘了疼，竟然可怜这个恩将仇报的小人。这几年，为了两姓的传宗接代，他跟干儿子见面就大吵大闹，徐芝罘又不加深思熟虑，捡到筐里就是菜，竟要娶那姘过一男人，嫁过一男人，还做了绝育手术的刘七七，这真是自己把两姓斩草除根。多谢刘七七是个水性杨花女子，不辞而别，物归原主，看来干儿子却是依依不舍，大为伤情。

老虎跳越想越生气，两只青筋硬茧大手狠劲儿和面，不知是汗珠子还是眼泪，滴滴答答掉进面盆里。

“虎哥，虎哥……”大门外，田老师怯怯生生，轻声低唤，徘徊门前不敢进家。

这位教了一辈子小学，门下弟子何止三千人的老教育家，被他的女学生安柳男骚扰得弃家出逃，回家胆怯，不得不求助于老盟兄的虎威，令人想起鲁迅先生笔下的《出关》中的老子。

是哪一根神经牵连着师生的心，厨房里的老虎跳没有听见田老师叫他，蚊帐里昏睡的徐芝罘却被惊动了。徐芝罘应声而起下了床，扶墙摸壁出了屋，借着门灯的灯光，看见老师在自家门外徘徊，一阵心酸。

老眼昏花的田老师，拄着拐杖走夜路，深一脚浅一脚摔了一个又一个跟头，夏布褂子沾满泥水，湿漉漉的裤腿还挂着草叶、牛蒡和蒺藜，又像传播“非攻”学说，奔走列国归来的墨翟。

“老师，那个讨厌的人早走了。”徐芝罘趔趔趄趄迎上前去，“快进家来，洗脸换衣裳，到躺椅上休息。”

“芝罘，你气色不好！”田老师看不见自己脸上的污泥，却只见得意门生面如粉灰，“不要为丢官儿怄气，也不要为失恋苦恼，坏事能变成好事，这好比给你摘下手铐脚镣。”

田老师说一句戳一下青秫秸棒，十分心焦。他也是膝下无儿无女，跟徐芝罘亲如父子。

“老师，我没怄气，也不苦恼。”徐芝罘上前搀扶田老师，“我是累得，饿得。”

“饭得啦！”厨房里，老虎跳一声吆喝，端出一大海碗黄瓜、鸡蛋、西红柿面条汤，热气一尺多高。

“大哥，文不对题呀！”田老师皱着眉连连摇头，“大热的天，芝罘心火又旺，你给他热面汤吃，不是火上浇油吗？”

“你屋里没有别的吃食，我又只会这独一无二的手艺……”老虎跳手端热碗像捧着个火炉子，也觉得正像三伏天给干儿子穿老羊皮袄，不大得体，“我找把扇子，扇凉了再吃吧！”

“冰箱里有现成的冰糖绿豆糕，还有山楂杏干罐头，吃着多败火。”

“嘻！我有眼无珠。”

田老师给学生取来败火的吃喝，徐芝罘给老师端来洗脸水。

门灯下，摆放一张小桌，爷儿仨围桌而坐。田老师和老虎跳喝茶，徐芝罘吃绿豆糕，舀着一勺一勺的果汁送下去。

田老师虽然反对大热天喝热面条汤，他却是天气越热越喝热茶。喝得满头大汗，不住手扇扇子，说：“看来，建立实验县，完全是老书记出于一己之私，假传圣旨，中央和市委不但没有同意，而且一点也不知情。古人犯下矫旨之罪，按律当斩，只怕这位书记大小也得受个处分。”

“这位老书记的脑瓜儿，还不如我透亮！”老虎跳扒下身上的汗衫儿，擦抹胸脯上滚滚流淌的汗水，“真会疼爱儿女的，要造就儿女学手艺，有学问，靠本事吃饭，何必要把官位父传子？百姓不服，落个骂名。”

“封建思想作祟呀！”田老师旁征博引，借古讽今，“你看那部《红楼梦》，宁国公和荣国公封妻荫子直到五代玄孙。我们有些大人物在古为今用。”

“咱们这一方，谁见过五辈儿财主呀？”老虎跳从本乡本土取证，“老爷子盖房子买地，都为的是子孙后代享福受用，可哪一家不是黄鼠狼下耗子，一窝不如一窝儿，吃尽花光败了家？”

徐芝罘虽然被老书记死整两回，但是仍然不愿失敬，也就不愿听干爹和老师背地骂皇上。他岔开话题，说：“蝈笼镇地处一省二市交界，京津公路途中，在这里建成一座首都的卫星城，还是有远见的。我打算花两三天时间，给市委写个报告，也算是我这次调查研究的小小成果。”

“我要在蝈笼镇办个补习学校，你给我写进报告里。”田老师放下茶杯，扔下扇子，进书房拿来一个小本，戴上了老花镜，“我有个统计数字，你的报告里也可以摘录一部分。”

“想必是教育工作上的问题吧？”

“农村中学师资水平低，又缺少外语课，这几年本地高中毕业生，考取大学的凤毛麟角，屈指可数，所以我要办个补习学校，给落榜的考生补习一年外语和一门自选课，增强竞争能力。”

“师资从何而来呢？”

“我开蒙的学生里，精通外语的人不少；不看僧面看佛面，看在跟我师生一场的情分上，百忙之中也应拨冗相助。”

“算我一个吧！经费怎么办呢？”

“我自有办法。不是无米而炊。”

“是不是依靠安柳男的资助？”

“我才不肯昧着良心收她的堵嘴钱！”

“她向您提出哪些条件？”

“一当瞎子，二当哑巴，不许议论乡镇企业的不正之风。”

“嗟来之食吃下去要坏肚子，还是另找财路吧！”

“我托钵化缘，在补习学校竖立功德碑，谁捐款助学，碑上刻下他的名字，流芳百世。”

老虎跳最要脸面，忙说：“我捐一百，抢个头名。”

徐芝罘笑道：“我再加一百，算在我干爹名下，字体放大一倍。”

肚子里有了食，冰镇山楂杏干果汁又败了火，徐芝罘心里踏实凉快，脸上的晦气烟消雾散，眼神也有了光彩。老虎跳见干儿子恢复了元气，也就放了心，又叮嘱了几句，便摸黑回家陪老伴儿睡大觉。田老师躲躲藏藏一个晚上，身子困乏，熬不了夜，要早点休息。徐芝罘住在书房里，翻了两页书也安安静静睡了。

一夜无话。

徐芝罘睡到日上三竿才醒，田老师已经云游四方化缘去也。他刷了牙洗了脸，打开电冰箱，端出干爹老虎跳昨晚做的黄瓜、鸡蛋、西红柿面条汤，放在锅里点一把柴，温得不凉不热吃了个饱。

然后，关门顶杠子，坐到藤萝架下，沉静心神，理顺思路，下笔行云流水，写起给市委的报告。

36

砰，砰，砰！有人抡着拳头砸门，急如星火，响如擂鼓，又像造反团破门抄家，震得门楼沙沙落土。徐芝罘被打乱了文思，把笔一扔，忍住气恼开门去。

搬开门杠，拉开门闩，一个怀抱着小花包袱的女人扑进来，撞在徐芝罘的怀里。

来人是泪流满面的金凤蝶。

“凤蝶，你这是怎么啦？”徐芝罘猜想，一定是金凤蝶和柳屯田发生了不可调和的矛盾，两人散了伙。

“大……大舅！”金凤蝶抖抖索索，把小花包袱捧到徐芝罘的眼前，“马……马戈……马戈力的头发……”

徐芝罘毛骨悚然，失声惊叫道：“马戈力遭到凶杀？”

“公安局……公安局的逮捕车……”金凤蝶神魂颠倒，上句不接下句，不得要领。

徐芝罘只得进屋取来安定药片，兑上一杯温开水，给金凤蝶灌下去，又扶到藤萝架下乘凉吹风，拧个凉手巾给她擦脸，等她心安神定之后才问话。

原来，今天起个大早，柳屯田嘴叼着馒头，骑车串村卖书，金凤蝶打扫院落，等一会儿赶集的人从四面八方而来，就开门营业。她一边扫院子一边哼评戏，神清气爽嗓子痛快，心里充满甜蜜的欢悦；有人从远而近连声叫她，她都像耳旁风一吹而过，没有听见。直到那人跌跌撞撞跑到篱墙外，她才发现是马戈力大驾光临。

“凤蝶，凤蝶！”马戈力神色慌张，头发散乱，衣衫不整，像一只被猎人追捕的兔子，“你有剪子吗？把我的头发齐根剪下来。”

金凤蝶只当这位女强人喝醉了酒又撒癔症，不敢不开门迎客，却是心惊胆战，问道：“马总经理，我听不懂您的话。”

马戈力拽着她的胳臂，钻进徐芝罘那间屋里，低声而又急促地说：

“一刻钟前，我在金三角饭店接到北京家里打来的电话，公安局的警车已经出动，到蝈笼镇堵窝儿抓我，我就要坐牢了。”

“坐牢不许留长发吗？”金凤蝶头皮子发炸，脸儿焦黄，双手搂着胸口，心跳到嗓子眼儿。

马戈力凄惨地一笑，眼里噙满了泪水，说：“剪下的头发，你替我转交徐芝罘，留个纪念。”

金凤蝶找来剪子，哆里哆嗦拿在手里，一绺一绺地把马戈力的满头秀发剪下来，放在一块花绸头巾上，系了个小包袱。马戈力照了照镜子，头发楂子长长短短，十分难看，又叫金凤蝶打来热水，拿徐芝罘的刮胡子刀给她剃一遍。头剃得净光，马戈力很满意，抬头看见吊竿上搭着徐芝罘的一件旧制服上衣，扯下来披在身上，也不道一声谢，昂首挺胸走出去，到蝈笼镇外迎候警车。

金凤蝶最能进戏，目睹此情此景，一下子就激动得眼睛出汗；等到亲眼看见马戈力被押上警车，便怀抱小花包袱，一路哭着来找徐芝罘。

徐芝罘把小花包袱从金凤蝶手里接过来，痴呆呆捧在自己手里，并不打开来看。他的双手麻木，心更沉重。他不愿想象剃了光头穿囚服的马戈力将是什么样子，他要把昨天才分手的那个贪婪、自私、淫乱、胡作非为的马戈力从记忆中一扫而光。但是，他愿闭上眼睛，回想二十多年前那个自称玛特儿侯爵的女中学生，虽然身上已经不少毛病，但是仍不失为一张白纸；可惜客观环境像一口染缸，自己又胡涂乱抹，没有画出又新又美的图画。

“马戈力落到这个下场，我并不感到意外。”徐芝罘从郁闷的胸膛里发出一声悲沉的慨叹，“凤蝶，回去吧！顾客们等着你卖书。”

金凤蝶走出门去，又停住脚步转过身子，说："大舅，昨夜晚我跟屯田争吵了三百回合，吵出个潞水书店经营方针，可又前言后语颠过来倒过去，意见不一致，您给一锤定音吧！"

"先说说你的主张。"

"我主张不做赔本生意，也不唯利是图。"

"屯田呢？"

"他把这两句颠倒过来：不唯利是图，也不做赔本生意。"

"这个季度照你的主张经营，下个季度按他的意见办。"

"一个五八，一个四十，两不得罪。"

"不！我给你排列这个先后顺序，此中自有道理：实行两个季度，不言自明。"

送走金凤蝶，徐芝罘也难拢住神思，回到藤萝架下坐不住。就在庭院花树阴凉中踱来踱去，逐渐平静纷乱的心情。

"田老师，信！"

门外，邮递员恭敬而又响亮地呼叫。

农村邮递员送信，都是一股脑儿交给村民委员会，并不分别到各家各户投递；但是这个邮递员是田老师退休之前教过的最末一班学生，为孝敬老师而破例，每日送信上门。

田老师订阅几种报刊，又有收音机和电视机，也可算是秀才不出门，便知天下事。邮递员把三张报纸、两本杂志和一封信捆成一束，递到徐芝罘手里，点头一笑，又骑车赶路去了。

徐芝罘解开纸绳，那封信飘落在地上，他捡起来一看，是外省一所大学主办的出版社给他的信，从北京转投而来。急于知道内容，顾不得细看信皮，撕开封口，掏出信纸，头一眼便看见“决定出版”四个字。原来这所大学主办的出版社新近开张，总编辑制定了十六字办社方针：“以文养文，名利双收；以利逐名，以名求利。”他们要出版一套《鸳鸯蝴蝶派小说参考阅读丛书》，一本万利，搭配出版徐芝罘的《北运河地理志》上卷，赌出纯利的十分之一，却赚来扶助学术研究的好名声。《北运河地理志》下卷完成，将和正在赶译的《当代外国青年女作家爱情婚姻小说选》搭配一起付印。这也正如烟、酒、茶、糖、肉、菜，滞销品和畅销货搭配出售，具有深刻的社会烙印和鲜明的时代特色。堂堂学术专著，要靠鸳鸯蝴蝶和外国青年女作家提携，才能面世，未免有辱斯文，但是总比束之高阁，被虫吃鼠咬的命运为好。啊，千年铁树也有开花之时，多年心血凝成的著作终于盼来出头之日，徐芝罘喜不自胜，被意外而又剧烈的兴奋冲击得难以自持，倒在藤萝架下的帆布躺椅上，以免心律过速，血压升高。

“这封信寄到我的北京住处，怎么会转投到乡下来？”他猛地睁开眼睛，这才发现信封上粘贴着一张窄窄的小纸条，一行娟秀的小字写着田老师的地址。“刘七七！”他惊叫起来。

难道马戈力欺骗了他，刘七七并没有远走深圳，那封决裂的信也是马戈力的伪造？他要马上见到刘七七，一时半会儿也不能忍耐。

于是，他给田老师留下一张条子，锁上房门和街门，不想跟干爹老虎跳告别，直奔京津公路长途汽车站。

一出村口，徐芝罘脚下带风，走得急快。上大桥望公路，却见柳屯田像参加自行车长途越野赛，双手趴在车把上，塌着腰紧蹬车轮，解开扣子的的确良汗衫被风吹得飘动，像白鹤亮翅疾驰而来。

“老师！”大汗如雨的柳屯田，一个冲刺到他面前，“您是不是也听到了刘七七的消息？”

“我猜她没有离开北京。”

“在她娘家，是我刚才亲眼所见。”

柳屯田骑着自行车卖书，走一村又一村，鬼使神差来到刘七七娘家那个村庄。进村看见一条街上有棵老槐树，大树遮阴正好卸货摆摊。他从这个街口推车走去，忽然那个街口驶进一辆客运两用的丰田牌汽车，抢在他的前面停在老树浓荫下。汽车刚一刹住，家家户户的大人小孩都跑出来，站满了街道两旁，指指点点，喊喊喳喳。车门打开，从车上抬出一副担架，几个人护送着抬进老槐树把门的小院里。柳屯田是个每事问的脾气，忙向一个旁观的人打听是怎么回事。这才知道本村刘大妈，打发在乡镇企业开汽车的小儿子，把病入膏肓的女儿七七从北京接回来，七七想死在自己的生身之地。柳屯田吓出了一身冷汗，又找几个人了解详情。有的说刘七七开刀伤了元气，有的说刘七七的儿子被港客拐走，坑得吐了一大坛子血，还有的说刘七七全身都得了癌症……其说不一，难分真假。柳屯田哪有心思一一核实，就骑上车风驰电掣回来给徐芝罘报信。

“把你的车借给我用吧！”徐芝罘抢过柳屯田的自行车，蹿了几蹿，跳了几跳，才跨上车去。

但是，骑出没有十几步，便连人带车摔倒在地。他心乱如麻，四肢无力，驾驭不了这辆自行车了。

天无绝人之路，正在这时跑来一辆被农民称为狗蹦子的三轮摩托卡车。开车的跟柳屯田是熟脸儿，柳屯田拦住他，求他把徐芝罘送到目的地。走江湖跑码头，天地虽大也难免遇到山高水低，在家靠父母，出外靠朋友，哥儿们义气不惜两肋插刀，开车的爽爽快快地满口答应。

狗蹦子跑在平如镜面的柏油马路上，还要把乘客颠簸得骨酥肉麻；田间土路坑坑洼洼，坎坷不平，狗蹦子就更蹦得撒欢儿，能把人颠簸得像摇元宵，五脏六腑挪了位，扯断了肠子又拴个结。据说，某村主管计划生育工作的是个愣头青，威胁不肯流产的多胎妇女，如果敬酒不吃吃罚酒，那就把她们装进狗蹦子车里，围村绕三圈儿；这些顽固不化的妇女都吓得连呼饶命，乖乖地做手术。

一路上，徐芝罘饱尝颠簸之苦，可想而知。所以，他远远地隐隐约约看见刘七七生身之地的村影，便大声恳求停车。然而，开车的是个宁失江山、不失信用的小伙子，一定要送佛送到西天，并且加快了速度。徐芝罘只有在车厢里东倒西歪，前磕后碰，活受洋罪，苦不堪言。

村庄近在眼前了。

这时已是歇晌时分，村野都在午睡，天地一片宁静。忽然，开车的一声惊叫，紧急把车刹住，徐芝罘趁机跳下车去，全身都散架了。二十年前，他从市委副食基地被调到进驻这个村庄的四清工作队，直到他受处分，又被押回副食基地，听候从严处理，整整住了大半年。他每一回想这个村庄，便出现群众面带饥色，惶惶不安，穷街陋巷，破屋寒舍，愁云苦雾，阴风惨惨的情景。今天，旧地重游，虽然没有忘记这个村庄的地理方位，但是村貌大变，令人感到眼生。围村层层绿树，遮挡视线，看不见村中街巷，却能从层层绿树掩映的一座座青堂瓦舍红门楼的风光中，断定这个穷村正在变富，老百姓已经吃饱穿暖，衣食不愁了。徐芝罘支撑着酸痛的身子，刚要向开车的道谢，狗蹦子一个大旋转，就像惊弓之鸟，加大马力奔逃。这时他才看见，一位白发蓬乱的老太太，左手拎一只竹篮，右手握一炷高香，沿着大路走一步磕一个头，口中念念有词，抽出一支香插在路上，距离他只差一二十步了。他也不禁大吃一惊，闪跳到路旁，屏声静息，莫名其妙。

老太太七十多岁，小疙瘩髻上插着簪子，身穿夏布衫子纺绸裤，腕子上还戴着一块表，看得出日子过得很富足。可是，为什么头顶毒日头，脖子上挂佛珠，大演复旧的迷信闹剧？难道是一位精神病患者？他不能制止，也不便劝阻，只有冷眼旁观，看个究竟。直到老太太焚香叩拜，路过他的面前，他的眼睛突然一亮，脱口而出叫道："刘大妈！"

刘大妈却听而不闻，视而不见，旁若无人，一直向前磕去。徐芝罘只得沿着刘大妈的行迹，悄悄尾随老太太身后，脚步放轻，不敢惊扰。

前方不远处，一口池塘边，有一座油漆彩画的新修的小庙，一眼就可以看出，还是一间水泵房改建而成的庙堂。这些日子，徐芝罘在几个村庄都看见过这个情况，新建庙堂的捐款人，大多数是万元户中的老头老太太，但是也有不少青年男女掏钱，甚至还有个别的共产党员也加入信士弟子的行列。

刘大妈磕到小庙前，已经是前额肿起瘀血的大紫包，满身尘土拌着汗水像个泥人。她在庙门前的水泥供桌上，摆放了从竹篮里拿出的酒、肉、菜肴等供品，又燃起高香、金箔、银锭，连叩九个响头，仰天哀叫着祷告："大慈大悲的观世音菩萨，我老婆子情愿捐寿十年，您老人家救我女儿七七一命吧！"

徐芝罘心中震动，头皮发麻，身子发冷，奔跑过去喊道："刘大妈，我是芝罘，看望七七来啦！"

“芝罘！”刘大妈在焚香叩拜路上，早已看见徐芝罘，当时不宜相认，这时却转身扑到徐芝罘怀里，“七七冤枉呀！”

刘七七陪同徐芝罘在乡下住了两天，敏感地觉察到老虎跳嫌她不能生育，还带着个野种儿子，对不起两姓祖宗，也在乡亲们面前脸上无光。刘七七的心上，笼罩着沉重的阴影，只是没有对徐芝罘流露出来。回到北京以后，查阅北京市人民政府的规定，再婚夫妇，双方如果只有一人有一个子女，还可以再生一个孩子。于是，她打算到医院将已经结扎的输卵管开刀，恢复孕育功能。恰在这时，马戈力突如其来登门拜访，旁敲侧击套出她的心事，花言巧语给她介绍名医。她被送到郊外某个医院，主治大夫开刀之后，不但断定她的输卵管已经坏死，而且宣告癌细胞蔓延了她的全身。这好比终审法庭宣布了她的死刑，她从精神到肉体完全垮了。马戈力像个神通广大的魔术师，就在她万念俱灰的时刻，又把不知从哪条阴沟里钻出来的楚某人，带到她的病房。楚某人鼻涕眼泪，媚态百出，一求刘七七的宽恕，二求刘七七把儿子交给他抚养。刘七七方寸已乱，虽然不肯宽恕这个害人的丑类，但是不得不把儿子交给他。楚某人毕竟是儿子的生父，虽不甘心也只能如此。马戈力一计得手，又生一计，甜言蜜语，更下功夫，哄骗刘七七按照她的口径写了那封字迹潦草的绝情信。两天前，检察院的人来到医院，找她调查马戈力的某些活动。刘七七这才知道，楚某人早在几年前已经出境，在香港做掮客，目前给马戈力那个开发公司在香港拉皮条，串通马戈力把儿子拐走了。失子的悲痛，愧对情人的悔恨，两下夹攻造成大吐血，身心交瘁发生下痿。刘大妈花光了这二年养鸡卖蛋的一千多元积蓄，还上女儿的医药费和住院费，把女儿接回通惠河南里北楼一门三层九号。刘七七见有出版社给徐芝罘的一封信，怕误了徐芝罘的大事，挣扎着拿起笔颤抖着手在信封上写下田老师的地址，转寄到徐芝罘手里。她羞愧难当，不想跟徐芝罘见面，死活要回娘家，而且不愿求医治病，只求快死。刘大妈拗不过她，这才求神拜佛，哀告上天使女儿死里逃生。

“大妈，快带我去看七七！”徐芝罘心如刀割，五内俱焚。

“你不能去，不能去！”刘大妈惊慌得脸色骤变，“七七说了，她没脸见你，看见你就一头撞墙寻死。”

“我不见她一面，说一句话，于心何忍呀！”徐芝罘伤痛地呻吟。

“连我跟你见这个面，我也不敢告诉她。”刘大妈提高了嗓门，“芝罘，七七命不该死，我要把她养得白白胖胖，强强壮壮，欢眉笑眼送到你身边。”

老人手拎着竹篮，伛偻着腰，颤颤巍巍回村去了。

徐芝罘猛烈摇晃起来，但是家乡大地的地心引力，撑住了他那五尺高的身躯，没有倒下。

一九八五年七月十六日至一九八六年五月九日

三里河隐居

注：一九八六年十月由中原农民出版社出版

图书在版编目（CIP）数据

这个年月 / 刘绍棠著. — 北京 : 北京十月文艺出版社，2018.5
（刘绍棠文集）
ISBN 978-7-5302-1767-2

Ⅰ. ①这… Ⅱ. ①刘… Ⅲ. ①长篇小说—中国—当代 Ⅳ. ① I247.5

中国版本图书馆 CIP 数据核字（2017）第 322588 号

这个年月
ZHEGE NIANYUE
刘绍棠　著

出　　版　北京出版集团公司
　　　　　北京十月文艺出版社
地　　址　北京北三环中路 6 号
邮　　编　100120
网　　址　www.bph.com.cn
发　　行　新经典发行有限公司
　　　　　电话（010）68423599
经　　销　新华书店
印　　刷　固安县铭成印刷有限公司
版　　次　2018 年 5 月第 1 版
　　　　　2018 年 5 月第 1 次印刷
开　　本　880 毫米 ×1230 毫米　1/32
印　　张　9
字　　数　200 千字
书　　号　ISBN 978-7-5302-1767-2
定　　价　32.00 元
质量监督电话　010-58572393
如有印装质量问题，由本社负责调换。